거미를 찾다

KUMO WO SAGASU
by Kanako NISHI
ⓒ Kanako NISHI 2023
Korean translation copyright ⓒ 2024 by E*PUBLIC
Korean translation rights arranged through Emily Books Agency LTD., Taiwan
and Imprima Korea Agency, Seoul.

이 책의 한국어판 저작권은 Imprima Korea Agency를 통해
Emily Books Agency LTD., Taiwan과의 독점계약으로 ㈜이퍼블릭에 있습니다.
저작권법에 따라 한국 내에서 보호를 받는 저작물이므로 무단 전재와 무단 복제를 금합니다.

거미를 찾다

나시 가나코 지음
김현화 옮김

티라미수
THE BOOK

일러두기

· 본문에 나오는 단행본은『 』로 시, 단편, 노래, 그림, 잡지, 프로그램, 강연 등의 제목
  은「 」로 표기했습니다.
· 괄호 안에 적힌 말은 모두 작가의 말입니다. 주석은 모두 옮긴이와 편집자가 붙였습
  니다.
· 국내에 출간된 단행본은 해당 단행본의 제목으로, 그렇지 않은 작품은 원서의 언어
  로 제목을 표기 했습니다.

우리가 행복을 축복하는 동시에
그걸 잃는 것을 두려워하는 존재인 이상
빛과 어둠은 늘 함께한다.

차례

1. 거미란 무엇인가, 누구인가 · 7

2. 고양이여, 이토록 무방비한 나를 · 89

3. 내 몸은 비참함 속에서 · 137

4. 수술이다, Get out of my way · 183

5. 일본, 나의 자유는 · 233

6. 숨을 쉬고 있다 · 291

마치며 · 299

1. 거미란 무엇인가, 누구인가

거미가 많은 집이었다.

오래된 목조 집이기도 했다. 한 채를 둘로 나눠 옆집과 공유하는 땅콩집은 이곳에서는 흔한 구조인데도 우리 집은 특히 유별났다. 5층짜리였던 것이다. '베이스먼트'라고 불리는 반지하(이것도 캐나다에는 흔하다)에 첫 번째 침실과 세면기와 샤워룸(우리는 여길 메워서 창고로 사용했다)이 있고 2층에는 거실, 3층에는 부엌과 식당, 4층에는 또 다른 침실, 5층에는 욕실이 있는, 그러니까 한 층에 공간이 하나씩 있는 구조였다.

이사 업자나 수리 업자, 친구를 비롯한 여러 캐나다 사람이 집을 방문하면 다들 "이런 집은 처음이야"라며 놀라워했다. 반지하에 세탁기와 건조기가 있어서 5층 욕실에서 나온 세탁물을 일부러 지하까지 가지고 가 말리고 나면 다시 제일 꼭대기 층까지 옮겨야 했다. 팔다리가 저절로 단련되는 집이었다.

그리고 거미. 식당, 반지하, 침실 등 여러 장소에 거미집이 있었다. 되도록 생길 때마다 청소는 했다. 하지만 형태가 너무 아름다워서 걷어내지 않고 남겨둔 거미집도 있었다. 애초에 어릴 적부터 할머니에게 거미는 함부로 죽여선 안 된다는 소리를 들으며 자랐다. 할머니는 거미가 홍법대사*의 심부름꾼이라고 믿고 있었다.

거미는 어떤 건 크고 어떤 건 작았다. 그리고 어떤 건 검고 어떤 건 투명했다. 반려묘 에키가 겁쟁이로 타고나 거미를 죽이지 못했던 탓도 있었지만, 그걸 감안해도 많았다.

어느 날 내 왼쪽 다리의 무릎과 오른쪽 다리의 종아리에서 오싹할 정도로 수많은 붉은 반점을 발견했다. 그리고 그걸 발견한 순간부터 견디기 힘들 정도로 가려웠다. 전날 친구들과 공원에 가서 잔디밭에 앉아 있었기 때문에 벼룩 같은 알 수 없는 벌레에 물렸다고 생각했다. 친구들에게 환부 사진을 보내서 물어봐도 그녀들은 대수롭지 않게 여기는 것 같았다. 한 명이 말했다.

'혹시 그거 베드버그 아니야?'

무심코 신음이 나왔다. 베드버그는 이른바 빈대다. 그게

• 일본 헤이안 시대(794~1185)의 승려로 일본에서 가장 저명한 불교 지도자다.

집에 나타나면 일이 커진다. 시트는 물론이거니와 매트리스, 소파, 의류, 커튼, 어쨌거나 천 재질로 된 건 모두 다 전문 클리닝 업체에 맡겨야 한다. 하얗게 질린 나는 묵직한 몸을 일으켜 클리닝 업체에 연락했다.

캐나다의 의료 제도는 일본과 다르다. 일본처럼 피부과나 부인과 전문의를 바로 직접 찾아갈 수 있는 시스템이 캐나다에는 없다. 저마다 패밀리 닥터라고 불리는 가족 주치의가 있어서 우선 그곳에 연락을 해야 한다. 그 의사에게 증상을 진찰받고 거기에 맞는 전문의 소개장을 받고 나서야 마침내 예약을 잡을 수 있다.

패밀리 닥터가 없는 나 같은 사람은 누구든지 받아주는 워크인 클리닉으로 가야 한다. 그곳에서 진찰을 받아 역시 소개장을 써달라고 해서 전문의에게 예약을 잡는다.

이 시스템으로는 아무리 명백한 중이염이라고 해도 이비인후과에 직접 갈 수 없다. 긴급 상황일 때는 응급실에 의존하게 된다. 긴급 상황이 아니더라도 전문의와 잡은 예약이 너무 한참 뒤라 마냥 기다릴 수 없다 싶은 사람도 응급실에 간다. 결과적으로 응급실이 무척이나 붐빈다. 증상에 따라서는 8, 9시간을 기다리는 게 당연하다.

캐나다 사람들은 자국의 의료 시스템에 자부심을 가지고 있다. 특히 브리티시컬럼비아주에서는 MSP라고 불리는 건강보험에 가입되어 있으면 치료를 전부 무료로 받을 수 있는데, 나 같은 외국인이나 유학생에게도 똑같이 적용된다. 모두의 생명은 평등하기에 응급실에서는 증상의 심각성만을 고려한다. 보험이 있고 없고의 여부에 따라 목숨에 차별을 두는 옆 나라와는 분명히 다르다고 많은 캐나다인이 말한다.

몸이 나른하다고 종이에 끄적였다. 실은 다리를 물리기 전부터 병원에 가야겠다고 생각했다. 오른쪽 가슴에 멍울을 발견해서였다. 샤워할 때 알아차렸다. 만져보니 거기만 뭉쳐 있고 단단했다.

그 무렵, 밴쿠버는 신종 코로나 감염자 수가 최악의 상태였다. 워크인 클리닉에 연락을 해도 코로나와 관련된 안내 음성만 빠르게 흘러나와 낙담했다. 애초에 예약을 잡아도 대면 진료를 받을 수 없는 병원이 많았다(내 영어 실력으로는 전화로 받는 진찰에 자신이 없었다). 그래서 도무지 적극적으로 나설 엄두가 나지 않았다.

인터넷에서 '가슴 멍울'을 검색했다. 되도록 낙관적인 정보가 있을 법한 사이트를 골라서 보다가 유선염이 아닐까 하는 결론에 도달했다. 내 멍울은 아프지 않았고 잘 움직였다. '잘 움직이는 멍울은 양성일 가능성이 높다'는 정보에 제멋대로 기대를 걸었다. 가을에 잠시 일본을 방문할 계획이 있어 그때 정기 검진을 받으러 가야겠다고 생각했다. 그래서 워크인 클리닉에는 연락을 하지 않았다.

그런데 빈대가 나타났다. 이건 큰일이다. 나른한 몸을 일으켜 병원에 전화를 했다. 수화기에 귀를 바짝 갖다 대고 음성 안내를 듣고서야 겨우 접수처 여성과 통화할 수 있었지만 역시 바로 대면 진료 예약을 잡지는 못했다. 우선 '텔레메디신'이라고 불리는 전화로 하는 진료를 받았다. 말로 전할 자신이 없어서 사전에 환부 사진을 메일로 보냈다.

전화를 준 건 여의사였다.

"사진을 봤는데 벌레에 물린 게 아니에요. 대상 포진이에요."

그녀가 말했다. 대상 포진은 피곤해서 면역력이 떨어졌을 때 걸리는 거라고 들었다. 피곤하다는 느낌은 전혀 없었기에 놀랐다.

"빈대가 아니에요? 가려운데요?"

"아니에요. 대상 포진이라니까요. 약만 타러 와요!"

우선 처방받은 약을 병원 안에 있는 약국에서 받아 와 이틀 정도 복용했다. 그러다 대면으로 하는 후속 진찰 예약이 잡혔다. 가보니 전화를 걸었던 사람과는 다른 여의사가 나를 기다리고 있었다. 그녀는 내 다리를 보자마자 말했다.

"대상 포진이 아니에요."

뭐라고? 싶었다. 이미 대상 포진 약을 먹고 있는데 어떻게 하라는 건지.

"그 약은 버려요! 대상 포진이 아니니까요."

"그럼, 역시 빈대인가요?"

대상 포진보다 빈대가 더 두려웠다. 남편이나 아이도 물렸으면 어쩌지? 같이 자는 에키는? 이것저것 생각하는 나에게 그녀가 말했다.

"빈대도 아니에요."

"그럼 뭔가요?"

"아마 거미일 거예요."

거미?

거미가 물기도 하나?

내 뇌리에 떠오른 건 집에 있던 거미들이었다. 검은 것, 흰 것, 투명한 것, 큰 것, 작은 것. 그 거미들이 나를 물었다고?

"벌레 물린 데 바르는 약을 줄게요. 그거 발라요. 질문 있어요?"

의사는 바쁜 듯했다. 노골적으로 얼른 진찰을 끝내고 싶어 했다. 하지만 나는 자리에서 일어서는 그녀를 막고서 말했다.

"저기 신경 쓰이는 게 있어요. 벌레에 물린 거랑 관계가 없긴 해요."

"뭐라고요? 시간 없으니 1분 안에 끝내요."

"가슴에 멍울이 있어요."

순간 그녀의 표정이 달라졌다.

"윗옷 전부 벗어 봐요."

다급히 옷을 벗었다. 의사는 내 가슴을 바로 정면에서 뚫어져라 봤다. 그러고 나서 나를 침대에 눕히고 손가락으로 가슴을 몽글몽글 문질렀다. 그녀는 결국 진찰에 1분 이상을 들였다.

"아, 있네요. 1센티미터 정도 되는 멍울이요. 잘 움직여서 찾기 힘들었죠?"

잘 움직이고 1센티미터라는 말이 귀에 남았다.

"소개장 써드릴 테니 초음파 검사받으러 가요."

그게 2021년 5월 말의 일이었다.

초음파 검사는 3주 후에 받았다.

지정받은 병원으로 가서 순서를 기다렸다. 대기실에는 여성만 있는 게 아니라 남성도 많았다. 당연한 일인데도 왠지 조금 흠칫했다.

초음파 검사용 젤은 싸늘하고 차가웠고 방은 어두웠다. 모니터 불빛만이 희미하게 나를 비추고 있어 굉장히 쓸쓸

한 기분이 들었다.

선생님이 "오늘 어쩌다 보니 맘모그래피 자리도 비어 있는데 받고 갈래요? 환자분 운이 좋으시네요"라고 말했다. 즉 본래라면 맘모그래피는 맘모그래피대로 예약이 필요한 거다.

맘모그래피를 받는 방도 어두웠다. 내 작은 가슴이 기계에 꾸욱 찌부러졌다. 이게 싫어서 맘모그래피를 꺼리는 사람도 있다고 들었다. 나도 그렇다. 예전에 한 번 맘모그래피를 받은 적이 있는데 가슴이 너무 작아서 기계에 끼워지지 않아 담당자가 너무 고생했다. 아프고 비참해서 더 이상 받지 않겠다고 마음을 먹었다.

결과적으로 초음파 검사로도 맘모그래피로도 확실한 건 알 수 없었다. 한 달 반 후에 조직 검사를 받기로 했다.

그런데도 그 무렵의 나는 여전히 낙관적이었다. 특히 유방암에 있어서는 아무 근거 없이 괜찮을 거라고 생각했다. 만약 걸린다면 난소나 자궁 쪽의 병이지 않을까 싶었다. 그래서 생리 주기에 특별히 주의를 기울였고 몸을 점막부터 따뜻하게 데우기 위해 부인과 계열에 좋다는 쑥 좌욕을 정기적으로 받으러 다녔다(밴쿠버에서도 친구인 요코가 자택에서 쑥 좌욕을 본격적으로 하고 있어 고맙게도 이용할 수 있었다).

가슴이 작아서? 아니면 수유 중에 유선이 자주 막혀서?

유방과 연관된 문제는 왜 대개 유선과 관련되어 있을까? 왜 나는 유방암을 그렇게 남의 일처럼 생각했을까? 어디선가 자주 들어본 적 있는 진부한 말을 나도 반복하고 있었다.

"설마 내가 걸리려고."

처음 낙관적인 말을 들은 건 조직 검사 때였다.

초음파 검사 때와 마찬가지로 어두운 방에 있었다. 마취 주사를 놓고 스테이플러 같은 소리가 나는 바늘로 가슴을 찔렀다. 딸깍! 딸깍! 여의사가 모니터를 보면서 말했다.

"아, 이거 아마 괜찮을 거예요."

힘이 쭉 빠졌다. 몸속의 검은 덩어리가 사르르 녹는 느낌이 들었다. 그렇구나 싶었다. 그렇구나, 괜찮구나.

어두운 방을 나와 마주한 밴쿠버는 아름답고 맑았다. 우리 집은 시내 서쪽에 있었다. 석양이 강해서 선글라스를 썼다. 도중에 기름을 넣고 빵집에 들러서 베이글을 샀다. 집 근처에서 빨간색 신호등을 보며 멈춰 있을 때 문득 생각했다.

그럼.

그럼 왜?

괜찮은 거면, 아무 일도 없는 거라면 나는 거미에게 왜 물렸을까.

거미는 왜 나를 그렇게 물었을까.

거미를 할머니라고 생각했다.

워크인 클리닉에 갔다 오고 며칠 후 엄마로부터 전화가 걸려 왔다. 엄마 꿈에 할머니가 나타났다고 했다.

할머니의 이름은 사쓰키다.

몸집이 아담하고 누구보다 바지런한 사람이었다. 할아버지는 평생 성실하게 일했지만 네 자녀를 키우기에는 벌이가 빠듯했다. 때문에 할머니는 이따금 여름에는 빙수 장사를, 겨울에는 우동 장사와 오코노미야키 장사를 했다. 집으로 돌아올 때 경품이 딸린 캐러멜을 사 오던 명랑한 할머니의 모습이 늘 생각난다.

할머니는 무척이나 다정하고 용감했다. 상점가에서 당첨된 여행에 수건만 가지고 혼자 휙 떠났다가 돌아올 때는 그곳에서 수많은 친구를 만들어오는 사람이었다. 한 번은 집 앞에서 어떤 여성분과 오랫동안 이야기꽃을 피우는 할머니를 발견한 적이 있다. 이야기에 너무 열중해 있어서 틀림없이 오래된 친구일 거라고 생각했는데 물어보니 "저쪽 버스 정류장에서 만난 사람인데, 지금 그 사람 집에 놀러 갔다 오려고"라고 말했다.

엄마가 나를 테헤란에서 낳았을 때, 할머니는 바다를 건너 당신의 딸을 보기 위해 찾아왔다. 할머니에게 있어서 처음이자 마지막 해외여행이 바로 그 3개월간 이란에 체류한 것이었다. 신생아인 내 기저귀를 갈고 3살 위인 오빠를 돌보면서 엄마가 낮잠 잘 시간을 만들어 줬다. 페르시아어는 전혀 못 했지만 가정부인 바투르와도 완전히 친해졌다. 바투르가 감기에 걸렸을 때는 가지고 있던 한방 감기약을 줘서 병을 낫게 해 나중에 감사 인사까지 받았다.

그렇게 대활약한 할머니는 귀국 후에 장남(엄마의 오빠)에게 지구본으로 이란의 위치를 듣고서 "뭐? 내가 인도를 넘어갔다고?"라며 놀라서 쓰러질 뻔했다고 한다. 홍법대사를 아끼는 할머니에게 해외여행의 최고봉은 '천축', 즉 인도였다. 이란이 어디에 있는지도 모르는 상태로, 태어나서 처음으로 국제선을 타고(심지어 당신도 모르는 사이에 천축을 건너) 자신을 도우러 온 할머니는 엄마에게 당연히 누구보다 특별한 존재였다.

"할머니가 일본으로 돌아갈 때 어찌나 눈물이 나던지."

엄마는 4남매 중 막내로 유일한 딸이었다. 친손자는 안중에도 없으셨는지 유독 외손자인 나와 오빠만 할머니에게 자주 혼이 났다. 할머니와 둘이 외출했을 때 전철에 자리가 없으면 할머니가 바닥에 신문지를 깔고 앉는 게 창피했다. 그런데도 나는 할머니를 아주 좋아했고 특히 할머니의 수공예 솜씨를 존경했다. 할머니는 엄마의 기모노를 직접 지어주었고 나한테는 공깃돌이나 뜨개 인형을 몇 번이나 만들어 주었다. 엉켜서 엉망이 된 실도 할머니의 손을 거치면 어김없이 말끔하게 풀렸다. 마법 같았다.

어느 날 테니스 스윙을 연습하는 오빠를 가만히 보던 할머니에게 오빠가 장난삼아 말했다. "할머니, 이 라켓 엄청 가벼워." 할머니는 "들어봐야겠네"라고 말하며 오빠가 건네준 라켓을 들었다가 생각보다 무거웠던지 거의 떨어뜨릴 뻔했다. 그런데도 "가볍네! 이 정도는 가볍지 뭐!"라고 고집을 부렸다. 할머니의 주변에서는 웃음이 끊이지 않았다.

할머니는 내가 12살일 때 위암으로 돌아가셨다. 유언은 "다들 사이좋게 지내렴"이었다. 돌아가시고 나서도 우리의 대화에 종종 등장해 강렬한 존재감을 내뿜었다. 그런 할머니가 거미가 됐다.

"엄마. 꿈속에서 할머니 웃으셨어?"

"아니. 안 웃던데?"

틀림없다. 할머니가 거미가 되어 나를 물었다.

"그건 왜 물어?"

전화로 암 선고를 받았다.

병원 의사에게 전화가 왔을 때 나는 도수 치료를 받고 있었다. 킥복싱과 주짓수로 몸이 엉망이었다.

주짓수는 1년 전부터 계속하고 있었다. 코로나가 만연

해서 반년 정도 쉬어야만 했기에 오랜만에 다시 시작한 차였다. 그리고 나선 킥복싱도 시작했다. 각각 한 주에 세 번, 총 여섯 번 체육관에 다녔고 그것 말고도 주짓수 시간에는 PT도 받았다.

나는 특히 주짓수에 심취했다. 선생님인 베르나르도와 한 시간 동안 스파링을 하면 손가락에 피부가 까져서 피가 났다. 상대가 내 목을 조르고 체중을 싣고 다리를 걸어올 때면 내가 지금 어떻게 해야 하는지 말고는 아무 생각도 나지 않았다. 할 것도 많고 과정도 복잡한데 그걸 대하는 내 마음은 더할 나위 없이 심플했다. 나는 그런 순간에 매료됐다.

하지만 아무리 다녀도 나는 쭉 약하기만 했다. 항상 여지없이 당했다(나보다 훨씬 나중에 들어온 사람한테도 당하기만 했다). 나 자신도 어째서 이렇게 안 맞는 운동을 계속하는지 영문을 알 수 없었다. 그래도 어떻게든 강해지기 위해 밥도 많이 먹고 집에서는 근육 트레이닝을 하고 휴일에는 러닝을 했다. 나중에 남편이 말해주기를 그 무렵 내가 몸을 단련하는 방식이 심상치 않았다고 했다. 내 몸이 앞으로 받게 될 치료를 어렴풋이 예측한 건 아니었을까. 그러기 위해 준비하고 있던 건 아닐까 싶다. 그러고 보니 나는 5월에 맞이한 생일 이후로 술도 딱 끊었다. 무언가 결심한 것도 아니고 물론 내 몸 상태를 미리 알았던 것도 아니었다. 하지만 생일날에 와인을 마신 그 이튿날부터 왠지 술은 나에게 더 이상 아무런 의미가 없게 되었다.

나는 술을 좋아했다. 없어서 못 마실 정도였다. 특히 캐나다에 와서는 브리티시컬럼비아주산 와인이 맛있어서 매일 매일 벌컥벌컥 마셨다('내러티브'라고 하는 레드와인을 특히 좋아했다). 코로나 시국부터는 보드카나 진에도 손을 댔다. 저녁을 차리면서 보드카 레몬소다나 진토닉을 마시는 게 일과였다. 술이 빠진 일상은 상상할 수 없었다. 그런데 갑자기 술을 마시고 싶다는 욕구가 뚝 끊어졌다. 나는 그때 내 인생에서 가장 건강하고 깨끗한 몸을 가지고 있었다. 분명 그랬다.

도수 치료사에게 양해를 구하고 전화를 받았다. 지난번 여의사와는 또 다른 남자 선생님에게서 전화가 왔다. '윌'이라고 이름을 댔다. 그는 다정한 목소리로 조직 검사 결과가 나왔다고 했다.

"환자분의 병명은 인베이시브 닥털 칼시노마*입니다."

칼시노마라는 말이 무엇을 의미하는지 알 수 없었다. 그래서 이렇게 물었다.

---

* Invasive Ductal Carcinoma

"그건 암인가요?"

그가 "맞습니다"라고 말했다.

"제가 알려드릴 수 있는 건 여기까지입니다. 다음 주 월요일이나 화요일에 암센터에서 전화가 갈 겁니다. 만약 전화가 가지 않으면 제가 있는 병원으로 연락해 주세요."

8월 17일. 오늘부터 일기를 써야겠다고 생각했다.

일기는 오랜만이라서 무슨 말을 써야 할지 잘 모르겠다. 오늘 유방암 선고를 받았다. 내가 이런 말을 쓸 줄은 생각지도 못했다. 유방암. 하지만 그것 말고는 아무것도 모른다. 단계가 어느 정도인지. 살 수는 있는지.

탈레반이 아프가니스탄을 제압했다. 흘러나오는 뉴스는 절망적인 것뿐이다. 아프가니스탄 여성을 위해 기도한다.

월요일, 암센터에서 전화가 오지 않았다. 기다리다 못해 화요일 아침에 병원으로 전화를 했다.

접수처 여성은 윌 선생님을 연결해주지 않았다.

"암센터에서 올 연락을 기다리고 있는데 안 오면 윌 선생님께 전화하라고 하셔서요."

그렇게 아무리 애원해도 이미 암센터에 팩스를 보냈으

니 일단 기다리라는 말과 함께 전화가 끊겼다. 초조한 상태로 계속 기다렸지만 결국 그날도 연락이 오지 않았다. 수요일 아침에 다시 한 번 더 병원으로 전화를 했다. 같은 접수처 여성이 받았다.

"어제도 말했지만 우리는 이미 팩스를 보냈어요. 환자분 말을 듣고 두 번이나 보냈다고요. 암센터 사람들도 바쁘니까 기다려요. 그것 말고 우리가 할 수 있는 일은 없어요!"

그녀는 짜증을 냈다. 아니, 명백하게 화를 내고 있었다. 어라, 나 암이라는 말을 듣지 않았던가. 암을 선고받고 아무것도 모른 채 불안해하는 영어가 어설픈 인간에게 이렇게 화를 내다니, 뭐 이런 일이 다 있지?

밴쿠버는 다양성의 도시라고 일컬어진다.

수많은 나라에서 온 수많은 이주민이 온갖 종류의 억양이 섞인 영어로 말하는 걸 들을 수 있다. 뉴욕이 '멜팅팟', 즉 용광로라면 밴쿠버는 '모자이크'라고 영어 선생님인 마이크가 가르쳐 주었다. 저마다의 문화를 포기하고 '동화'될 필요 없이, 각자 가지고 온 문화를 보존하고 존중해서 '그대로 있을 수 있는' 도시라고 했다.

도시에서 만난 사람은 모두 다정하다. 어설픈 내 영어도 어떻게든 이해해 보려 하고 "영어를 잘 못해서 미안해요"라고 하면 "저야말로 일본어를 못해서 미안해요"라고 사과

한다.

　그래서 접수처 여성의 태도는 놀라웠다. 이렇게 짜증을 내는 밴쿠버 사람을 처음 만났다. 틈만 나면 전화를 끊으려고 하는 그녀에게서 간신히 암센터 연락처를 알아냈다. 이번에는 거기에 전화를 걸었다. 음성 안내가 빠르게 흘러나왔고 잘 알아듣지 못한 채 버튼을 누르자 접수를 받는 남성에게 연결됐다. 그는 정중했지만 사정을 설명해도 "당신은 암센터 환자인가요?"라고 묻기만 했다.

　"환자가 될 예정이고 그 연락을 기다리고 있는데 안 와서요."

　"환자분의 담당의는 누군가요?"

　"모르겠어요. 당신들이 그걸 알려주지 않나요? 저는 그 연락을 기다리고 있어요."

　그로부터 여기저기 담당자를 전전하다가 결국 최종적으로 전혀 알아들을 수 없는 음성 안내가 흐르고 전화가 끊어졌다. 암 선고를 받고 나서 처음으로 울었던 날이었다. 울면서 일본으로 돌아가고 싶다고 생각했다. 일본에서였다면 이런 일을 절대로 겪지 않았을 텐데 하고 말이다.

　하지만 그때 일본의 감염자 수는 최악의 상황이었다. 대부분의 대학 병원이 감염자 지정 의료 기관이 되었고, 암 수술이나 항암제 수입이 지연되기도 해서 신규 환자는 좀처럼 접수하지 못하고 있었다. 진행이 빠른 암일 때는 속도가 관건이다. 지금부터 일본에 귀국해서 2주간 격리되고 그 후 병원에 가서 소개장을 써달라고 하는 건 현실적이지 않았다.

나에게는 이곳에서 마취과 의사로 일하는 '아만다'라는 친구가 있다. 그녀는 일곱 살 때 부모님과 함께 대만에서 캐나다로 이주했다. 그 후 여러 나라를 거쳐 독일에서 의학 공부를 했다. 축구와 피아노가 특기고 스키부터 스노보드, 산악자전거, 카이트서핑까지 즐길 줄 아는 최고로 멋진 여성이다. 꼭 그 때문만은 아니었지만 나에게 언제나 듬직한 친구였고 무엇보다 의료 관계자였기 때문에 그녀에게 상담을 받았다.

'파머스 어프렌티스'라는 내가 아주 좋아하는 레스토랑에서 그녀와 저녁을 먹었다. 나는 무알코올 칵테일을, 그녀는 와인을 마셨다.

아만다에게 지금까지의 경위를 들려주었다. 그녀가 말하기로는 밴쿠버의 암 치료 수준은 매우 훌륭하며 시스템망에 들어가기까지는 힘들어도 한 번 들어가면 놀라울 만큼 모든 치료 과정이 매끄럽게 진행된다고 했다. 무엇보다 중요한 것은 코로나 시국인데도 다른 주나 다른 나라처럼 수술이 지연되는 일이 거의 없다는 사실이었다. 그 말을 들고 결심을 굳혔다.

내 오른쪽 가슴 멍울은 만지면 알 수 있을 만큼 커져 있었다. 그리고 이따금 따끔거리며 아프기도 했다.

그게 죽음이라는 것의 난해함이다. 구체성을 띨 때까지는 고통이 느껴지지 않는다. 막연한 동안에 죽음은 등 뒤에서 들리는 술렁임에 지나지 않는다.

- 브릿 베넷 『사라진 반쪽』

친구인 노리코에게는 암 선고를 받았을 때부터 모든 과정을 공유했다.

그녀는 우선 패닉에 빠진 나를 진정시켰다.

"캐나다 사람은 설렁설렁한 면은 있지만 중요한 일은 꼭 연락을 줘."

노리코가 내 이야기를 듣더니 나와 함께 한 번 더 병원과 암센터에 전화해 주었다. 노리코의 6살짜리 아이 소라와 4살인 나의 아이는 같은 주짓수 체육관(나도 다니는 도장이다)에 다니고 있었다. 둘이 수업을 듣는 동안 '그라운즈 포 커피'라는 카페에서 스피커를 켜놓고 전화를 걸었다. 그날도 병원 접수처 직원은 신경질적이었다. 노리코가 "어쨌든 진단서 복사본을 메일로 보내주세요"라고 하자 알겠다는 말과 함께 역시나 바로 끊으려고 했다.

"잠시만요. 가나코의 메일 주소 알아요?"

"알아요, 알아!"

"만약을 위해서 확인하고 싶으니 메일 주소를 말해 볼래요?"

노리코는 최대한 천천히 말했다. 개를 타이르는 듯했다.

"끊지 마요. 끊지 말고 있어요."

그런데도 접수처 직원은 메일 주소를 확인하는 도중에 전화를 끊었다. 양해도 구하지 않고 막무가내로 딸깍 끊어 버린 것이다.

"이 병원, 너무한데?"

노리코가 말했다. 다행히 진단서는 바로 왔다. 그곳에는 윌 선생님이 말한 대로 Invasive Ductal Carcinoma, 즉 침윤성 유관암이라고 쓰여 있었다. 바로 인터넷으로 검색해 보니 평범한 암인 모양이었지만 그 이상 유익한 정보는 쓰여 있지 않았다. 윌 선생님도 병명 말고는 아무것도 모를지도 모른다. 의료 분야가 철저하게 세분화되어 있기 때문이다(더구나 병원에 갈 때마다 의사가 바뀌니 더 할 말도 없다).

노리코는 암센터에도 전화를 걸었다. 바로 해당 부서로 연결되었다(역시 내 영어 실력이 부족했던 거다!). 그들이 말하기를 팩스는 분명 받았다고 했다. 다만 아직 담당자가 정해지지 않았고 결정되면 전화할 테니 기다리라고 했다.

도대체 월요일이나 화요일에 전화하겠다고 한 건 뭐였나 싶었다.

"대체로 예정일에서 2, 3일은 늦어진다고 생각하는 편이 낫겠네. 자칫하면 1, 2주고." 노리코가 말했다. 그녀는 내게 큰 도움이 되었다. 그날뿐만이 아니다. 노리코에게는 여러 가지로 고마운 일이 많다.

그녀는 캐나다에 거주한 지 16년이 되었다.

도쿄에서 일할 때 새로 생긴 스타벅스에서 캐나다 사람인 데이비드를 만났다. 그와 결혼한 후 벨기에와 토론토를 거쳐 밴쿠버로 왔다. 친구인 마키의 소개로 처음 만났을 때부터 나는 그녀를 첫눈에 좋아하게 되었다. 유머러스하고 진지하고 사람을 돕는 걸 당연하다고 생각하지만 그러면서도 절대 생색내지 않는다.

데이비드는 노바스코샤주 출신이다. 채식주의자이자 요가 수행자인 그는 우리에게 일본어로 "나는 문과 체질의 이과생"이라고 말하곤 한다. 의성어와 의태어를 좋아하고 한자도 술술 읽어낸다. 늘 누군가를 위해서 무언가에 분주한건 노리코와 마찬가지다.

아이들 나이대도 비슷해서 주말마다 같이 놀기도 하고 여행도 자주 같이 다녔다. 그러는 동안 어느새 한 가족처럼 지내게 되었다.

노리코는 노리코대로 의료 문제로 꽤 심각한 일을 여러 번 겪었다.

그녀가 토론토에 있었을 때였다. 방광염에 걸려 병원을 예약하려 전화를 걸었더니 무려 9개월 후에나 진료가 가능하다는 답변을 받았다. 절망한 그녀는 필사적인 노력 끝에 한 의사를 찾아내 겨우 병을 고칠 수 있었다. 사실상 자력으로 나은 거나 다름없었다. 한 번은 온몸이 견디기 힘들 만큼 가려워서 가까스로 예약한 병원에 갔더니 정말 예약을 한 게 맞는지 접수처에서 몇 번이나 확인했다. 결국 병원에서 내쫓기기 직전이 되자 노리코는 의사인 친구에게 전화했다. 그 친구가 "난 의사예요. 그러니 이 사람을 당장 진찰해 주세요"라며 따끔한 말을 날리자, 접수처 직원의 태도가 180도 바뀌었다. 노리코는 바로 진찰을 받을 수 있었다(진찰을 받은 결과 목욕을 하라는 소리만 들었다고 하지만). 또 유산으로 복통이 와 실려 간 응급실에서는 계속해서 의사가 바뀐 탓에 몇 번이나 증상을 반복해 설명해야 했다. 개중에는 "증상을 구글로 검색해 봤어요?"라고 질문한 의사도 있었다고 한다. 하나같이 믿을 수 없는 이야기라서 나는 아연실색했지만 노리코는 웃었다.

"그래서 밴쿠버에 왔을 때는 천국인 줄 알았어. 적어도 버젓한 의사한테 진찰받을 수 있잖아."

노리코는 반지르르하게 윤기가 흘렀고 생명력으로 넘쳐났다. 그녀는 늘 그랬다. 살아가는 힘이 충만하고 아무리 괴로운 일이 있어도 마지막에는 반드시 웃음으로 승화한다. 그게 캐나다에서 16년 동안 살면서 길러진 강인함인지, 그녀가 원래부터 가지고 있던 강인함인지 그때는 아직 알지 못했다.

이틀 후 토요일, 남편의 휴대전화에 전화가 걸려 왔다. 역시 노리코 가족과 같이 우동을 먹고 있을 때였다.

밴쿠버에서 맛있는 우동집을 찾아내기란 지극히 어려운 일이다. 메뉴에서 냄비우동이라는 글자를 발견하고서 신이 나 주문을 했더니 감자튀김과 어째서인지 브로콜리가 들어간 다 퍼진 우동이 나온 적도 있다. 그러다 아이들이 다니는 축구 교실 근처에서 '모토노부 우동'이라는 맛집을 발견했다. 축구 수업 후에 다 같이 그곳에 가는 게 큰 즐거움이었다. 나는 늘 튀긴 두부와 우엉, 미역이 들어간 우동에 참마를 토핑으로 주문했다. 나는 맛있어 보이는 걸 발견해도 절대 모험하지 않는다. 먹는 데 있어서는 창피할 만큼 보수적이다.

"예약이요? 아내가요?"

전화를 받은 남편이 당황했다. 그때 내가 한 생각은 '어디 레스토랑에 예약한적 있었나?' 하는 것이었다. 남편이 물어도 짚이는 데가 없었다. 남편은 이때 영문을 알 수 없어서 하마터면 전화를 끊을 뻔했다.

"암센터요?"

그가 말했다. 우동을 먹던 손이 멈추었다. 전화가 온 것이다. 하지만 왜 남편의 휴대전화로 온 걸까? 더구나 토요일에? 머릿속이 혼란스러웠지만 어쨌거나 노리코와 함께 가게 밖으로 나갔다. 전화 건너편의 여성이 뭐라고 말을 쏟아내고 있었다. 노리코에게 전화를 바꿔주면서 얼핏 들으니 아무래도 온콜로지스트라고 불리는 암 전문의와 나누는 면담에 관한 전화인 듯했다.

"9월 2일에 선생님을 만날 수 있나봐. 괜찮아?"

그날은 노리코네 가족을 비롯해 다른 가족들과 캠핑을 가기로 한 날이었다. 하지만 전화 속 여성이 사정 따윈 봐주지 않을 기세였고 무엇보다 자세한 사항을 알게 되는 걸 더 이상 늦추고 싶지 않았다. 예약 날짜를 승낙하고 장소와 시간을 들은 후에 노리코가 다정하게 물었다.

"전부 잘 알겠어요. 잘 알겠는데 혹시 만약 예약 일정을 바꾸고 싶으면 바꿀 수 있나요?"

그러자 여자가 폭발했다.

"뭐라고요? 실컷 다 들어놓고 이제 와서 예약을 바꾸겠다고요? 네?"

노리코는 눈을 동그랗게 뜨고 "알겠어요, 알겠어. 안 바꿀게요. 갈게요"라고 또다시 개를 타이르듯이 말했다.

"아하하, 이 사람도 참 너무하네."

아무래도 암센터 사람들은 계속해서 잘못된 번호에 전화를 걸었던 모양이다. 내 MSP 이력에서 가까스로 남편의 전화번호를 찾아내 일부러 토요일에 건 것이다. 그래서 짜증 난 기색이 역력했다(그녀는 나에게 있어서 두 번째로 '초절정으로 짜증을 내는 밴쿠버 사람'이 되었다).

아니지.

나는 정확한 전화번호를 병원에 전달했고 실제로 그래서 윌 선생님에게 전화가 왔다. 전화가 연결되지 않았다면 병원에 확인하면 될 일이 아닌가. 애초에 MSP 이력으로 남편의 전화번호를 알았다면 내 전화번호도 알 수 있지 않았을까. 하고 싶은 말이 많았다. 하지만 그런 소리를 할 때가 아니었다. 우선 담당의는 정해졌다. 그를 만날 날도 정해졌다. 이제 내 암이 어떤 상태인지 알 수 있다.

8월 21일. 암센터에서 전화가 옴

메모: 9월 2일 8시 10분 메디컬 클리닉 8층으로 갈 것

닥터 로널드 종양의? 신장 전문?

맛있는 우동을 남기고 말았다. 속상하다.

캠핑을 못 간다. 속상하다!!!

밴쿠버는 자연에 둘러싸여 있다.

도쿄에 살았을 땐 자연과 소원했다. 남편과 가끔 등산을
갔지만 아이가 생기고 나서부터는 가지 않았다. 캠핑은 태
어나서 딱 한 번 해봤고, 유일하게 자연을 접할 기회는 집
근처에 있는 공원에서 조깅할 때 정도였다.

나는 패션이라면 사족을 못 쓴다. 이세탄 백화점은 나의
성지로 한 달에 몇 번씩 옷과 신발을 샀다. 하지만 밴쿠버에
오고 나서는 그게 딱 멈췄다. 여전히 패션을 좋아하고 구경
하는 것도 즐겁지만 입고 싶다는 생각은 들지 않는다. 한껏
꾸미고 가보고 싶어지는 근사한 레스토랑도 물론 있지만
그리 자주 가는 것도 아니고 간다고 해도 좀 괜찮은 옷은 한
벌로 충분하다. 애초에 멋진 옷을 입거나 신발을 신어도 특
히 비가 많이 내리는 겨울에는 길이 질퍽거려 엉망진창이
된다.

밴쿠버 사람들은 어째서인지 우산을 딱히 쓰지 않는다.
나도 왠지 모르게 그에 익숙해져 비가 보슬보슬 내리는 날
에는 후드가 달린 외투로 때우고 있다. 같은 이유로 파운데

이션도 바르지 않게 되었고, 나중엔 립스틱도 바르지 않게 되었다.

옷에 드는 돈이 대폭 줄어든 대신에 갑자기 늘어난 것은 캠핑용품에 쓰는 비용이었다. 비에 젖어도 아무렇지 않은 후드티, 자전거, 자전거를 차에 실을 수 있는 거치대, 스키와 스노보드, 캠핑용 텐트나 침낭, 물탱크, 캐노피.

작년까지만 해도 팬데믹으로 갈 수 있는 장소가 제한되어 해외는 물론 캐나다 국내 여행도 금지되다 보니 근교로 부지런히 캠핑을 다녔다. 인기가 있는 캠핑 사이트는 평소에도 바로 예약이 마감되는데 그때보다 경쟁이 더 심해졌다. 우리는 사이트 예약이 시작되기 두 달 전부터 아침 7시가 되면 각자 컴퓨터 앞에 진을 치고 앉았다. 그리고 줌으로 작전 회의를 하면서 연달아 캠핑 사이트를 예약했다. 그렇게 세 번 정도 캠핑을 갔다.

잊을 수 없는 게 래스트레버 비치다. 밴쿠버에서 배로 밴쿠버섬에 있는 나나이모를 건너 그곳에서 차로 40분 정도 가면 나오는 해안가에 있다. 통칭 '래빗 비치'라고 일컬어지는 장소로 이름처럼 토끼가 많다. 토끼들이 사람에게 익숙한지 하나같이 잘 따르고 손바닥에 올려놓을 수 있을 만큼 작은 아기 토끼도 있었다. 아이들은 토끼와 함께 달리거나 물이 얕은 바다에서 물놀이를 했다. 나는 장작 패기에 도전했고 밤에는 금방이라도 떨어질 것 같은 별에 압도되었다. 이른 아침에는 텐트 근처에 아기 사슴이 나타났다. 아기 사슴의 눈이 까맣고 촉촉했다.

올해는 규제가 완화되어 열한 가족이 다 같이 모여 컬터스 호수로 나갔다. 누가 어디에 있는지 바로 알 수 없어서 아이들에게는 형광색 안전 조끼를 입혔다. 늘 아이들 수를 세어 대량으로 음식을 만들어 먹였다(떡을 가지고 온 나는 구운 떡 아줌마라고 불렸다). 산길을 걷고 호수에서 헤엄치고 저마다 모기에게 수없이 물리고 새까맣게 탔다. 이른 아침에 잠에서 깨서 물을 끓이고 있으니 나무에서 라쿤이 내려왔다. 라쿤은 나를 무서워하지도 않고 널어놓은 수건이나 수영복을 가지고 장난을 쳤다.

캠핑을 가지 못하는 게 너무 속상했다. 내가 고대하던 여름의 즐거움을 통째로 빼앗겼다. 그래서 로널드 선생님과 면담 후에 2박으로 가족끼리 휘슬러에 가기로 했다. 스키 리조트로 유명한 곳이다.

캐나다 사람들은 여름의 스키장을 산악자전거로 활주한다(그래서 많은 사람이 크게 다친다). 우리는 아이가 있어, 그렇게 할 수는 없어서 대신 큰 자전거 공원과 스케이트보드 공원에 가기로 했다. 스케이트보드를 타기 시작한 아이는 거기서 몇 시간을 놀았다(남편도 스케이트보드를 탄다). 나이가 조금

위인 아이들이 우리 아이에게 이따금 기술을 가르쳐주었고, 엄청난 기술을 가지고 있는 젊은 보더들의 움직임을 보는 게 나도 즐거웠다.

어떤 진단을 받았든지 휘슬러에서 보낸 시간 덕분에 시름이 다 잊힐 것 같았다.

9월 2일. 로널드 선생님은 정말 다정했다. 내 암은 삼중음성유방암이라는 고지를 받았다. 에스트로겐 수용체와 프로게스테론 수용체, HER2 단백질 수용체가 존재하지 않는 암이다. 유방암의 전체 15~20%가 그에 해당하고 예후가 나빠 재발할 확률이 높다. 호르몬 치료는 효과가 없어서 항암제로 철저하게 치료하는 게 중요하다고 그가 말했다. 가슴의 멍울은 2.9센티미터가 되었다. 4개월 만에 약 2센티미터나 커진 것이다. 일본에 갈 때까지 기다렸더라면 어땠을까 생각하니 오싹했다. 삼중음성유방암에 대해서는 인터넷으로 조사했다. 내가 제일 걸리기 싫은 암이었다.

휘슬러에서는 결국 7시간 정도를 스케이트보드 공원에서 보냈다.

남편과 아이가 즐겁게 스케이트보드를 타고 있는 동안

나는 혼자 산책을 나섰다. 구름이 살짝 꼈지만 바람이 기분 좋게 불었다.

내 앞에는 젊은 여성 두 명이 걷고 있었다. 인조털이 달린 부츠를 세트로 신고 있었는데 그 부츠는 젊었을 적에 내가 신던 것과 아주 비슷했다. 프로레슬링 선수 브루저 브로디가 신었을 법한 부츠였다. 너무 마음에 들어서 계속 신었더니 나중엔 바닥이 닳아서 비가 오는 날에는 물이 스며들었다.

걷던 두 사람이 멈춰 섰다. 그리고 둘이 허리를 굽혀 땅을 빤히 응시하기 시작했다. 앞지르려고 하는데 한 사람과 눈이 마주쳤다.

"이거 봐요."

그녀가 가리킨 끝에는 10센티미터 정도 되는 큰 애벌레가 땅 위를 가로질러 가고 있었다. 까맸지만 빛이 비치는 각도에 따라 짙은 남색으로도 보였다. 흰 반점이 있어서 오밀조밀한 무늬가 들어간 아름다운 옷을 입은 것 같았다. 몸을 꿈틀꿈틀 움직여서 조금씩 이동하고 있었다.

"이건 뭐가 될까요?"

다른 한 사람이 나에게 물었다.

"글쎄요, 나비가 아닐까요?"

내가 답했다.

"그럼 엄청나게 큰 나비겠네요?"

그녀는 기쁜 듯 웃었다.

"네. 근데 이대로도 예쁜 것 같아요."

내가 말하자 "네, 확실히 그렇네요! 그래도 역시 나비가 되고 싶지 않을까요?"라고 그녀가 답했다.

"봐요, 이렇게 이동하는 게 느리니 스트레스 받지 않을까요? 나비면 하늘을 날 수 있잖아요."

내가 그녀들을 앞질러도 그 둘은 여전히 애벌레의 모습을 보고 있었다. 잠시 걷다가 퍼뜩 생각이 나 외쳤다.

"부츠 멋지네요!"

두 사람이 동시에 "고마워요!"라고 말했다.

밤에 욕조에 뜨거운 물을 받는 동안 울었다. 욕실 바깥에서는 남편과 아이가 웃는 소리가 들렸다. 두 사람에게 들리지 않도록 물을 세게 틀어 거품이 부글부글 나는 욕조에서 웅크렸다. 얼굴에 뜨거운 물을 끼얹으며 "무서워, 무섭단 말이야"라고 외쳤다.

나는 내 안의 소리가 들렸다. 팝 록처럼 둥둥 울려 퍼지고 있었다. 나한테는 그 소리가 들린 것이다. 여러 해 전 과학 수업 시간에 배운 것을 떠올렸다. 나이를 먹은 별들이 붕괴하기 전 생애를 끝내는 마지막 날에는 크게 팽창했다가 극초신성이 되어 폭발한다. 하이퍼노바.
내가 느낀 건 그것이다. 나의 태양계가 죽음으로 사라
져가는 듯했다. 나는 오랫동안 욕조 물에 몸을 담그고
있었다.

- 카먼 마리아 마차도 『그녀의 몸과 타인들의 파티』

암에 걸려도 그 사실을 친구나 가족에게 알릴지를 정하
는 건 사람마다 다르다.

떨어져 사는 가족에게 걱정을 끼치고 싶지 않다는 사람
도 있고, 친구들에게 알려서 동정받기 싫다는 사람도 있다.
암이라고 알리는 순간 '죽는 사람' 취급을 받는 게 괴로웠다
는 수기도 읽었다.

내 경우에는 친구들에게 바로 암이라는 사실을 알렸다.
노리코를 비롯한 밴쿠버 친구들은 물론이거니와 일본에 있
는 친구들에게도 모두 전했다. 가만히 있지 못하는 성격 때
문이기도 했지만 모두가 검진을 받았으면 해서이기도 했
다. 나처럼 '설마 내가'라고 생각한 사람이 또 있을 거라고
생각했다.

라인에는 따뜻한 말이 흘러넘쳤다. 깊은 밤인데도 불구
하고 일본에서 전화를 걸어 준 친구도 있었다. 울음을 터뜨
리는 친구가 있는가 하면 "44년이나 살았으니 몸도 고장이

나고말고!"라고 말하는 친구도 있었고, "삼중음성이라니 약체 프로레슬링팀 이름 같네. 그런 팀은 금방 해체돼"라고 말해주는 친구도 있었다.

마지막으로 전한 사람은 부모님이었다. 특히 엄마에게 말하는 건 마지막까지 망설였다. 엄마는 해맑고 솔직한 사람이다. 내가 어릴 적부터 자신이 부모라는 이유로 체면을 차리지 않았다. 즉, 부모의 권위를 절대로 내세우지 않았다. 나를 대등하게 대하고 내 앞에서 감정을 숨기지 않는 모습에서 어딘가 아이 같은 면이 있었다. 내가 성장하고 나서는 엄마와 딸이 역전된 것 같다고 생각한 적도 자주 있었다. 나는 엄마가 나에게 의지한다고 자부하고 있었고 엄마도 그에 동의했다.

그래서 암이라는 사실을 엄마에게는 비밀로 하려고 했다. 처음에는 그랬다. 나는 낙관적인 성격이어서 암이라고 해도 종양을 떼어내면 그걸로 끝이라고 생각했다. 하지만 항암 치료를 시작하면 머리카락도 빠질 테고 체중이 줄 테니 어떻게 해도 숨길 수는 없겠다고 생각했다.

엄마는 울었다. 하지만 내가 생각했던 것보다는 담담하게 받아들였다. 분명 내 마음을 헤아려 그렇게 했을 것이다. 여리고 감성적인 엄마가 얼마나 슬픔을 억지로 억눌렀을지 생각하니 마음이 아프고 먹먹했다. 캐나다에서 치료를 받기로 한 사실에도 엄마는 동요하는 기색을 비치지 않았다. 팬데믹으로 일본으로 가는 게 곤란하다는 사실을 알고 이렇게 말했다.

"내가 할 수 있는 게 기도밖에 없네."

그건 내가 바라는 것이기도 했다. 나는 엄마가 기도해주길 바랐다. 엄마의 기도가 가진 강력한 힘을 믿었다.

홍법대사라면 사족을 못 쓰는 할머니의 영향일 테다. 엄마는 반야심경을 외우고 시코쿠에 있는 88개의 사찰에 아빠와 몇 번이나 순례했다. 그러다 내가 오랫동안 불임 치료를 받고 유산을 거쳐 지금의 아이를 가졌을 때는 아이가 무사하기를 바라며 참배를 100번이나 했다(그렇다. 그때도 나는 엄마에게 부탁했다. "배 속의 아이를 위해 기도해 줘"라고).

엄마에게 거미 이야기를 했다. 할머니가 거미가 되어 문 것 같다는 말에 엄마는 말을 잇지 못했다. 이 전화가 걸려오기 전날에 엄마도 세면대에서 큰 거미를 봤다고 했다.

그리고 이튿날 엄마는 더 큰 거미를 봤다. 엄마의 손바닥만 한 거미가 화장실 벽에 척 들러붙어 있었다고 한다. 할머니가 와줬다며 엄마는 울었다.

"가나코, 그러니 괜찮을 거야!"

그러고는 바로 100번의 참배를 하러 갔다.

곧 검진이 성난 파도처럼 닥쳐왔다. MRI, PET-CT 검사*, 조직 검사. 담당 간호사들은 다들 편안한 차림이었다. 게다가 팔에 큰 타투를 한 사람이 많았다. PET-CT 검사 때 간호사가 "기다리는 동안 노래 들을래요?"라고 물었다.

"내 걸로 들어도 상관없다면요!"라는 말에 "아니, 괜찮아요"라고 거절했다.

"간호사님 친절하시네요"라고 말하자 그녀는 어째서인지 웃음을 터뜨렸다.

조직 검사는 8월에 받은 것보다 정밀했다. 담당 의사는 인턴인 '마크'로, '샘'이라는 선배 의사가 그를 거들었다. 마크가 "오늘 의사는 모두 남잔데 혹시 불편하면 말해요"라고 했다. 그런 걸 물어서 놀랐다. 괜찮다고 말했다. 그가 바늘로 찌르자 샘이 모니터를 보면서 "마크, 틀렸어. 휘어졌잖아. 똑바로 찔러야지!"라고 말했다. 마치 농구 시합을 보는 코치 같았다.

"그래, 거기야. 찔러!"

바늘이 내 가슴을 몇 번이나 찔렀다. 딸깍, 딸깍! 시간이

• 대부분의 암세포는 정상 세포보다 포도당을 훨씬 많이 소비한다. 이를 이용하여 방사성 의약품인 포도당 유사체를 혈관을 통해 인체로 주입한 후에 영상으로 암의 위치와 크기를 진단한다.

좀 걸렸기 때문에 마지막 두 번은 샘이 했다. 마취가 풀려서인지 무척이나 아팠다. 윽, 하고 신음하자 "환자분 강하네요"라고 마크가 말했다.

9월 9일. 간호사에게 전화가 왔다. 항암 치료에 빈자리가 났으니 내일부터 시작하자고 했다. 마음의 준비가 되어 있지 않아 무서워서 한 번 거절했다. 그랬더니 다른 간호사가 전화를 다시 걸어서 "환자분, 왜 거절했어요? 환자분은 거절할 상황이 아니에요"라고 단호히 말했다. "빠르면 빠를수록 좋아요"라는 말에 각오를 다졌다. 전화를 끊고 나서 항암 치료의 빈자리는 무슨 의미일지 생각했다. 몸 상태가 나빠진 걸까, 아니면 싫어져서 관뒀을까. 그것도 아니면 뭘까. 밤에 고이즈미 교코 씨와 화상으로 신간에 관해 이야기했다. 고이즈미 씨의 목소리에는 진정 효과가 있었다. 고요하고 아름다운 목소리였다.

항암 치료 당일 아침, 처방받은 구토 억제제를 복용했다. 처방전에는 '투여 1시간 전'이라고 쓰여 있었다. 그게 언제인지 몰랐지만 늦는 게 싫어서 병원에 가기 1시간 전에 복용했다.

병원에는 노리코와 남편이 함께했다. 하지만 코로나 때문에 관계자는 한 사람만, 게다가 처음에만 출입할 수 있었다.

남편이 들어가기로 하고 노리코와는 병원 앞에서 헤어졌다. 헤어질 때 노리코가 나를 꼭 끌어안았다. 간호사인 나디아가 미소를 지으며 그 모습을 지켜보고 있었다.

나디아에게 항암 치료에 대한 설명을 다시 들었다. 간단한 설명은 로널드 선생님께도 들었고 자료도 받았지만 나디아의 설명이 더 구체적이었다. 이동식 모니터가 있었고 일본인 통역사가 화면에 나타났다. 일본어를 듣기만 해도 훨씬 안심됐다. 일본어 말고도 다양한 언어의 통역사와 연결되어 있었다. 밴쿠버다운 시스템이라고 생각했다.

나는 3주를 1사이클로 잡아 총 8사이클을 이어나가기로 했다. 맨 처음 4사이클은 매주 파클리탁셀*을 투여하고 3주에 한 번은 카보플라틴**과 동시에 투여한다. 오늘은 첫 번째였다. 후반의 4사이클에서는 AC 요법***을 하는데 3주에 한 번 시클로포스파미드****와 독소루비신*****을 투여한다. 총 24주, 6개월 정도 걸리는 일정이었다. 수술은 그 후 아마 4월쯤 받게 되지 않을까, 하고 로널드 선생님이 말했다. 수술 집도의는 따로 있어서 다시 면담을 잡아주겠다고 했다. 내 경우에는 멍울이 커서 수술 전에 항암제로 암을 작게 만들고 나서 수술을 하는 모양이었다.

설명을 한 차례 쭉 듣고 나서 남편이 돌아갔다. 나디아가 치료가 끝나기 30분 전에 미리 전화하겠다고 남편에게 말했다.

"매주라니 힘들 것 같네요."

남편이 가고 나서 내가 무심코 중얼거렸다. 그러자 나디아가 어깨를 으쓱하고 말했다.

"그래도 매주 혈액검사를 하니 체력을 파악하기 쉬울 거예요. 후반에는 3주에 한 번 하니까 그만큼 컨디션 저하에 주의를 해야 해요."

"컨디션 저하?"

"제일 조심해야 하는 게 열이에요. 감염증일 수도 있으니 38도 이상 열이 나면 응급실로 전화해요."

사실 그런 내용은 전부 자료에 쓰여 있었다. 더구나 인

- 암세포의 세포 분열을 막는 약제의 일종이다.
- •• 난소암을 비롯한 다양한 암을 치료하는 약제다. 파클리탁셀과 함께 쓰이기도 하며, 이를 '카보플라틴-탁솔 요법'이라고 부른다.
- ••• 세포의 합성을 저해하여 암세포의 분열과 증식을 막는 요법이다.
- •••• 항암 치료에 사용되는 약제 중 하나로 다른 항암제와 함께 쓰이기도 하며 면역 억제제로도 활용된다.
- ••••• 암을 치료하는 약제의 한 종류로 빨간색을 띠고 있다. 정맥으로 투여하며 탈모, 구토, 구내염 등의 부작용을 동반할 수 있다.

터넷으로 검색도 했다. 일본 사이트에서는 37.5도 이상 열이 날 때, 라고 쓰여 있는 경우가 많았다. 서양인과 아시아인의 평균 체온이 다르기 때문인 것 같았다. 나는 체온이 높은 편이라서 38도까지 기다려야 하나 망설여졌다.

"구토 억제제 가지고 왔죠?"

나디아가 물었다.

"네, 집에서 미리 먹고 왔어요."

"정말요? 이미 먹었어요? 다음부터는 집에서 먹지 말고 여기로 가지고 와요. 먹을 타이밍을 알려줄게요."

"아, 그래요? 죄송해요. 이걸 어쩌죠?"

"사과할 필요 없어요! 당일에 백혈구 수치가 나쁘면 중지될지도 몰라요. 그리고 바로 항암제를 투여하는 게 아니라 그 전에 구토 억제제라든가 스테로이드도 링거로 맞아야 해서 1시간 정도 걸릴 거예요!"

"알겠어요."

조금이라도 모르는 게 있으면 전화해서 물어야겠다고 생각했다. 이곳은 일본이 아니다. 사전에 친절하게 가르쳐주지 않는다.

"오른팔이랑 왼팔 중에 어디에 맞을래요?"

자주 쓰는 팔을 비워놓고 싶어서 왼팔에 맞았다. 나디아가 손등에 바늘을 꽂았다. 테이프로 고정하고 링거와 연결했다. 이 순간부터 이제 내 몸은 이전과는 다르게 바뀌겠다고 생각했다. 언제쯤 원래대로 돌아갈 수 있을까. 사람에 따라 항암제 부작용이 오래 이어지기도 한다고 들었다.

3시간 만에 첫날 일정이 끝났다. 걱정하던 알레르기 반응이나 부작용은 없었다. 데리러 온 남편도 건강해 보이는 나를 보고 가슴을 쓸어내렸다.

밤에 침대에 눕자 몸이 푹 꺼지는 느낌이 들었다. 묵직했다. 시작이구나 싶었다. 두려웠다. 하지만 결국 꾸벅꾸벅 졸다가 나도 모르게 잠이 들었다.

9월 10일. 처음으로 항암 치료를 받았다. 처음 투여한 스테로이드제 효과로 아주 졸렸다. 눈을 뜨고 있을 수 없을 정도였다. 그런 와중에 이름과 생년월일을 몇 번이나 확인했다. 틀려서는 안 되기 때문이겠지. 다른 병실에 있던 간호사를 불러 확인했다. 1977년 5월 7일생이에요. 그 말을 듣자 왠지 모르게 안도감이 들었다. 너무나도 졸린 가운데 나는 1977년 5월 7일생이라는 감각이 머릿속에 남았다.

이튿날에도 부작용은 없었다.

날씨가 좋아서 조깅도 할 수 있었다. 건강할 때 할 수 있는 일을 최대한 해야 한다는 생각으로 마유코와 함께 의료용 가발을 맞추러 가기로 했다.

마유코는 20대 때 어학연수로 밴쿠버에 왔다. 같은 시기에 유학을 온 이반을 만나 결혼해서 둘이 캐나다 영주권을 받았다. 이반은 멕시코 사람이다. 늘 싱글벙글 웃는 얼굴에 누구보다도 다정하다. 캠핑할 때면 식사를 준비한 사람의 어깨를 두드리면서 "맛있었어. 정말 고마워"라고 잊지 않고 말해준다.

마유코는 고고하게 자란 백합 같다. 투명하고 섬세하지만 심지가 굳고 무척 강하다. 늘 정의로워 교활함과는 거리가 멀다.

사실 미용실에 혼자서도 갈 수 있다고 생각했다. 하지만 부작용이 언제 나타날지 몰라서 두려웠다. 그래서 마유코에게 차를 태워달라고 했다. 우리는 시내에 있는 '큐에'라는 미용실로 갔다. 내가 늘 머리를 자르러 가는 곳이었다.

지금까지는 워킹홀리데이로 밴쿠버에 와 있는 미용사가 머리를 잘라줬다. 다들 하나같이 솜씨가 훌륭했다. 하지만 모두 반년이나 1년 만에 돌아가기 때문에 그게 서운했다. 그래서 몇 주 전에 앞으로는 원장인 마사가 내 머리를 잘라주면 좋겠다고 말해 놓은 차였다. 그리고 나서 처음 자르는 게 의료용 가발이라니 정말 묘했다.

사정을 설명하자 마사는 가발은 수정할 수 없으니 폐점 후에 차분히 자르고 싶다고 말했다. 밤 7시에 가게로 들어 갔다. 마사는 피곤한 와중에도 정성을 다해 가발을 다듬었 다. 그가 가위질을 할 때마다 기부해 준 누군가의 머리카락 이 바닥에 살랑살랑 떨어졌다. 그사이 마유코는 만약을 위 해 병원에서 준 자료를 다시 읽었다.

"무조건 열이 나는 걸 주의하라고 쓰여 있네. 그리고 숨 쉬기 힘들어지면 응급실로 가고. 궁금한 게 있으면 응급실 이나 811로 전화하래."

브리티시컬럼비아주에는 911 말고도 811이라는 번호가 있다. 응급실로 갈지 말지 판단이 서지 않을 때 전문 간호사 에게 물을 수 있는 번호다.

"40대 이후에 항암 치료를 받으면 생리가 멈출 확률이 높대."

집에 있던 생리대와 탐폰을 떠올렸다. 이곳 생리대는 디 자인이 화려해서 좋다. 안개꽃 무늬라든가 옅은 복숭아색 이 아니라 형광 핑크나 타코이즈블루, 에메랄드그린 등 색 깔이 무척이나 강렬해서 좋았다. 이제 그 생리용품을 사용 할 수 없는 건가, 하는 생각을 했다. 그게 기쁜 일인지 서운 한 일인지 그때는 알 수 없었다.

가발을 손질하는 데 꼬박 4시간 정도가 걸렸다. 마사는 녹초가 되었을 게 뻔하다. 심지어 정상영업을 끝내고 나서 한 작업이었다. 그런데도 그는 내내 나에게 이야기를 건넸다. 직접 말로 하진 않았지만 나를 격려하고 있다는 걸 느낄 수 있었다. 그는 작년에 어머니를 암으로 잃었다.

마지막 순서로 내 머리를 깎았다. 언젠가 머리카락이 빠질 거라면 미리 깎아버리고 싶었다.

항상 까까머리를 동경했다. 언젠가 해보고 싶다고 생각하며 미루어왔던 소원이 오늘에서야 이루어지는 건데 바리캉이 머리에 닿은 순간 눈물을 터뜨리고 말았다. 어째서인지는 모르겠다. 마유코가 내 손을 꽉 세게 쥐었다.

"또 금방 자랄 거야."

그렇게 말하는 마유코의 눈동자가 젖어 있었다.

마사는 조금이라도 근사한 까까머리를 만들고자 여러모로 궁리를 했다. 거울을 보니 놀라울 만큼 잘 어울리는 헤어스타일을 한 나 자신과 눈이 마주쳤다. 지금까지 왜 이렇게 안 했을까 생각했을 정도였다.

계산을 하려고 하자 마사는 "외상으로 달아놓을게요"라고 말했다.

"다시 안 오면 곤란해요."

나는 또 울었다.

9월 14일, 우리 아이가 듣는 주짓수 수업 시간이었다. 아이는 평소에도 누구보다도 목소리가 크다. 그라우*를 따서 기쁜 모양이었다. 베르나르도와 하야, 카일에게 내가 암에 걸렸다는 사실을 알렸다. 한동안 주짓수를 못하겠지만 가끔 수업을 참관하고 싶다고 하자 얼마든 지 오라고 했다. 저마다 나를 세게 끌어안아 주었다. 몸 이 부러질 것 같았다. 베르나르도가 말했다. "가나코, 우 린 가족이잖아."

까까머리가 된 내가 아주 근사해 보여서 친구인 도모코 에게 사진을 찍어달라고 했다. 그녀는 프로 사진가로 일본 에 있었을 적에도 작가로서의 나를 몇 번인가 찍어준 적이 있다.

그녀는 마흔에 밴쿠버로 어학연수를 왔다. 그러다 캐나 다 사람인 스티븐을 만나 결혼해서 영주권을 얻었다. 그녀 에게는 신비한 힐링 능력이 있다. 부드러운 분위기와 검은 자위가 큼직한 눈동자가 초식동물을 연상시켜서인지 몰라 도 특별한 행동을 하지 않아도 주변을 치유해 준다. 나는 그

• 벨트 가장자리의 검정 부분에 흰색 테이프를 감아서 만들어진 선으로 등급을 뜻 하며, 선이 4개 모이면 다른 색 벨트로 승급한다

녀가 찍는, 시간이 느슨하게 멈춘 사진을 좋아한다.

　나는 도모코가 찍어준 사진을 여러 친구에게 보냈다. 다들 칭찬 일색이었다. 친구들의 칭찬에 쑥스러워하지 않았다. 내 모습은 분명 아름다웠으니 말이다.

　　마음이 단단했으면 좋겠어

　　내가 선택한 사람과 친구가 될래

　　매일 평온하지 않아도 뭐 어때

　　지붕 색은 스스로 정하는 거야

　　아름다우니까 우린

- 카네코 아야노 「찬란」

　머리카락이 빠지기 시작한 건 세 번째 항암제 투여가 끝났을 무렵이었다.

　빠진다기보다 떨어진다는 느낌이었다. 살짝 건드리기만 해도 하늘하늘 흩날려 떨어졌다. 머리를 감으면 욕조가 온통 머리카락투성이였고, 타월로 물기를 닦으면 타월 한 면에 머리카락이 딱 들러붙었다. 청소하는 게 고생스럽고 한도 끝도 없어서 머리카락이 완전히 빠지기 전까지는 휴지로 머리를 닦아내기로 했다. 그러는 통에 휴지를 엄청나게 허비했다.

코털과 음모도 빠졌다. 코털이 없으니 코딱지가 이상하리만치 쌓였다. 왼쪽 코는 오른쪽보다 점막이 약해서인지 피가 섞인 코딱지가 내내 나왔다. 그건 결국 항암 치료가 끝날 때까지 이어졌다. 음모가 빠지는 건 문제없다고 생각했다. 몇 번인가 브라질리언 왁싱을 받은 적이 있어서 털이 없는 상태가 오히려 청결하지 않을까 싶었다. 하지만 항암 치료가 진행되는 동안에 화장실에 갈 때마다 성기에서 이상한 냄새가 났다. 처음에는 기분 탓인가 했는데, 분비물이 나오지 않아 질이 건조하다는 느낌이 들었으니 상태가 달라진 건 분명했다.

간호사가 말하길 "면역력이 떨어져서 자정작용을 하지 않아 이상한 냄새가 날 수도 있어요"라고 했다. 결국 그것도 항암 치료가 끝날 때까지 이어졌다.

나는 머리가 반들반들해지기를 기다렸다. 하지만 듬성듬성 빠진 채 탈모가 멈추었다. 신간이 나와 인터뷰 요청을 받는 시기여서 마사가 다듬어 준 가발을 썼다.

매주 투여하는 항암제에도 익숙해졌다.

파클리탁셀이 몸에 맞는지 하나만 투여할 때는 부작용이 거의 없었다. 컨디션이 좋을 때는 조깅도, 근육 트레이닝도 할 수 있었다. 문제는 3주에 한 번 카보플라틴과 함께 투여할 때였다. 부작용으로 구역질, 나른함, 구내염 같은 증상이 생겼다. 그나마 무난하게 힘든 건 입안에 끈적끈적한 막이 뒤덮이는 것이었다. 그 탓에 입안이 늘 텁텁했다.

두근거림도 심했다. 평범한 일상생활에는 문제가 없었다. 하지만 계단을 올라가면 온 힘을 다해 달린 후처럼 숨이 차고 심장이 벌렁거렸다. 그래서 여기저기가 계단인 우리 집은 항암 치료 중인 사람에게는 벅찼다. 반지하인 방에서 일어나 식당이 있는 3층으로 갈 때까지 몇 번이나 숨을 돌려야 했다.

약물 투여는 괴로웠지만 화학요법 팀 간호사를 만나는 건 즐거웠다. 다들 밝아서 콧노래를 불렀고, 콧노래 정도가 아니라 본격적인 노래를 큰 소리로 부르거나 다른 간호사와 농담을 하며 서로 깔깔대기도 했다(한 번은 접수처의 타샤가 간호사와 웃음이 터져서 그녀의 웃음이 잦아들기까지 접수를 기다려야만 했다). 그녀들의 팔에는 타투가 많았고 간호복조차 입지 않은 사람도 있었다. 이건 일본 병원밖에 모르는 나로서는 놀라운 일이었다.

30대 초반 무렵 편도주위염에 걸렸었다. 편도선에 고름이 차서 침도 삼키지 못할 만큼 아팠다. 입으로 식사를 할 수 없어서 일주일간 입원해 링거를 맞는 생활을 했다. 목 말고는 탈이 난 곳이 없어 가지고 온 일을 하거나 그림을 그리거나 매일 병문안을 오는 엄마와 끝없는 수다를 떨었다.

간호사는 모두 친절했고 놀랄 만큼 세심하게 나를 보살폈다. 병실에 있는 벨을 누르면 사소한 일이라도 바로 달려와 줬다.

"환자분, 괜찮으세요?"

"어디 불편한 점이라도 있으세요?"

"화장실에 가는 거 거들어드릴까요?"

나는 응석받이 대마왕이 된 기분으로 1주일을 보냈다. 일본 간호사는 최고였다.

하지만 캐나다 간호사도 다른 의미에서 최고였다. 그녀들은 내가 절대 어리광을 부리지 못하게 했다. 물론 어딘가 난처한 일이 생기면 도와줬고 상담도 진행했다. 하지만 어디까지나 우리는 대등했다. 한 마디로, 나는 왕이 아니었다.

"가나코씨가 걸린 암은 삼중음성유방암이죠? 오케이! 얼른 나읍시다!"

그녀들과 이야기하고 있으면 암은 죽음에 이르는 병이 아니라 단순한 감기거나 조금 고약한 독감으로 생각하게 된다.

병원에 정기적으로 통원하면서 낯이 익은 간호사가 몇 명 생겼다.

리사에게는 몇 번인가 신세를 졌다. 그녀는 담당일 때마다 내 정맥을 칭찬했다.

"정맥이 여전히 장난 아닌데요? 바늘이 완전 잘 들어가요!"

정맥이 울퉁불퉁 튀어나온 손등이 나는 오랫동안 콤플렉스였다. 하지만 리사에게 칭찬을 받자 왠지 자랑스러워졌다.

"그런 일로 처음 칭찬받아요."

"진짜요? 친구 중에 간호사는 없었어요? 있다면 분명 저랑 똑같이 생각할걸요? 가나코씨 정맥 완전 장난 아니라고!"

확실히 내 정맥은 튼튼해서 항암제를 열다섯 번 투여해도 아주 건실하게 버텼다.

켈리는 늘 편안한 트레이닝복을 위아래로 입는다. 어느 때는 회색, 어느 때는 연보라색이다. 간호사는 간호복을 입어야 하는 줄 알았는데 여기서는 그렇지만도 않았다. 자연스러운 은발이 근사하다고 칭찬하자 흰머리를 염색하느라 화학약품으로 뒤범벅이 된 모습이 지긋지긋해졌다고 했다. 그래서 머리를 되돌리려고 한 번 밀었다고 한다. 늘 농담을 잘해서 내가 "담요 좀 줄래요?"라고 하면 "하나에 10달러입니다"라고 말해 나를 매번 웃게 했다. 그럼 나도 어느새 "외상도 되나요?" 하고 농담으로 답할 수 있게 되었다.

크리스티는 늘 형광 핑크색의 캔버스화를 신고 노란색 테로 된 안경을 쓰고 있다. 그건 노란색으로 테가 둘러진 간호사복에 맞춘 것이었다. 간호복으로 멋을 낼 수 있다니 나는 감동했다.

"가나코는 따로 운동해요?"

어느 날 크리스티가 나한테 물었다.

"음, 컨디션이 나쁘지 않을 때는 조깅이랑 근육 트레이닝을 해요."

"대단한데요? 그것 말고도 있어요?"

"그것 말고? 어디 보자, 주짓수랑 킥복싱을 했었는데 항암 치료 중이라 쉬고 있어요."

"그렇구나. 서운해요?"

"응? 서운하다라……. 그래, 그렇네요. 서운해요."

크리스티는 잠시 내 얼굴을 빤히 보았다. 그리고 이렇게 말했다.

"의사 선생님은 뭐라고 했는지 모르지만 우리는 가나코가 하고 싶은 운동이면 해도 된다고 생각해요. 물론 항암제 때문에 면역력이 떨어져 있으니 감염은 조심해야겠지만 컨디션을 스스로 확인하면서 1대1로 한다든지 할 수 있는 범위 내에서 하면 되지 않을까요? 주짓수나 킥복싱뿐만 아니라 좋아하는 걸 해봐요."

나도 그녀를 다시 응시했다.

"가나코. 암 환자라고 해서 즐거움을 빼앗겨서는 안 돼
요."

> 절망에서 달아나는 길이나 방향을 모른다 해도 정신은
> 활개 칠 수 있다. 활개 치는 것만으로 언젠가 절망을 견
> 딜 수 있다.
>
> - 이윤 리 『Where Reasons End』

물방울 하나에 시선을 집중하자 마치 슬로모션처럼 천
천히 떨어졌다. 하지만 전체를 보자 파도 자체의 움직임은
빨라서 조금 전에 느낀 물방울의 더딘 움직임을 믿을 수 없
었다. 물마루는 순간 빛나듯 하얘지다가 물방울처럼 곧장
바다의 파랑과 섞였다. 파랑이라고 말하지만 실제로는 색
이 다양해서 거의 초록으로 보이는 곳이 있는가 하면 갈색
으로 탁해진 곳도 있었다. 시선을 움직여 전체를 보자 그래
도 역시 그건 내가 아는 바다의 파랑이었다.

집에서 10분 정도 거리에 자리한 해변에 거의 매일 갔
다. 바다는 날씨가 좋은 날에는 발랄하게 빛났고 비가 오는
날에는 적절하게 고요했다. 나는 바다가 움직이는 모습을
찍어서 친구에게 보내거나 해변에 놓여 있는 통나무에 앉

아서 바다를 그저 바라보곤 했다.

바다 건너편에는 고층 빌딩이 늘어선 중심가가 보인다. 그리고 그 건너편에 구름으로 뒤덮인 산줄기가 펼쳐져 있다. 밴쿠버는 도시와 자연이 공존한다. 도시라고 해도 아주 작아서 만약 관광을 온다면 하루에 도시를 거의 다 둘러볼 수 있다.

이 도시에 온 건 2019년 12월이었다. 그전에는 그해 5월에 남편과 당시 이제 겨우 두 돌이 지난 우리 아이를 데리고 여행을 왔었다. 그때 이미 밴쿠버는 이주할 곳으로 생각해 둔 후보지 중 하나였다. 그래서 그 여행은 사전 답사를 겸하고 있었다.

캐나다에 가기 전부터 아이가 지내기 좋은 곳이라는 말을 들었다. 정말 그랬다. 우리 아이는 한시도 가만히 있지 못하고 전철 안에서 떼를 쓰고 레스토랑에서 조잘거렸지만 아무도 싫은 내색을 하지 않았다. 유모차도 버스에 편하게 탈 수 있었고, 타고 나면 누군가가 반드시 자리를 양보해 주었다. 거리를 걷고 있으면 스쳐 지나가는 사람이 우리 아이에게 "하이, 버디!"라고 인사를 건넸고, 당시에 에네르기파에 푹 빠져 있던 아이가 "얍!" 하고 양손을 펼치면 지나가던 젊은 여성 두 사람이 "으악!!" 하고 당하는 시늉을 했다.

그 여행을 할 때 이 해변에도 왔다. 바람이 거센 날이었다. 그날 나는 노리코를 처음 만났다. 노리코는 그때 소라가 양자라는 사실과 소라처럼 근사한 아이와 가족이 된 건 정말 행운이라고 알려줬다. 소라는 아주 감성적인 아이였다. 자신이 무언가를 싫어하거나 좋아한다고 느끼는 순간을 그냥 흘려보내지 않고 확실하게 인지했다. 가끔 소라의 시선으로 세상을 보면 세상이 완전히 달라 보였다. 때로는 이 세상이 너무나 두렵지만 한편으로는 이렇게 아름다운 세계에 우리가 있구나 하고 새삼 느꼈다.

노리코와 노리코를 소개해 준 마키와 함께 해변에 있는 놀이터에서 아이들이 노는 모습을 바라봤다. 놀이터에 있는 다른 부모들은 조금 떨어진 장소에서 아이들을 보고 있었다. 아이들이 다퉈도 부모끼리 사과하는 일은 거의 없었다. 아이에게는 아이의 인격과 규칙이 있다고 생각한다. 그래서 부모가 과도하게 개입하지 않는 이곳에 왔다. 이곳은 분명 아주 어린아이가 아닌 이상 어른을 대하듯 말하는 부모가 많았다. 그래서인지 아이들도 상대가 아무리 나이가 많더라도 자신이 생각하는 바를 확실하게 전달했다. 자신의 의견이 존중받는다는 걸 믿고 있는 사람의 말투였다.

지금도 내가 이 나라에 있다는 걸 믿을 수 없을 때가 있다.

지금까지 여러 나라를 여행하면서 그때마다 '이 나라에

산다면' 하고 상상해 왔다. 그 상상은 무책임하기에 즐겁고 그래서 끊임없이 이어졌다. 그리고 지금 그 상상이 현실이 되었다. 나는 밴쿠버에 있고 밴쿠버에서 살고 있다. 한정된 기간이더라도 역시 실제로 살아보는 게 가장 느끼는 바가 컸다.

여기로 이사 온 지 얼마 지나지 않아 내가 일종의 스트레스를 받지 않고 있다는 걸 알아차렸다. 이 도시는 조용했다. 그건 소음이 없다는 건 물론이고 원색적인 광고나 포르노와 다를 바 없는 그림이나 사진을 볼 수 없는 데서 시작된 고요함이었다.

도쿄에 있을 땐 신주쿠를 지나가는 노선 주변에 살았다. 신주쿠의 떠들썩한 소리와 함께 전철 안과 길거리에 나뒹구는 만화잡지의 선정적인 사진이나 '살찌면 안 돼', '늙으면 안 돼', '제모를 해야 해'와 같은 내용을 암시하는, 여러모로 얼굴을 찡그리게 하는 광고를 접했다. 그것들을 보기만 해도 몸속까지 소음이 전해졌다.

도쿄에선 그걸 특별히 이상하다고 느낀 기억이 없다. 청각에 자극을 주든 시각에 자극을 주든 도시에 소란스러움은 당연히 따르는 법이니 그 소란이 적당한 자극이라고 생각했다. 하지만 밴쿠버에 와서 고요한 도시를 접하고 그런 게 모두 스트레스였다는 사실을 깨달았다.

나는 도쿄를 좋아한다. 아주 좋아한다. 지금도 그리워서 돌아가고 싶을 정도다. 하지만 길거리에서 성적인 무언가를 맞닥뜨리고 싶지는 않다. 특히 아이가 길에서 선정적인 요소를 접하지 않기를 바랐다. 도쿄에서는 명백하게 포르노가 아니라고 해도 성적인 분위기를 풍기는 것을 쉽게 마주쳤다. 그리고 욕망의 대상은 늘 젊은(어린 경우도 있다) 여성들이었다.

밴쿠버에도 물론 광고가 있다. 화장품 광고에는 아름다운 여성이 등장하고 속옷 가게 앞에는 속옷을 입은 여성의 간판도 나와 있다. 하지만 여성이 성적인 객체가 되고 있다는 인상은 받지 않았다. 특히 속옷 광고에 등장하는 사진 속 여성은 체형이 다양하다. 자기 몸을 받아들이고 사랑하는 걸 장려하고 결코 수동적인 성적 대상으로 소비되지 않는다. 그래서 무언가를 강요받는 느낌도 들지 않는다. '이렇게 돼라', '이렇게 되지 않으면 안 된다' 같은 메시지는 찾아볼 수 없다. 적어도 나는 우리 아이가 봐도 상관없다고 생각했다.

자신의 몸을 되찾는다는 것에 관해 곰곰이 생각하게 됐다.

나는 지금까지 다양한 것으로부터 영향을 받아 내 안에 차곡차곡 쌓아두었다. 그 결과 내가 사실은 어떤 사람인지,

무엇을 사랑하고 무엇을 싫어하는지 조금씩 잊어버리게 됐다. 어쩐지 '늙고 싶지 않고', '제모를 하지 않으면 추하다'고 생각했다. 그런 시선을 모두 내팽개치는 건 옳지 않다고 느꼈고, 실제로 어느 것 하나 놓치지 않기 위해 노력했다. 하지만 유행하는 옷을 포기하고 제모를 하지 않고 파운데이션을 바르지 않는 지금의 나는 그때 잃어버렸던 무언가를 되찾고 있는 듯하다. 적어도 지금의 나에게는 이 밴쿠버의 고요함이 필요하다.

나는 지금 바닷가 벤치에 앉아 바다를 보고 있다.

여름에는 비치발리볼이나 선탠을 하는 사람으로 넘쳐나는 이 해변에는 다양한 사람이 있다. 조각 같은 아름다운 근육을 가진 젊은 남성이나 개를 데리고 온 여성, 조개껍데기를 줍는 아주머니나 허리에 튜브를 끼고 먼 거리를 헤엄치는 할아버지, 휠체어를 타고 바다를 바라보는 할머니들, 정말 다양하다.

겨울이 시작되어도 날씨가 좋은 날에는 비치발리볼을 하는 사람을 볼 수 있다. 내 시선을 빼앗은 건 젊은 여성이 아니라 아주머니들이었다. 무릎에 보호대를 차고 손가락에 테이핑을 하고서 큰 소리를 내며 모래 범벅인 공을 아주머니들이 뒤쫓고 있었다. 그녀들은 현기증이 날 정도로 아름다웠다.

20대 무렵에 나이를 먹는 게 두려웠다. 젊음이 전부고 아줌마가 되면 끝이다. 나는 그렇게 주입받은 세대였다(안타깝게도 일본에는 여전히 그런 풍조가 있는 모양이다). 아마도 일종의 압박을 받고 있었던 것 같다.

하지만 시간이 흘러 나이를 먹고 아줌마가 된 지금, 그때 내가 뭘 그렇게 두려워했나 싶다. 누가 우리를 위협했을까. 아줌마가 되었다고 해서 우리의 기쁨에 한계를 둘 필요는 없다.

나이를 먹는 일은 자신의 인생을 축복하는 일이어야 한다. 나는 44년간 이 몸으로 살아왔다. 물론 신체적으로 쇠약해지는 건 느낀다. 그리고 나는 삼중음성유방암을 앓고 있다. 하지만 나는 기쁨을 잃지 않을 것이다.

9월 29일. 아침부터 비가 내렸다. 러닝은 포기하고 산책을 했다. 오후에는 수술 집도의인 마레카를 직접 만났다. 저번에 화상회의로 잠시 이야기한 적이 있어 오늘이 두 번째 만남이다. 화상으로 본 것과 똑같은 인상을 받았다. 무척이나 편하고 멋졌다. 오늘도 의사 가운을 입고 있지 않았다. 로널드 선생님을 만나기 전에 마레카와 약속을 잡아야 했던 모양이다. 하지만 병원의 착오로 어째서인지 로널드 선생님과 먼저 만나게 됐다.

그게 문제가 되냐고 내가 묻자 마레카는 문제는 전혀 없고 오히려 다행이었다고 말했다. 내 경우에는 종양이 커서 한시라도 빨리 항암 치료를 하는 편이 낫다고 했다. 마레카가 내 멍울을 만졌다. 작아져서 다행이라고 했다. "림프에 전이됐다는 말은 들었어요?"라고 나에게 물었다. 못 들었다고 하자 조직 검사 결과가 나왔는데 림프에 전이되었다고 했다. 폐에도 그림자가 보이지만 너무 작아서 조직 검사를 할 수 없다고 했다.

암이 전이되었다는 말을 들었을 때 맨 처음에 생각한 건 '암도 살아 있구나' 하는 거였다. 그들도 살아남기 위해 증식을 하는 것이다. 바이러스와 비슷하다고 생각했다. 백신이 개발될 때마다 변이해서 목숨을 부지하니 말이다. 그들은 인간을 해치려는 악의가 있는 것이 아니라 그저 존재하기 위해 우리를 공격하는 것이다.

물론 바이러스로 목숨을 잃은 사람과, 가족을 잃은 사람을 생각하면 마음이 아프다. 그러나 바이러스에 악의는 없다. 때때로 기승을 부려 사람의 목숨을 빼앗는 자연에 악의가 없는 것처럼 말이다.

마치 고질라 같다. 우리가 만들어낸 방사선이 고질라를 낳았다. 태어났기 때문에 고질라는 살아가려고 한다. 도쿄에 상륙한 고질라는 그저 걷기만 해도 다양한 것을 파괴하고 사람의 목숨을 빼앗는다. 공격을 받으면 입에서 보라색 화염을 내뿜고 그 화염 때문에 도시가 남김없이 불에 탄다. 그래도 그건 악의에서 나온 행위가 아니다.

암도 고질라와 마찬가지다. 그저 그들의 존재 자체가 우리와 양립하지 못할 뿐이다. 둘 중 하나가 살아남으려고 할 때 한쪽이 상처를 입게 된다.

조지 손더스의 단편 「12월 10일」에는 이런 문구가 있다. 주인공 돈 에버는 다정한 아내와 독립한 의젓한 자녀들을 둔 남자다. 그는 노년에 알츠하이머였던가, 그게 아니라면 적어도 그것과 비슷한 병에 걸린다.

그는 그 병에 대한 과거의 기억이 있다. 세상에 그렇게 좋은 사람은 또 없을 거라고 생각했던, 누구에게나 다정하고 단 한 번도 거친 말을 한 적 없던 의붓아버지 앨런이 이 병을 기점으로 사람이 완전히 달라졌던 것이다. 그와 어머니에게 저속하고 추잡한 욕설을 하고 대변 냄새를 풍기고 소변 줄을 차고서 깡마르게 야윈 앨런의 모습은 그에게 트라우마로 남아 있었다.

그는 앨런처럼 되는 걸 두려워했다. 그리고 실제로 그 병을 선고받자 서서히 말을 잃어갔다.

'아파봤자 얼마나 아프겠어'라고 생각했다. 난 수술 후에도 울지 않았고 화학요법을 받을 때도 울지 않았다. 하지만 지금은 정말 울고 싶은 기분이다. 너무하지 않은가. 이런 일이 누구에게나 일어날 수 있는 일이라는 건 알고 있다. 하지만 지금은 나한테, 오직 나한테 일어나고 있다. 줄곧 내게 어떤 특별한, 모든 걸 무효로 만들어 줄 기회가 생기지 않을까 기대했다. 하지만 아니었다. 나보다 더 큰 신이라는 존재는 절대 그런 걸 내줄 생각이 없었다. 신은 당신을 각별히 사랑한다. 이 말을 항상 들어왔지만 가장 최후의 순간 사실이 아님을 알게 됐다. 신은 공평하다. 절대적으로 무관심하다. 그저 무심하게 움직여 사람들을 일그러트린다.

나한테도 그 일이 벌어졌다. 저 위에 있는 거대한 누군가의 어떠한 의도 없이.

암에 걸린 사람은 원인을 찾으려고 한다. 폭음이나 폭식 때문인지, 수면이 부족해서인지, 일하면서 받은 스트레스 때문인지, 급기야 유산한 아이에게 공양을 드리지 않았거나 성묘를 하지 않아서인지까지 다양하게 거론된다.

하지만 그건 누구에게나 일어나는 일이다.

물론 생활 습관을 개선하면 암을 어느 정도 막을 수 있고 정기적으로 검진을 받아 조기에 발견을 할 수도 있다. 하지만 만약 암에 걸렸다면 그건 이미 벌어진 일이다. 누구에게나 일어나는 일이 우연히 자신에게도 일어난 것이다.

나도 처음에는 온갖 생각을 했었다. 만약 그걸 했더라면 만약 그걸 하지 않았더라면 하고 말이다. 하지만 그런 '만약'은 전혀 도움이 되지 않는다. 나는 현재 암에 걸렸다. 그건 흔들리지 않는 사실이고, 지금은 오직 그 사실만이 존재한다.

이 공평함, 이 무심함은 오히려 나를 홀가분하게 만들었다.

물론 암은 두렵다. 가능하면 걸리고 싶지 않다. 하지만 생긴 암을 마지막까지 원망하지는 않았다. 내 몸속에서 내가 만들어낸 암이다. 그래서 나는 투병이라는 말을 사용하지 않기로 했다. '병을 해치우겠다'라는 말도 사용하지 않았다. 이건 어디까지나 치료다. 싸움이 아니다. 우연히 생겨나 내 몸속에 살아 나가려는 암이 내 오른쪽 가슴에 있다. 그게 사실이고 그뿐이다.

10월 3일. 몸이 나른해서 일어날 수 없었다. 구토 억제제를 복용하고 잠들었다. 남편이 깎아준 배와 마리코가 보내준 완탕 수프를 간신히 먹었다. 맛있는 걸 맛있게 먹고 싶다. 배가 든든하게 먹고 싶다.

항암 치료를 받는 동안 노리코가 '밀 트레인'을 준비해
줬다.

밀 트레인은 지인들이 식사를 배달하는 시스템이다. 달
력에 친구들이 메뉴를 적고 매일 순서대로 배달해 준다(수술
을 마친 후까지, 그러니까 반년이나 이어졌다).

나는 데이비드가 만든 우동과 마유코가 만든 햄버그스
테이크를 먹었으며 지에리가 만든 오코노미야키와 요코가
만든 유부초밥을 먹었다. 그리고 나오가 만든 김밥과 아야
가 만든 영양 솥밥을 먹었고 크리스티나가 만든 샐러드와
메구미가 만든 오뎅을 먹었다. 어느 날은 유카가 만든 보르
시와 키트가 만든 그릴에 구운 생선을 먹었고 겐타의 마파
두부와 아만다가 준 파스타도 먹었다. 마리는 라사냐를, 마
이크는 수프를, 체리슈머는 카레를 만들어 줬고 조는 한국
식 주먹밥을, 파티마는 로스트 치킨을 만들어 줬다.

타인이 만든 밥의 힘을 나는 절실하게 느꼈다. 그건 밥
이상의 어떤 것이었다. 내 몸을 안쪽에서부터 움직이게
했다.

일본에서 치료를 받았더라면 어땠을까 생각한 적이 여
러 번 있다. 암센터 의사와 좀처럼 연락이 되지 않고 스케줄

이 갑작스럽게 변경되기도 했으며 무엇보다 언어 문제 때문에 스트레스가 매일 쌓였기 때문이다. 일본에 있었더라면 이런 스트레스는 전혀 받지 않았을 텐데 하고 몇 번이나 생각했다.

하지만 일본에 있었더라면 이렇게 나를 움직이게 하는 무언가를 몸과 마음으로 온전히 받아들일 수 있었을까.

우선 편집자인 남편은 일을 하고 있었을 게 분명하다(그는 밴쿠버에서는 대학교에 다니고 있었다). 시간적으로 융통성이 있는 일이라고 해도 여기 있을 때처럼 전폭적으로 아이를 돌보지는 못했을 것이다. 암 치료에 좋다는 버섯 수프를 만들어주지도 못했을 테고, 아침 식사 때 몸을 치유한다고 모차르트 교향곡을 틀어주는 여유조차 없었을지도 모른다.

나는 분명 산후 때처럼 친정 엄마에게 의지했을 것이다. 일흔이 넘은 엄마가 우리 집에 묵으며 식사를 차려주거나 집안일을 도와줬겠지. 그러면 친구들에게 의지하고 무언가를 부탁할 일이 거의 없지 않았을까.

일본 친구들은 다들 다정하다. 그리고 따뜻하다. 내가 부탁하면 뭐든지 해줬을 것이다. 실제로 그녀들은 내 소식을 듣자마자 바로 대량의 일본 음식과 잠옷, 수면 양말과 아이의 그림책을 보내왔다. 그리고 매일 메시지를 보내줬다. 그게 나를 얼마나 격려해 주었는지 다 표현할 수 없다. 그녀들의 곁에 있고 싶다고 생각한 적이 한두 번이 아니다(물론 엄마의 곁에도 있고 싶었다).

하지만 일본에 있었다면 아마 내가 사양하지 않았을까. 우리끼리 어떻게든 할 수 있다, 해내야 한다며 모든 짐을 짊어지지 않았을까. 그건 내 성격이라기보다(나는 사람에게 잘 의지한다) 일본의 풍토와 관계가 있다고 본다. 우리끼리 어떻게든 해내야 한다. 그것도 가족 일은 가족끼리 해결해야 한다는 사고방식이 우리의 몸과 마음에 배어 있다. 그리고 그건 일본의 정치가가 우리를 가족 단위로 취급하는 것과 당연히 관계가 있다.

나는 산후에 많은 친구에게 도움을 받았다. 그녀들은 사흘 연달아 집을 찾아와 내 이야기를 들어주었고 근사한 반찬이나 케이크, 때로는 무알코올 칵테일을 사다 주기도 했다. 물론 그전에 엄마에게 도움을 요청하고 둘라*에게 대가를 지불하는 등 개인적으로 철저한 준비 태세를 취하고 있었기도 했다. 그렇다고 완전히 무방비한 상태로 누군가에게 '도와 달라'고 한 건 아니었다.

물론 출산과 달리 암에 걸리는 건 예측할 수 없다. 그래

• 출산 전부터 후까지 신체적, 심리적으로 돕는 비의료기관 전문가이다.

서 무방비한 상태일 수밖에 없다. 그렇다 쳐도 일본에 있을 때와 밴쿠버에 오고 난 후를 비교하면 밴쿠버에서 타인에게 도움을 받은 횟수가 압도적으로 많다.

해외에 있으면 누군가를 의지하지 않고 살아갈 수 없다. 특히 내 어학 실력으로는 더더욱 그렇다. 그건 암에 걸리기 전부터 그랬다. 주차 허가증을 따거나 일본 음식을 파는 가게를 알아내는 것부터 시작해서 집을 비우는 동안 고양이를 돌봐주는 일까지 다양한 상황에서 여러 사람에게 도움을 받았다. 타인에게 도움을 받는 일에 익숙해지고 동시에 누군가를 돕는 일에도 익숙해졌다. 물론 일시적인 체류자인 우리가 할 수 있는 건 한정적이지만 아이를 맡아주거나 이사를 돕거나 차가 없는 사람에게 무거운 물건을 배달하는 일 정도는 얼마든지 할 수 있었다.

내가 아플 동안 모두가 우리 아이를 돌봐준 게 특히 고마웠다. 아이의 절친인 레미네 가족은 매주 수요일에 아이를 맡아주고 주말에는 꼭 아이를 어딘가에 데리고 가줬다. 자기 집에서 자고 가도록 초대하기도 했다. 물론 너무나도 좋아하는 아빠와 내내 같이 있을 수 있었다는 부분도 큰 도움이 되었지만, 레미네 가족 덕분에 아이가 외로웠던 적은 거의 없었던 거 같다. 내 병이 어떤 것인지는 확실하게 이해하지 못했지만, 내가 하루 종일 침대에서 자는 날에도 위층에서 아이의 웃음소리가 들렸다. 억지로 웃는 것처럼 들리지 않았다. 아이는 수많은, 정말로 수많은 사람에게 길러졌다.

이렇게 서로 돕는 일에 모두가 익숙한 건 밴쿠버가 이민자의 도시라는 것과도 관련이 있다. 많은 사람이 이 도시에 신참으로, 오른쪽도 왼쪽도 모르는 상태에서 찾아온다. 서로 돕지 않으면 살아 나갈 수 없다.

인도에서 온 체리슈마가 말했다.

"이제 부모님이나 친척이 근처에 없을 때 느끼는 버거움을 완전히 잘 알게 됐어."

사람은 혼자 살 수 없다. 다시 한 번 확실하게 느꼈다. 너무나 당연한 건데도 나는 왠지 혼자서 살 수 있다는 오만한 생각을 가지고 있었던 거 같다. 적어도 도쿄에서는 그랬다.

32세에 아파트를 샀다. 인생에서 제일 비싼 물건을 샀기에 손이 부들거렸지만 동시에 정말 흥분했다. 내가 이런 일을 해낼 줄은 생각도 못했기 때문이다. 그 뒤 고양이를 주웠고 남편을 만나 결혼했지만 독립된 인간이라는 사실을 언제나 잊지 않았다. 은행 업무나 병원 업무, 대출 업무는 물론이고 세차도 혼자 할 수 있었다. 언뜻 힘들어 보이는 일이라도 반드시 어떻게든 혼자 해냈다.

하지만 밴쿠버에서는 감당할 수 있는 수준이 아니었다.

아무리 노력해도 어학 능력에는 한계가 있었고 그것만으로도 어떤 일을 해낼 가능성이 뚝 떨어졌다(병원에 전화 거는 일 하나도 할 수 없었다).

아, 나는 혼자서는 아무것도 못하구나. 나약하구나. 매일 그렇게 생각했다. 그리고 그건 부끄러운 일도, 꺼리고 피해야 하는 일도 아니었다. 그저 사실이었다.

나는 약하다.

나는, 약하다.

매일 그렇게 자각하다 보니 나를 규정해 온 윤곽이 단순해졌다. 불안했지만 동시에 속이 시원했다.

그래서 주짓수에 열중했다. 나는 격투기 경험도 없고 감도 무디다. 바로 패닉에 빠졌고 정신을 차리고 보면 숨을 헐떡이고 있었다. 나는 철저하게 약했다. 누군가와 스파링을 해도 여지없이 당했다. 때로는 한동안 누운 채 다음 수업이 시작될 때까지 움직이지 못할 때도 있었다. 대자로 뻗어서 체육관 천장을 보면서 '나도 참 어지간히 약하네'라고 생각했다. 물론 한심했지만 그 한심함을 받아들이자 그동안 추상적이고 모호해 혼란스러웠던 감정이 구체적으로 와닿는 느낌이 들었다. 내가 내 안에 있는 압도적인 나약함과 함께 살아가고 있다는 사실에 놀랐다.

왜냐하면 나는 이제야 알았다. 지금에서야 그렇다, 조금씩 알게 됐다. 만약 누군가 마지막의 마지막에 몸이 망가져 심한 소리를 하거나 험한 행동을 하고 타인의 돌봄이 필요하다면, 그것도 엄청난 수준의 돌봄을 받아야 한다면? 그게 왜, 뭐가 어떻단 말인가. 이상한 말을 하거나 기이한 행동을 하고 꺼림칙하고 보기 흉한 모습으로 변하는 게 왜 잘못인 거지? 대변이 다리를 타고 흘러내리는 게 뭐가 문제인가? (중략) 지금도 여전히 두렵다. 그렇다 해도 나는 안다. 거기에도 행복과 좋은 인연은 여전히 존재하고 그 인연은 지금까지 그랬듯 앞으로도 내 마음대로 거부할 수 있는 게 아니라는 것을.

- 조지 손더스 「12월 10일」

유전자 검사 결과가 나왔다.

나한테는 BRCA2 유전자 변이가 확인되었다. 유방암과 난소암에 걸릴 확률이 높은 유전자 변이다. 안젤리나 졸리는 BRCA1 유전자 변이가 있다는 것을 발견하고 예방을 위해 양쪽 유방과 난소와 난관을 모두 제거했다.

내 암은 지금 오른쪽에 있지만 왼쪽 가슴으로 전이할 가능성이 80%인 데다가 재발할 확률도 높았다. 이를 막으려면 양쪽 유방을 모두 적출하는 게 바람직하고 난소도 언젠가 제거하는 편이 낫다고 했다. 이 유전자 변이는 50%의 확률로 아이에게도 유전된다. 즉 우리 아이도 이 유전자를 가지고 있을 수 있다는 뜻이다. 19세가 되면 검사를 하는 편이 좋지만 그건 본인의 의사에 맡겨야 한다고 의사는 말했다. 알고 싶지 않은 사람도 있어서였다.

나는 오빠에게 유전자 변이 이야기를 전했다. 남성이 이 유전자를 가지고 있으면 전립선암이나 췌장암에 걸릴 확률이 높아진다. 검사를 받을지 말지는 물론 본인이 결정할 문제다. 건강한 사람일 경우 유전자 검사를 받는 데 아직 보험이 적용되지 않는다. 안젤리나 졸리처럼 예방 차원에서 절제하는 것도 거액이 든다(그 때문에 그녀는 비판도 받았다. 물질적으로 풍요로운 사람만 할 수 있는 선택이라고 말이다).

사람은 죽음을 직면했을 때 그 죽음이 자신만의 것이기를 바란다. 하지만 죽음은 여러 사람을 끌어들인다. 그렇기 때문에 몇몇 결단은 내리기 어려워진다.

폴린 보티라는 화가가 있다.

앨리 스미스의 『가을』을 읽고 그녀를 알게 되었다(앨리 스미스는 작품 속에서 비교적 잘 알려지지 않은 여성 아티스트의 작품을 소개한다. 그녀가 소개한 아티스트의 작품을 나는 늘 검색해 본다).

보티의 그림은 컬러풀하다. 조금 칙칙한 색을 사용해도 굉장히 선명해서 화사해 보인다. 그림을 보고 있으면 마치 장난을 좋아하는 여자아이에게(부모는 인상을 찌푸릴 것 같은) 설레는 비밀을 듣는 기분이 든다.

「Colour Her Gone」은 폴린의 대표작이다. 페일블루색 스웨터를 입은 마릴린 먼로가 해맑은 미소를 지어 보이고 있다. 언뜻 보면 그녀가 바로 마릴린 먼로라는 사실을 알 수 없을지도 모른다. 우리가 가지고 있는 그녀의 이미지(말려 올라간 스커트를 부여잡는 그녀, 가슴 언저리를 대담하게 드러내고 선정적으로 웃는 그녀, 암살된 대통령의 생일에 숨소리가 섞인 섹시한 목소리로 생일 축하 노래를 부른 그녀 등)와 다르기 때문이다.

폴린은 성적인 대상으로 끊임없이 소비된 마릴린 먼로를 평온한 한 여성으로 그려냄으로써 그동안 그녀에게 걸려있던 저주를 풀어주었다. 그녀에겐 이런 작품이 많다. 여성을 저주에서 풀어주는 그림. 여성을 객체가 아닌 주체로, 인간다운 순간을 그린 그림.

폴린은 임신한 28세 때 악성 흑선종, 즉 암을 진단받았다. 임신 중절도, 태아에 영향을 끼치는 방사선 치료도 거부한 그녀는 딸인 굿윈을 1966년 2월에 낳고 7월에 사망했다. 굿윈은 29세까지 살다가 약물 과다복용으로 삶을 마감한다.

그게 얼마나 이른 죽음이든, 가슴 아픈 죽음이든, 죽음 그 자체는 공평하다. 죽음을 받아들이는 건 드라마틱한 행위가 될 수 있지만 '죽는 것'은 놀랄 정도로 흔하다. 죽음은 우리가 숨 쉴 때 바로 곁에 있다. 그저 언제나 아주 순수하고 자연스러운 모습으로 있어 우리가 그 존재를 쉽게 간과할 뿐이다.

우리의 가슴을 아프게 하는 건 흔해빠진 죽음 그 자체가 아니라 죽음이 가져오는 부재의 감각이다. 그 사람이 이곳에 없다, 그 단 한 가지가 우리를 미치게 한다. 하지만 부재는 우리가 그동안 잠시 잊고 있던 죽음을 마주할 기회를 준다. 무척이나 고통스럽지만 필요한 학습이다.

배움의 과정이 지나면 우리에게는 어떤 능력이 주어진다. 죽은 이를 애도하고 그를 내 마음속에 살게 하는 능력이다. 예를 들어 폴린 보티는 그녀의 작품을 통해 이 세상에 아직 계속 살아 있다. 하지만 그녀처럼 반드시 후세에 무언가를 남길 필요는 없다. 모든 죽은 사람은 그 사람이 '생전에 틀림없이 살아 있었다'라는 사실만으로 사후에도 계속 살아 있다. 그리고 그들의 '사후의 생'은 살아 있는 사람의 생에도 크게 작용한다. 살아 있는 사람의 생은 그들의 죽음을 반사하면서 빛난다. 그 빛은 그리움뿐만 아니라 그 사람을 생각하는 외로움도 내포하고 있다. 감정은 그것이 어떤 종류이든지 간에 우리의 생을 증명한다.

하지만 나는 그들을 가까이에 두는 것만으로 회복할 수 있다는 걸 배웠다. 그들로부터, 그들의 부재로부터 거리를 두려고 하면 나는 갈기갈기 찢어진다. 실수로 낯선 사람의 삶에 침범한 듯한 기분이 든다.

- 소날리 데라냐갈라 『천 개의 파도』

그녀는 언제 장미를 심었을까? 지금 실로 근사하게 빨간색과 흰색의 꽃이 한창 피어 있다. 무심코 아아, 하고 탄식하고 싶어지는 향기가 난다. 내년에도 그다음 해에도 얼마나 그녀를 기쁘게 하고 자랑스럽게 했을까. 지금 슬픈 건 이제 더 이상 이걸 볼 수 없게 된 그녀가 외롭지는 않을까 하는 생각 때문이 아니다. 더 이상 볼 수 없어도 서운하다고 느낄 수조차 없게 되었기 때문이다. 우리가 그 부재를 속상해하는 것(우리가 잃은 것을 슬퍼하며 탄식하는 것), 그것이야말로 우리의 마음 깊숙한 곳에서 진정으로 우리를 우리답게 하는 게 아닐까. 우리가 살면서 가지고 싶다고 생각했지만 결국엔 손에 넣을 수 없었던 것들은 말할 필요도 없이 말이다.

- 시그리드 누네즈 『친구』

헬러윈 날 얼굴에 해골을 그렸다.

나는 멕시코 망자의 축제에 이제껏 가본 적이 없다. 축제 사진을 검색하면 내 마음이 이상하게도 들끓었기 때문이다. 색이 선명한 해골은 아름다웠고 죽음 역시 바로 그곳에 있었다.

멕시코 조상의 피가 흐르는 하나와 커플처럼 서로 비슷한 해골 메이크업을 받았다. 무척이나 기뻤다. 나는 하나를 아주 좋아한다. 어떤 장소에서든 그녀는 늘 제일 장난꾸러기에 익살스럽다. "으하하하" 하는 하나의 웃음소리는 주변 경치를 순식간에 알록달록하게 만들기 때문에 나는 항암제 투여 중 그녀의 동영상을 자주 봤다.

우리 집 근처에서 친구 가족이 다 같이 모여 근처를 돌아다녔다. 핼러윈은 어른들이 분장하고 노는 날이 아니라 아이들이 집을 돌아다니며 과자를 얻는 날이다. 우리 집에도 다양한 코스튬을 입은 아이들이 찾아왔다.

"트릭 오어 트릿!(과자를 주지 않으면 장난칠 거예요!)"

이렇게 외치는 아이들에게 준비한 과자를 건넸다. 아이들은 그렇게 받은 과자를 들고 다니는 바구니에 넣고서 다시 다른 집 문을 두드린다.

아이들은 저마다 자신이 좋아하는 차림을 했다. 우리 아이는 드래곤볼의 손오공, 소라는 스타워즈, 니코는 배트맨, 레이는 캣우먼, 카리나는 턱시도, 스카이와 겐지는 공룡이었다.

집을 꾸미는 데 공을 들인 집도 많았다. 그중에는 1년 동안의 수고를 거기에 다 들인 게 아닌가 싶은 집도 있었다(핼러윈에 비하면 크리스마스가 오히려 간소해 보인다는 게 웃음이 난다). 아이들에게 과자를 줄 때는 여러 가지 아이디어를 내 되도록 직접 닿지 않도록 긴 튜브를 통해 과자를 내려 보내거나 2층에서 던지기도 했다. 아이들은 아주 흥분해서 내내 눈이 휘둥그레져 있었다.

이러한 이벤트들은 겨울에 집중되어 있다. 핼러윈이 끝나면 크리스마스가 찾아오고 크리스마스 후에는 밸런타인데이, 그리고 부활절이 찾아온다(길고 어두운 겨울을 즐기기 위해 밴쿠버 사람들은 겨울 이벤트에 힘을 쏟는다).

일본에서는 크리스마스, 밸런타인데이, 핼러윈까지 모두 어른들을 위한 이벤트가 많지만 이곳에서는 아이들이 주인공이다. 제일 좋아하는 차림을 하고 밤거리를 친구들과 걸으며, 아니 거의 달리며 수많은 유령을 만나 바구니에 다 담지 못할 정도의 과자를 받았던 밤을 우리 아이는 분명 잊지 못할 것이다.

내가 어릴 적에는 애초에 핼러윈을 기념하는 관습이 없었다(부활절의 달걀 찾기의 경우 캐나다에 오기 전까지 몰랐다). 밸런타인데이는 안타깝게도 좋아하는 남자에게 초콜릿을 건네는 이벤트였고, 크리스마스는 그럭저럭 즐거웠지만 여기처럼 다양한 사람으로부터 여러 선물을 받지는 않았다(받은 선물은 크리스마스 트리 아래에 두고 당일까지 열고 싶어도 참아야 한다).

떠오르는 건 오히려 여름 축제와 정월이다.

여름 축제날에는 늘 가는 마트 앞 광장이 마법처럼 매력적인 장소가 되었다.

나는 금붕어 건지기를 잘해서 언젠가의 여름 축제에서는 포장마차 아저씨가 "이제 적당히 하고 가"라며 말릴 정도였다. 빙수를 먹을 때는 모든 색의 시럽을 섞어 먹어 시럽 색으로 물든 혓바닥을 친구와 서로 보여주었다. 각각의 시럽 색은 알록달록한데 시럽을 다 섞은 빙수를 먹은 혀는 거무칙칙한 초록이 되었다. 밤에 이를 닦으면 칫솔이 그 색으로 물들었다.

사과 사탕은 늘 작은 사과가 아니라 큰 쪽을 골랐다. 하지만 한 번도 다 먹은 적이 없다. 다코야키와 야키소바는 친구와 더치페이로 사서 번갈아 가며 먹었다. 그럴 때는 역시나 더치페이한 라무네 음료*를 마셨다. 음료 병 안에 들어 있는 구슬이 너무 갖고 싶었지만 도무지 나오지 않아서 다

---

* 일본 축제 때 흔히 볼 수 있는 음료로 입구를 막고 있는 구슬을 누르면 구슬이 병 안으로 떨어지면서 기포가 생성된다.

같이 병을 깼다. 깨진 음료수 병이 흩어진 공원에서 우리는
계속 수다를 떨었다.

정월에는 가족끼리 늘 같은 신사로 새해 첫 참배를 하러
갔다. 1년에 한 번 달마를 사는 게 우리 집의 풍습이다. 부
모님 방에는 셀 수 없이 많은 달마가 나란히 놓여 있었다.
검은자위를 어디에 그려 넣는지로 하나하나 미묘하게 얼굴
이 달랐다. 어릴 적에는 마음에 드는 달마가 있었던 것 같은
데 어느새 어느 것이었는지 생각나지 않는다.

외가 쪽 친척들과 다 함께 모이는 것도 늘 있는 행사였
다. 아빠는 항상 외할아버지인 마사타로한테 받은 기모노
를 입고 갔다. 엄마는 아빠가 우는 것을 본 건 외할아버지가
돌아가셨을 때뿐이라고 했다. 자신의 부모님이 돌아가셨을
때도 울지 않았던 아빠는 장인어른의 장례식에서 주저앉아
울었다. 아빠는 해마다 취하면 외삼촌들에게 기모노를 자
랑한다.

"이 기모노, 장인어른께 받은 거예요."

외할아버지는 내가 태어나기 전에 돌아가셨다. 폐암이
었다. 키가 크고 무척 잘생긴 분이었다고 들었다. 온화했지
만 프로레슬링을 아주 좋아했다. 당시 부립체육관에 엄마
위로 있는 세 아들들을 데리고 자주 경기를 보러 갔다고 한
다. 역도산을 아주 좋아해서 그의 시합을 볼 때만큼은 흥분

한 목소리로 소리를 지르기도 했다는 말을 들었다. 살아 계신다면 할아버지와 프로레슬링 이야기를 하고 싶다.

그뿐만이 아니다. 외할머니인 사쓰키와도 이야기를 더 해보고 싶고, 친할아버지, 친할머니인 우키오와 가나에와도 대화를 나누고 싶다.

친할아버지는 친가와 외가의 조부모님을 통틀어 유일하게 장수하신 분이다. 94세에 돌아가셨다. 붓글씨가 특기였고 집에 있는 창고에 직접 '풀뿌리 미술관'이라고 이름을 붙인 갤러리를 만들었다. 중매를 선 커플이 100쌍이 넘었고 늘 누군가를 만나느라 눈코 뜰 새 없이 바빴다. 여든을 넘어서도 자동차를 끌었고 상당히 속력을 냈기 때문에 주변에서 안전 운전을 신신당부했다.

'우키오'*라는 이름대로 어딘가 마음이 들뜬 자유로운 사람이어서 그만큼 아빠가 항상 조마조마해했다. 할아버지로부터 몇 번이나 돈을 마련해 달라는 소리를 들었다. 하지만 '정원수를 새로 심고 싶다'든가 '붓글씨 종이가 필요하다'든가 하는 왠지 모르게 아이 같은 이유를 댔기 때문에 아빠도 늘 쓴웃음을 지었다. 연세가 많아지고 나서는 양로원

• 우키오의 '우키'는 뜬다는 뜻을 가지고 있다.

84

에 들어가셨지만 그래도 매일 누군가가 방문했다고 한다. 마지막에는 평소에 좋아하던 맥주를 마시고 회를 먹고서 그대로 잠자듯 세상을 떠났다.

어릴 적에는 해마다 여름에 시골에 가면 새까맣게 탄 할머니 가나에가 수박을 준비하고서 기다리고 있었다. 할머니는 정말 다정하고 인내심이 강한 사람이었다.

엄마가 처음으로 아빠 본가에 갔을 때 거기엔 두 명의 여성이 있었다. 한 여성은 할머니인 가나에였고 다른 한 여성은 증조할머니인 이요였는데 어느 쪽이 아빠의 엄마인지 알 수 없었다고 한다. 그만큼 가나에는 폭삭 늙어서 허리가 완전히 굽어 있었다. 키가 크고 기력이 정정한 이요에 비해 무척 작았다.

할머니 가나에가 시집을 왔을 무렵에는 증조할머니인 이요와 시누이에게 괴롭힘을 당해 고생을 했다. 가족 모두가 들어갈 욕조 물을 데우고 자신이 마지막으로 들어갈 무렵에는 아무도 물을 데워주지 않아서 물이 완전히 식어 있었다고 한다. 할아버지 우키오는 할머니의 편이 되어주지 않았다. 그런 와중에 할머니는 아빠를 포함해 네 자녀를 낳았다. 아이들을 데리고 산을 넘어 친정에 가는 것이 유일한 즐거움이었다. 그리고 할머니는 장남에게 시집 온 우리 엄마에게는 그 고생을 절대로 물려주지 않았다.

"이런 고생을 미요코한테는 시키지 말아야지."

그리고 실제로 아빠와 엄마가 싸울 때는 반드시 엄마 편을 들었다.

할머니는 내가 카이로에 살던 여덟 살 때 자궁암으로 세상을 떠났다. 할머니가 입원했을 때 잠시 일본을 방문한 우리가 병문안을 가자 "어린애한테 이런 덴 따분하잖니"라고 말하고서 늘 돌려보내려고 했다. 할머니는 자신이 말기 암을 앓았던 것도 충분히 이해하고 있었다. 그래서 연명치료를 거부하고 모든 것을 '하늘의 뜻'으로 받아들였다.

우리 도쿄 집 작업실에는 할머니 사진이 장식되어 있다. 시집오기 전, 젊은 시절의 할머니 사진이다. 가슴 바로 밑에 띠를 두르고 검은 머리를 뒤로 묶고 있다. 쑥스러워하는 표정으로 이쪽을 응시하는 오동통한 소녀에게는 다양한 미래가 있을 수 있었다. 누군가가 데워주는 따뜻한 욕탕에 들어가고 자신이 하고 싶은 일을 하는 미래가 말이다.

우리는 조금씩 지워져 존재감이나 자신감 혹은 자유의
일부분을 빼앗길지도 모른다. 지금 우리가 가진 여러
권리도 떠내려가듯 잃어버릴 수 있다. 몸까지 침입당해
일부를 빼앗기고 내 것이 아니게 될지도 모른다. 무언
가를 깨끗이 씻어내듯 이것저것 할 것 없이 모두 지워

질 수도 있다. 그런 가능성 중 어느 것 하나도 나와 관련 없는 일이라고 생각하지 않는다. 여자이기에 누군가가 겪은 끔찍한 일은 우리에게도 일어날 수 있다. 단지 여자이기 때문에 말이다. 설령 목숨을 잃지 않았다고 해도 우리의 내면은 살해당할 수 있다. 바로 우리가 가지고 있던 자유와 평등, 그리고 자신감이라는 내면의 감각을 말이다.

- 리베카 솔닛 『세상에 없는 나의 기억들』

2. 고양이여, 이토록 무방비한 나를

어느 날 남편이 복통을 호소했다.

기름진 음식을 먹어서 배탈이 났나 싶었는데 늦은 밤까지 참을 수 없을 정도로 아파서 괴로움에 몸부림을 쳤다고 했다. 이튿날 아침, 남편은 결국 응급실로 갔다. 의사에게 진찰을 받기까지 8시간 정도가 걸렸다. 결과는 담석이었다. 의사는 수술을 할지 말지 다음 진찰 때 정하자고 했다. 진통제를 먹고 통증이 가라앉았지만 남편의 상태는 여전히 안 좋아 보였다.

그게 시작이었다.

며칠 후 늦은 밤, 아이가 '머리가 아프다'고 했다. 그건 곧 '귀가 아프다'로 바뀌었다. 아마도 중이염일 거라고 생각했지만 두통이 걱정돼서 가족이 다 같이 응급실로 갔다. 처음에 간 병원은 진료 시간이 밤 10시까지였고, 다음으로 간 병원은 18세 이상만 진찰한다고 했다.

어린이 병원에 도착했을 때는 새벽 1시가 지난 시간이

었다. 대기실에는 우리 아이 말고도 많은 아이들이 있었다. 벽에 큰 바다 스크린이 떠 있었고 그림으로 된 물고기가 헤엄치고 있었다. 아이들은 벽 속의 물고기를 쫓아다니기도 하고 아이스크림을 먹고 기분이 좋아지기도 했다. 전체적으로 아이보다 부모가 더 아픈 것처럼 보였다.

접수처에서 아이의 열을 재고 진통제를 받아 의자에서 기다렸다. 오래 기다리는 건 각오하고 있었다(어떤 친구는 아이를 데리고 응급실에 가는 게 너무 익숙한 나머지 아이가 열이 나면 보온병에 커피를 담고 주먹밥을 싼다고 했다). 병원 안에는 매점도 따로 없고 심야에 열려 있는 가게도 없다.

우리는 아이가 좋아하는 과자를 가지고 왔다. 아이는 남편 무릎 위에 앉아 과자를 먹었다. 진통제로 귀의 통증은 가신 듯했다. 몇 시간을 기다렸지만 이름이 불릴 기미가 전혀 보이지 않았다. 우리 앞에 앉아 있던 14살 정도 되어 보이는 여자아이는 엄마 무릎에 머리를 얹고 울다가 이윽고 잠이 들었다.

병원에서의 기약 없는 기다림은 항암 치료 중인 몸이 감당하기에는 버거웠다. 면역도 약해진 상태라 감염될까 봐 무서웠다. 지금부터는 혼자 기다리겠다며 남편이 택시를 불렀다. 마침내 도착한 택시를 타자마자 피로가 단숨에 몰려왔다. 의자 시트에 몸을 파묻고 그대로 잠들고 싶었다.

그런데 집에 돌아가자 잠이 오지 않아서 결국 새벽까지 깨어 있었다.

남편은 아이와 함께 아침 9시가 다 되어서야 돌아왔다. 아이는 대기실에서 과자를 거의 다 먹고 진찰을 받느라 불려 간 침대에서(그때부터 의사를 만날 때까지가 또 오래 걸린다) 푹 잠이 들었다고 한다. 응급실은 얼마나 긴급한가를 따지기 때문에 상태가 좋아 보였던 우리 아이는 아무래도 뒷전이었던 것 같다. 귀 안에 염증이 조금 났던 모양이다. 울던 여자아이는 돌아갈 때쯤 완전히 건강을 되찾았다고 한다.

남편은 몇 년 만에 완전 철야를 했다며 피곤함에 절어 있었다. 원래 몸 상태도 좋지 않아서 더 피곤해 보였다. 가여웠다.

그리고 며칠 후, 아이의 축구 교실로 향하던 중에 사고를 당했다.

좌회전 차선으로 들어가려고 했는데 뒤에서 오던 차를 알아차리지 못했다. '화학 뇌'일지도 모른다. 화학 뇌는 항암제 부작용의 일종이다. 치료 중이거나 치료 후에 일시적으로 기억력이나 사고력, 집중력이 감퇴한다. 나도 그때그때 다르지만 갑자기 말이 나오지 않거나 왠지 내내 멍해서 아무 생각도 나지 않는 시간이 있었다. 그런 때 운전하는 건 위험하다. 알고 있었는데 방심했다.

차 좌측 앞면이 찌그러지고 상대 차는 우측에 긁힌 듯한 흠집이 났다. 바로 보험회사에 연락해서 차를 수리했다. 다행히 우리도 상대도 다치지 않았고 대화도 원만하게 끝났다. 하지만 나는 일련의 일로 완전히 지쳐버렸다.

10월 18일. 야마모토 후미오 씨가 세상을 떠났다. 췌장암이었다. 야마모토 씨와는 만난 적이 없다. 만나보고 싶었다. 신작을 읽고 싶었다.

어느 날 에키가 밥을 먹지 않는다는 걸 알아차렸다.

평소에 하루의 대부분을 잠으로 보내긴 하지만 아무리 그래도 너무 많이 잔다고 생각했다. 무엇보다 밥 먹을 시간이 되면 눈빛이 달라지는 에키가 식사를 거른다는 게 이상했다. 밥을 먹지 않으니 배변도 보지 않았다. 늘 진찰받는 동물병원에 전화를 하니 "배변을 촉진하는 약을 처방해 드릴 테니 먹이세요. 사흘 정도 기다려보고 그래도 안 보면 응급실로 가시고요"라고 했다. 변은 나오지 않았다. 기다리다 못해 이틀 만에 응급실로 간 날 에키가 확실히 나른한 상태라는 걸 확인할 수 있었다. 평소에는 케이지에 넣으려고 하면 격렬하게 저항하는 데 그날은 얌전하게 있었기 때문이다.

응급실에서 혈액검사를 했는데 간 수치가 나빠 급하게 입원했다. 간호사의 품에 안겨 멀어지는 에키를 배웅하고 병원을 나와 나는 잠시 차 안에 멍하니 있었다. 좀처럼 시동을 걸 수가 없었다. 여러 가지 일들이 겹쳐 에키에게 충분히 신경을 쓰지 못했다. 분명 훨씬 전부터 상태가 나빴을 것이다. 고양이는 아파도 주인에게 그 사실을 숨긴다고 한다. 좀 더 일찍 알아차렸어야 했다. 핸들을 쥐는 내 손톱이 거무칙칙해져 있었다. 그것도 역시 항암제의 부작용이었다.

에키를 만난 건 12년 전 여름이다. 당시 신주쿠에 있던 나는 친구로부터 갑작스러운 연락을 받았다.

"K가 죽었어. 차로 바다에 뛰어들었대."

K는 나보다 나이가 많았다. 오사카에서 의류 관련 일을 하다가 이혼을 계기로 혼자 남쪽 섬으로 이주했다. 나는 친구와 몇 번인가 그의 집을 방문한 적이 있다. 남쪽 섬에서 K는 행복하게 살고 있는 듯 보였다.

원래 바다를 아주 좋아하는 사람이었다. 잠수 도구도 없이 몇 번이나 물속으로 들어갈 수 있을 정도였다. 그래서 그가 바다에서 죽었다는 사실을 믿을 수 없었다. 폭풍이 휘몰아치는 날, 브레이크를 밟지 않고 바다로 뛰어들었다는 건 사고가 아니라는 의미다. 자살을 선택한 것이다.

연락을 받았을 때 나는 집으로 돌아가려고 신주쿠역으

로 가고 있었다. 하지만 전화를 끊고 나서는 지하철로 향했던 발걸음을 멈췄다. 집까지 한 시간 반 정도 되는 거리를 걸었다. 날은 저물어가고 있었지만 여전히 더웠고 내 얼굴에선 땀이 뚝뚝 떨어졌다.

도착하려면 20분 정도를 더 걸어야 하는 지점쯤 왔을 때 어디선가 고양이 울음소리가 들렸다. 통행량이 많은 길이었지만 또렷하게 들렸다. 그만큼 소리가 컸다.

"캬아아아아옹, 캬아아아옹!!" 덕분에 목소리를 금방 따라갈 수 있었다. 육교 아래, 펜스로 울타리가 쳐진 공간에 있는 작은 풀숲이었다. 이 모습을 지켜보던 나이가 지긋한 중년 여성이 돌아보며 말했다.

"저기 아기 고양이가 있어요. 어쩌죠?"

그분에게 일단 고양이를 지켜봐달라고 부탁했다. 그사이에 건너편에 있는 마트로 가서 물과 고양이 사료를 사 왔다. 육교 아래로 돌아가자 중년 여성이 불안한 목소리로 나를 불렀다.

"손을 내밀었더니 도망갔어요."

육교 옆에 있던 마루노우치선 차고에 뛰어들었다고 했다. 차고처럼 넓은 장소라면 찾기 힘들지 않을까 생각했지만 다행히 소리가 들렸다. 아무래도 차고 부지에 같이 있는 직원 기숙사 마당에 뛰어든 듯했다.

인터폰을 누르고 사정을 말한 뒤 안으로 들어갔다. 고양이는 도망친 주제에 마치 자신이 있는 장소를 알려주는 것처럼 큰 소리로 울부짖었다.

캬아아아아앙, 캬아아아아아앙.

엄마를 부르는 게 분명하다는 생각이 들자 가슴이 먹먹했다.

고양이는 기숙사 바깥에 있는 창고 아래로 도망쳤다. 스마트폰 불빛으로 비추자 황갈색 줄무늬 아기 고양이가 이쪽을 노려보고 있었다. 손을 뻗으니 이번에는 기숙사 안으로 달아났다. 직원에게 양해를 구하고 들어가자 목욕을 막 마친 기숙사 사람이 수건을 두른 채 같이 고양이를 쫓아다녀 줬다. 결국 청소 도구함 안에서 아기 고양이를 잡았다. 아기 고양이는 발톱으로 나를 힘껏 할퀴었다. 가지고 있던 에코백에 넣을 때도 내내 외치고 있었다.

캬아아아아앙, 캬아아아아앙.

고양이를 집으로 데리고 왔다. 일단 상자를 조립해 그 안에 잠시 넣어두고 상태를 살폈다. 역시나 계속 울음소리를 내고 있었다. 내가 모습을 보이자 위협했다. 비쩍 마르고 온몸에 오물을 묻힌 채인데도 나와 싸울 기세로 맞섰다. 끝까지 싸워서 살아 나갈 기세였다.

동물병원에 데리고 가서 링거를 맞혔다. 벼룩에 너무 많이 물려, 고양이를 만질 때마다 손바닥에 검은 벼룩의 변이 끈적끈적하게 묻어났다. 수의사는 고양이가 자력으로 밥을 먹을 수 있을 때까지는 매일 링거를 맞아야 한다고 말했다.

나는 이 고양이에게 이름을 지어주지 않았다. 이 아이는 결국 죽을 거라고 생각하면서 보살폈다. 어차피 죽을 거라면 따뜻한 장소에서 죽으라고 그렇게 타일렀다.

하지만 아기 고양이는 죽지 않았다. 링거를 맞으며 서서히 살이 붙었고 벼룩이 사라지자 혈액 수치도 안정을 찾았다. 변은 내내 액체 상태였지만 의사가 처방해 준 분유를 내 손가락에 묻히면 직접 핥아먹을 수 있게 되었다. 위협도 멈췄다. 내가 곁으로 다가갈 때가 아니라 멀어지면 '캬아아앙' 하고 외치게 되었다. 내가 안아주면 골골대는 소리를 냈다.

나는 그런데도 아기 고양이에게 이름을 지어주지 않았다.

예전에 다른 고양이와 같이 살았다. 흰 몸에 탄 듯한 무늬가 있어서 모치*라는 이름을 붙였다. 그 아이는 심근증으로 세상을 떠났다. 죽는 순간까지 괴로웠다. 고작 세 살이었다. 그때의 슬픔을 떠올리자 나는 고양이와 다시는 같이

• 모치는 일본어로 떡이라는 뜻이다.

살 수 없을 것 같았다. 그들과의 일상이 행복하면 행복할수록 헤어짐을 견디기 힘드니까.

그런데도 아파트를 살 때 반려동물을 기를 수 있는 건물을 찾았다. 고양이를 적극적으로 찾아 나설 마음은 없었지만 만에 하나 어딘가에서 우연히 만나게 되는 경우는 예외라고, 나 자신에게 소심한 변명을 했다.

그러던 차에 잡지 「유리이카」의 기획으로 가쿠타 미쓰요 씨와 대담을 했다. 고양이에 대해서였다. 고양이의 대단함을 한바탕 이야기한 후 가쿠타 씨에게 "니시 씨는 이제 고양이랑 안 살 거예요?"라는 질문을 받았다. 적극적으로 나설 마음은 없지만 만약 우연히 만나게 된다면 기를 거라고 하니 "니시 씨는 금방 만날 것 같네요"라고 가쿠타 씨가 말했다. 가쿠타 씨에게는 설명할 수 없는 신비로운 힘이 있다. 실제로 그 몇 주 후에 이 고양이를 만났다. 비쩍 마르고 벼룩과 오물을 잔뜩 묻힌, 그러면서도 몸과 마음을 다해 살아 나가려고 한 작은 고양이를 말이다.

나는 또다시 이 아이를 잃을지도 모른다는 두려움에 떨었다. 그래서 과도할 만큼 스스로를 통제했다. 모든 스케줄을 취소하고 집에만 머물며 고양이를 돌봤지만 마음은 내주지 않았다.

어느 날 고양이가 내 무릎에 올라와 무언가를 호소했다.

혹시나, 하는 마음에 용기에 밥을 담아주니 냄새를 맡고 한 입 먹었다. 그리고는 멈추지 않았다. 순식간에 전부 다 먹어 치운 고양이는 다시 내 무릎에 올라와 외쳤다. 더 달라고 말하고 있었다. 그때 나는 이 고양이에게 이름을 지어주기로 했다. 전철 옆 차고에서 발견했으니 에키*로 했다. 며칠 후 그는 처음으로 액체가 아닌 버젓한 변을 봤다.

에키는 일본에서 머나먼 밴쿠버까지 왔다. 기내에 소형 반려동물을 실을 수 있다는 에어캐나다로 예약해 검역을 준비했다. 일본은 광견병이 없는 나라라서 출국은 비교적 간단하다. 마이크로칩을 심어서 광견병 검사와 예방주사를 맞고 필요한 서류를 해당 기관에서 영어로 번역하면 된다.

문제는 일본으로 귀국할 때다. 광견병 예방접종과 추가 접종 외에도 혈청을 지정된 연구실로 보내야 한다. 그곳에서 항체 수치 검사를 하고 그 결과가 나오고 나서 약 6개월 이상을 대기해야 한다. 항체 수치 검사 결과는 2년간 유효하다고 들었다. 밴쿠버에 2년간 머물 예정이던 나는 사전에 일본에서 모든 절차를 끝냈다. 그러면 귀국할 때 검사도 최소한으로 끝날 거라고 생각했다. 모르는 게 있으면 나리타

• 일본어로 에키는 전철역을 뜻한다.

공항 동물검역소에 메일을 보내 지시를 기다렸다. 그들은 매번 친절하고 정확하게 답해주었다.

밴쿠버로 향하는 비행기 안에서 에키는 고맙게도 얌전히 있어 주었다. 이따금 화장실로 데리고 가 케이지에서 꺼냈다. 변기에 앉아서 그를 안고 몸을 쓰다듬어주고 물과 간식을 줬다. 케이지 안에 시트를 깔아두었지만 긴장했는지 한 번도 오줌을 싸지 않았다.

2019년 12월 6일, 우리는 밴쿠버 집에 도착했다.

에키는 반지하 방에 자리를 잡았다. 바깥은 추웠지만 '센트럴 히팅'이라는 중앙식 난방 장치가 있어서 집 안이 따듯했다. 첫날은 어딘가에 숨어서 나오지 않았다. 하지만 서서히 익숙해져서 조금씩 집을 탐험하기 시작했다(제일 위층의 욕실까지 오는 데는 시간이 꽤 걸렸지만 말이다).

그는 지금 자신이 밴쿠버에 있다는 걸 모를 것이다. 집에서 나간 적도 없고 하루를 거의 침대에서 보내기 때문이다. 개였다면 같이 밴쿠버 거리를 즐겼을 텐데 하고 가끔 생각한다. 밴쿠버 개들은 항상 즐거워 보인다. 해변을 달리거나 바다에 뛰어들거나 캠핑을 하러 가거나 창문을 열고 드라이브를 즐기면서 가족의 일원으로서 사랑받는다.

나는 밴쿠버에서 펫숍을 본 적이 없다(독일처럼 법으로 금지되어 있지는 않다). 다들 보호소로 가서 적당한 돈을 내고 고양이나 개를 분양받는다. 그때도 엄격한 심사를 받는다. 직원이 실제로 집을 방문해 고양이나 개에게 적절한 환경인지 확인하는 것은 기본이고, 커플이 함께 살고 있을 때는 헤어졌을 때 누가 반려동물을 맡게 될지 하는 것까지 질문한다. 그 심사를 통해 적격하지 않다고 판단된 사람은 동물을 데리고 갈 수 없다.

동물병원 의사나 간호사도 다들 언제나 열심이고 다정하다. 에키가 입원한 병원은 최신 설비를 갖추고 있었고 직원의 태도도 상냥하고 공손했다. 나는 가능한 한 매일 에키를 보러 갔다. 차로 40분 정도 걸렸다. 하지만 화학 뇌가 무서워서 컨디션이 좋은 때를 골라야 했다.

간호사가 늘 에키를 데리고 면회실로 왔다. 배 쪽 털이 깎여 있고 팔에는 붕대가 감겨 있었으며 코에는 튜브가 삽입되어 있는 모습이 너무나 가슴 아팠다. 둘만 있게 되어 나는 그를 무릎 위에 놓고 끌어안았다. 몸을 쓰다듬으며 몇 번이나 말했다. 넌 여기서 죽으면 안 돼. 이렇게 무서운 일은 이번으로 끝내자. 넌 엄청나게 장수할 거야.

운전하기 불안할 때나 컨디션이 나쁠 때는 에키를 만나러 가지 못했다. 그런 날은 집에서 의사와 전화로 통화를 했다. 그들은 내가 가든 가지 않든 매일 연락을 해주었다.

엑스레이나 초음파 검사 결과 다행히 수술이 필요한 상

태는 아니었다. 먼저 약으로 수치를 낮추고 목에 튜브를 넣어 요양식을 줬다.

"안타깝지만 에키가 식사에 흥미를 보이지 않아요."

의사가 말했다.

어느 날 에키를 만나러 갔는데 그의 양쪽 눈 동공의 크기가 완전 달랐다. 밝은 방 안에서 왼쪽 눈은 적절하게 가늘어졌는데 오른쪽 눈은 크고 동그래졌다. 의사의 말에 따르면 이런 증상을 일컬어 톡소플라스마증이라고 한다. 기생충에 감염되어 생기는 병으로, 에키처럼 완전한 집고양이에게는 상당히 드문 일이라고 했다. 더구나 혈액검사 결과 항체가 발견되지 않았다. 의사는 신기한 일이라고 했다. 현재로서는 안약으로 최선을 다해 치료하고 있다는 그의 말을 믿는 수밖에 없었다. 집에 가려고 하니 에키가 내 무릎 위에서 오줌을 지렸다. 에키의 소변은 무척이나 따뜻했다.

매일 에키를 위해 기도했다. 혼자 병원에 있을 그를 생각하자 가슴이 아팠다. 그리고 그건 실제로 아픔이 되어 어느 날 나를 덮쳤다.

반지하에서 세탁물을 개고 있을 때였다. 가슴에 묵직한 충격이 지나갔다. 무언가 커다란 것(코끼리 다리 같은 것)에 가슴이 밟히는 느낌이었다. 그 뒤로 숨을 쉴 수 없었다. 숨을 들이쉬려고 해도 기도가 좁아져서 잘 들이마실 수 없었다.

포복 자세로 진정하려고 했다. 그러고 있는 동안에도 가슴의 압박감이 심해져서 나는 바닥에 엎드린 채 쓰러졌다.

위층에서는 남편과 아이가 등원 준비를 하고 있었다. 아이를 두렵게 만들고 싶지 않아서 가능한 한 평소의 목소리로 남편을 불렀다. 남편은 내 모습을 보고 큰 소리를 냈지만 바로 내 의도를 알아차리고 애써 차분하게 대처했다.

남편이 구급차를 부르려던 순간 갑자기 숨을 쉴 수 있게 되었다. 숨을 쉴 수 있게 되자마자 진정을 되찾았고 심장의 통증도 가셨다. 구급차는 부르지 않았다. 남편은 평소대로 아이를 어린이집에 보냈고 나는 잠시 침대에 누웠다. 스트레스로 공황 발작이 일어난 것이었다. 심장에 손을 얹었다. 고동이 평소보다 빠르고 불규칙했다.

에키의 입원은 8일간 이어졌다. 수치는 서서히 내려갔고 눈동자도 원래대로 돌아왔다(결국 의사도 원인을 모른다고 했다). 목에 튜브를 연결한 채라면 퇴원도 가능하다고 해서 바로 받아들였다. 그 시점에서 에키의 입원비는 믿을 수 없을 정도로 불어나 거액이 되어 있었다.

그런 와중에 전반 12회 항암제 투여가 끝났다. 간호사들은 모두 나를 격려해 주었다.

"가나코! 축하해!"

하지만 나는 축하받을 기분이 들지 않았다.

에키의 퇴원 날은 내가 후반 항암 치료를 받는 첫날이었다. 그전까지는 매주 투여했지만 지금부터는 2주에 한 번 투여한다(3주에 한 번 투여하기로 했었지만 내 반응이 좋아서 시간 간격이 짧아졌다). 카보플라틴과 파클리탁셀 두 종류일 때는 투여 시간이 3시간 걸렸지만, 독소루비신과 시클로포스파미드일 때는 1시간 만에 끝났다.

독소루비신은 핑크색 약이다. 링거처럼 매달아 놓고 투여하지 않고 간호사가 큰 주사기를 가지고 내 몸과 연결된 관을 통해 혈관으로 주입한다. 처음 만난 간호사가 몇 번인가 주입하는 데 실패했다.

"난 주사 운이 별로 없어요."

그녀는 그렇게 말하고 어깨를 으쓱했다. 그건 간호사로서 치명적인 약점이 아닌가 싶었지만 굳이 말하지 않았다. 약을 투여한 후에 화장실로 갔더니 빨간 소변이 나왔다.

집으로 돌아온 후엔 급격하게 몸이 무거워졌다. 땅 아래로 푹 꺼질 것 같은 무게감이었다. 간신히 침실에 도착하자마자 침대 위로 쓰러졌다. 침대에서도 역시 푹 꺼질 듯한 무게감을 느꼈다. 그러는 동안 남편과 아이가 도착했다. 아이를 집에 두고 남편에게 에키를 데리러 갔다 와 달라고 할 계획이었다. 남편은 몸 상태가 좋아 보이지 않는 나를 걱정했지만 나는 에키를 얼른 데리고 오고 싶었다. 남편이 바로 출발했다.

아이는 위층에서 얌전하게 놀고 있었다. 하지만 나는 내 상태가 점점 나빠지는 게 불안했다. 아이의 모습을 확인하려고 침대에서 일어나려고 해도 무릎에 힘이 들어가지 않아 침대에서 내려오는 것도 뜻대로 되지 않았다.

노리코, 마유코, 지에리, 도모요끼리 하는 단체 LINE으로 '누가 우리 집에 와줬으면 좋겠어'라고 부탁했다. 메시지를 입력하면서 손도 저리다는 걸 깨달았다. 모두에게서 '갈게' 하는 답장이 바로 왔다. 결과적으로 노리코와 데이비드가 소라를 데리고 와주었다. 나는 안심하자마자 토를 했다. 항암 치료를 해오면서 처음 하는 구토였다. 아이는 예상치 못한 시간에 소라가 와서 무척 기쁜 듯했다. 모두의 웃음소리가 위층에서 들렸다.

남편과 같이 돌아온 에키는 집에 들어오자마자 이불 속으로 파고들었다. 내 다리 사이에 몸을 끼우고 가만히 있었다. 차분해질 때까지 잠시 그냥 두자고 생각했다. 사실 그것보다도 내가 할 수 있는 게 아무것도 없었다.

이튿날 아침에 다시 에키의 상태를 봤다. 튜브가 튀어나온 목에 쿠션 재질의 넥카라가 둘러져 있었다. 튜브 앞에는 작은 뚜껑이 달려 있었는데 열고 닫을 수 있었다. 자력으로 적정량을 먹을 수 있을 때까지는 그곳으로 먹이를 줬다. 먹이를 줄 때는 큰 주사기 같은 것을 사용했다(내가 항암제를 투여할 때 사용하는 것과 크기가 비슷했다). 요양식인 습식 사료를 물과 같이 믹서로 돌려서 걸쭉하게 만들어 투여한다. 한꺼번에 너무 많이 투여하면 토하기 때문에 한 번 먹이를 줄 때마다 30분 정도 시간을 들여야 했다. 에키는 그걸 무척이나 싫어해서 틈만 나면 달아나려고 했기 때문에 먹이를 주는 일은 남편과 둘이 함께 했다.

먹이를 주는 일 말고도 몇 시간 간격으로 약도 투여해야 했다. 약은 전부 다섯 종류였는데 저마다 투여하는 시간이 달랐다. 늦은 밤에 남편을 깨워서 같이 투약했다. 내가 일어나지 못할 때는 남편이 어떻게든 혼자서 투약하곤 했다. 머지않아 익숙해져 나 혼자서도 할 수 있게 될 때까지 약을 투약하는 일은 가족 모두에게 스트레스였다. 그래도 에키가 집에 있는 시간이 줄어드는 건 생각할 수 없었다.

그사이에 밴쿠버에는 내내 비가 내렸다. 정말 매일 매일 비였다. 햇볕을 쬘 수 없어서 체내에서 생성되지 않는 비타민D 영양제를 매일 먹고, 일본에서 떠날 때 친구인 류와 구니히코가 준 인공 태양광 조명을 매일 쬈다. 그렇게 해도 극적으로 건강해지지는 않았다. 아침에 일어날 때마다 보이는 흐린 날씨와 빗방울에 정말 정신이 이상해질 것만 같았다(캐나다인 친구도 "올해는 정말 버거워"라고 말했다).

나는 에키에게 계속해서 말했다. 이런 힘든 일은 이제 끝이야. 이렇게 괴로운 일은 이제 끝이야. 어느 순간부터는 에키한테 말하고 있는 건지 자신에게 말하고 있는 건지 알 수 없어졌다.

주어진 건 언제든지 다시 빼앗길 수 있다. 잔혹한 타격 이 바로 저기에, 귀중품 상자 속에, 문 뒤에서, 언제 덤 벼들지 모르는 도둑이나 강도처럼 준비하며 기다리고 있을지도 모른다. 잘 해내고 싶다면 절대 틈을 보여서 는 안 된다. 나는 안전할 거라고 생각하지 말아야 한다. 아이의 심장이 고동치고, 젖을 먹고, 숨을 쉬고, 걷고, 말하고, 웃고, 말다툼하고, 노는 것을 당연하다고 생각 지 말아야 한다. 한순간도 잊어서는 안 된다. 사라질지 도, 빼앗길지도 모른다는 것을. 순식간에 엉겅퀴의 솜 털처럼 날아갈지도 모른다는 것을.

- 매기 오패럴 『햄닛』

후반 AC 요법은 백혈구 수치를 현저하게 떨어뜨렸다.
그래서 인공적으로 백혈구 양을 늘리기 위해 주사를 맞 아야 했다. 필그라스팀이라는 약을 최소 24시간의 간격을 두고 총 6일간 직접 주사를 놨다.

직접 주사를 놓는 법을 배우는 건 맨 처음 항암제를 투여하고 사흘 후로 예정되어 있었다. 몸 상태는 매우 좋지 않았지만 구토 억제제를 먹고 간신히 병원에 갔다. 암센터 간호사인 윤이 주사를 준비하고 기다리고 있었다.

"오늘 필그라스팀 가지고 오셨어요?"

"네? 안 가지고 왔어요. 아니, 아직 약국에도 안 갔어요. 그런 말은 못 들었는데요."

"어? 항암제 투여 후 사흘째부터 맞아야 해요."

"네? 그게 오늘이라는 건가요?"

"네."

"그럼……, 어떻게 하죠?"

"담당 의사 선생님이 처방전 보냈다고 말 안 하셨어요?"

며칠 전에 로널드 선생님 말고 다른 선생님에게 전화가 왔다. 그녀는 로널드 선생님이 급한 집안일로 쉬게 되어 대신 전화를 걸었다고 했다. 그때 구토 억제제인 온단세트론과 덱사메타손 처방전과 필그라스팀 처방전을 약국에 보내겠다고 말했다. 하지만 고가인 필그라스팀은 보조금을 받을 수 있는지 없는지 심사하기 때문에 의학적인 질문에 내가 대답하고 나서야 처방전을 받을 수 있다고 했다.

질문을 위해 A라는 다른 기관에서 연락이 왔다. 투약에 대한 보조금을 지급할지 말지를 결정하는 기관으로 암센터와는 달랐다. 결과적으로 나는 보조금 대상이 되었지만 처방전은 의사가 아니라 A에서 약국으로 직접 보낸다고 했다. 구토 억제제를 처방해 주고 있는 약국으로 보내달라고 했지만 필그라스팀 재고가 있는지 확인할 수 없으니 확실히 재고가 있는 약국으로 처방전을 보내는 편이 낫다고 했다.

왠지 번거롭다고 생각했다. 그리고 그런 생각이 들 때는 대개 일이 꼬인다. 결국 A 기관의 담당자에게 필그라스팀을 병원으로 가지고 가라는 말을 듣지 못했다.

윤은 말했다.

"오늘 그걸로 연습해야 하는데…… 뭐 어쩔 수 없죠. 그럼 나중에 약국에서 받아오세요. 이번에는 이걸로 연습해요!"

윤은 피부 모형을 가지고 왔다. 인공 피부를 소독하고 바늘을 찌르는 것이다. 바늘은 생각보다 깊게 찔러야 했다. 투약이 끝나면 바늘이 자동으로 올라왔다. "간단하죠?"라고 윤이 말했지만 나는 직접 할 수 없을 것 같았다. 하지만 해야만 한다.

돌아가는 길에 A가 지정한 약국에 들렀다. 이름을 말하자 내 이름으로 온 약이 없다고 했다.

"필그라스팀이라는 약이고 오늘부터 투여해야 해요."

내가 필사적으로 애원하자 직원이 다시 약을 찾아봤다. 하지만 돌아온 그는 미안한 표정으로 말했다.

"안타깝지만 아직 도착 안 했어요."

나는 약국에서 소리를 내 울었다.

나는 왜 늘 내가 이렇게 나약한지 알 수 없었다. 왜 나에게는 은혜나 힘을 베풀 만한 능력이 없을까. 그리고 왜 이렇게 무방비할까? 이 세상에서 다른 이들을 덮치는 위험으로부터 나를 멀리 떼어놓을 수 있는 벽은 없는 걸까?

- 제니 장 『Sour Heart』

지에리가 샐비어 향을 가지고 집을 방문했다.

거기에 불을 붙이고 향을 피워, 연기로 공기를 정화하면 좋다고 했다.

"모리 소금*도 두면 좋아!"

지에리는 마유코와 마찬가지로 20대에 밴쿠버로 유학을 왔다. 그때 남편인 브래드를 만나 결혼해서 '타일러'라

---

* 나쁜 기운을 없애기 위해 소금을 원추형이나 팔각뿔형으로 만들어 장식하는 미신이다.

는 아이를 낳았다. 타일러는 '유스케'라는 일본 이름을 가진, 모두에게 인기가 많은 아이다. 운동신경이 좋고 아주 유머러스하고 무엇보다 다정하다. 특히 우리 아이에게 2살 많은 유스케는 동경하는 슈퍼스타여서 그가 하는 행동을 자주 따라 했다.

브래드는 밴쿠버 토박이다. 키가 아주 크고 팔다리가 놀라울 정도로 길다. 그 길이에 걸맞게 마음씨가 다정하고 늘 농담을 해서 우리를 웃게 했다.

"이걸로 나쁜 게 오지 못할 거야!"

지에리가 가지고 온 샐비어니까 효과가 좋을 것 같았다. 그녀는 누구에게나 마음이 열려 있고 호기심이 왕성해서 마치 태양을 향해 자라나는, 꽃송이가 큼직한 꽃 같았다.

우리는 집 안에 연기를 퍼트리면서 나쁜 것으로부터 우리를 지켜달라고 기도했다. 모리 소금은 히말라야 소금으로 만들었다. 현관에 아담한 핑크색 산이 생겼다.

필그라스팀은 결국 예정보다 하루 늦게 접종했다. 여러 곳에 전화해서 음성 메시지를 남기고 약국에도 몇 번이나 발걸음하고 나서야 겨우 손에 넣었다(A 담당자가 약국 팩스 번호를 틀렸다는 사실을 알았다).

필그라스팀 6개는 냉장고에 보관했다. 냉장고에서 하나를 꺼내 내 방으로 가지고 왔다. 바지를 벗고 의자에 앉았다. 허벅지를 솜으로 소독하자 소독한 부분이 서늘해졌다. 살을 집고서 숨을 들이쉬었다. 힘껏 바늘을 찔렀다. 거부감은 여전히 있었지만 바늘은 허벅지에 깊숙이 꽂혔다. 주사기를 누르자 물약이 주입되었다. 허벅지가 아프고 또 서늘했다. 다 주입하고서 손가락을 떼자 정말 바늘이 자동으로 올라왔다. '딸깍' 하는 소리가 났다. 그와 동시에 피가 났다. 피는 동그랬고 갈수록 부풀어 올랐다. 새 솜으로 그 부분을 누르고 잠시 심호흡을 했다. 허벅지가 욱신거렸지만 이게 적절한 통증인지 어떤지는 알 수 없었다.

바지를 입고 돌아보니 에키가 침대 위에서 자고 있었다. 그의 목에는 아직 튜브가 꽂혀 있었다.

12월 11일. 라디오를 듣고 있었는데 알버타주에서 의료 붕괴가 일어나고 있다고 했다. 코로나 때문에 수술 5,000건이 취소되었다고도 했다. 수술이 취소된 사람 중 한 사람이 인터뷰에 응하고 있었다. 그는 암 초기였는데 수술을 기다리는 동안 암이 온몸으로 전이되었다고 한다. 그게 브리티시컬럼비아주에서 일어난 일이라면, 나에게 일어난 일이라면 어땠을까.

로널드 선생님을 몇 주 만에 만났다.

의사들은 다들 바쁘기 때문에 간단한 문진을 하거나 현재 상황을 설명하는 일은 의사를 만나기 전에 인턴이 한다. 매번 다른 인턴이 찾아오는데 늘 젊은 여성이었다(인턴 중 남자는 조직 검사 때 만난 마크뿐이다). 모두 밝고 편안한 옷을 입고 있어서 의사라는 말을 듣지 않았다면 몰랐을 것 같다.

그날은 '유키에'라는 일본어 통역사가 따라왔다. 의사와 면담할 때는 무료로 통역사가 참석한다. 몇 사람인가 다른 사람도 왔었지만 내 담당은 거의 유키에였다. 그녀는 늘 내 병을 자발적으로 조사하고 그 정보를 프린트해 가지고 왔다. 로널드 선생님이 조금이라도 모호한 말을 하면 나를 대신해서 예리한 질문을 해주고 그가 나에게 전해야 하는 자료를 잊었을 때는 그의 방까지 찾아가서 가지고 와주었다. 나는 유키에를 아주 좋아했다. 그녀는 어딘가 우리 시어머니를 닮았다. 싫은 소리 하지 않고 담백하고 다정한 시어머니를. 시어머니도 벌써 2년 동안이나 만나지 못했다.

그날 나를 담당한 사람은 '아다'라는 인턴이었다. 풍성한 검은 머리를 늘어뜨리고 물방울 형태의 반짝반짝 빛나는 귀걸이를 하고 있었다. 나는 그날 로널드 선생님에게 약국에 연락을 확실하게 해달라고 부탁할 생각이었다. 필그라스팀을 손에 넣는 데 내가 얼마나 고생했고, 심지어 약국 카운터에서 울기까지 했다는 사실을 함께 전할 생각이었다.

유키에가 한 차례 통역을 하자 아다는 "정말 힘들었겠네요!"라고 밝게 말했다.

"그래도 어쨌거나 여기저기 전화한 건 잘했어요. 그래서 손에 넣었잖아요? 다행이에요!"

남의 일이라고 생각하는구나 싶었다. 이건 '당신들'의 미비함 때문이지 않은가 하고 살짝 욱했다. 하지만 이 '욱하는 것'은 지극히 일본인적인 대응이고 화를 내봤자 무의미하다는 걸 나는 이미 밴쿠버에 와서 깨달은 바 있다.

만약 가게에 갔다가 무언가 불량품을 샀다고 치자. 일본이라면 점원이 만사 제쳐두고 우선 사과를 한다.

"정말 죄송합니다."

하지만 캐나다 점원은 사과하지 않는다.

"아, 그래요? 교환할래요?"

그 정도다.

왜냐하면 그건 '가게'의 미비함이지 자신의 미비함이 아니기 때문이다. 비행기 출발이 늦어져도 버스 타이어가 펑크 나도 커피 기계가 고장 나서 커피를 제공하지 못해도 그건 회사나 가게 측의 책임이지 일개 직원이나 아르바이트생에 지나지 않는 자신의 책임이 아니다. 그들은 그 태도를 철저하게 고수한다.

회사나 조직을 대표해서 자신이 사과한다는 개념이 이곳 사람에게는 없는 듯하다. 왜냐하면 그들에게는 그들의 급여에 걸맞은 일이 있다. 자신들의 일을 완수하는 한 그들에게 책임은 없는 것이다.

내가 자주 가는 마트의 계산대에서 일하는 사람들은 계산대에 손님이 줄지어 있지 않은 상황이면 앉아서 차를 마시거나 옆 사람과 수다를 떤다. 심지어 역기를 가지고 와서 팔 근육 트레이닝을 하는 사람도 있다. 하지만 그들이 꼼꼼하게 계산대 일을 완수하는 한 아무 문제도 없다. 손님이 없을 때도 내내 서 있고 물조차 마시지 못하는 일본의 방식을 생각하면 이곳의 방식이 더 이상적이라고 생각한다. 손님은 신이 아니다. 그들은 우리와 대등하다.

그리고 그건 당연히 의사에게도 해당된다. 아다는 그녀의 일을 완수했다. 그녀는 옷을 벗은 내 가슴을 만지며 "멍울이 엄청나게 작아졌네요! 잘됐어요!"라며 나를 격려해 주었다.

다른 기관이 처방전을 약국에 보내는 걸 잊었다고 해도 그건 아다의 책임이 아니다. 설령 병원과 약국이 제대로 연계되어 있지 않아도 그건 아다가 소속된 병원의 책임이지 아다 자신의 책임이 아니다. 아다에게 사과를 받는다고 해서 상황이 달라지지 않는다. 아다는 의사와 약국의 연계에 대해서 다 같이 의논해 보겠다고 했다. 그 이야기가 나온 김에 "요즘 시대에 팩스는 좀 그렇지 않아요?"라고 물어보자 그녀는 어깨를 으쓱하더니 "지금으로선 그게 제일 확실하거든요. 요새 디지털로 이행 중이니 절차도 혼란스러울 거예요"라고 말했다.

아다가 방을 나가고 나는 유키에와 둘만 남았다.

"일본이랑 완전 다르죠?"

유키에가 말했다.

"네. 정말 완전히 다르네요."

"가나코 씨. 일본이랑 똑같은 마음가짐으로 있으면 안 돼요. 여기서는 어떻게든 직접 적극적으로 묻고 의견을 내야 해요."

그건 유키에를 처음 만났을 때부터 들었던 소리였다.

"내 몸에 있는 암은 스스로 조사해야지 의사한테 무조건 맡겨서는 안 돼요. 치료에 관해 궁금한 부분이 조금이라도 생기면 거리낌 없이 계속 물어야 해요."

나는 암을 직접 조사하는 게 두려웠다. 부정적인 정보를 맞닥뜨리는 게 꺼림칙했기 때문이다. 실제로 암 투병 과정을 쓴 블로그 같은 건 읽지 않는 편이 낫다는 말도 들었다. 도중에 새 글이 올라오지 않는 경우가 있어서였다.

그래서 나는 유키에가 말한 대로 하지 않았다. 그저 내 몸을 병원으로 옮겨 로널드에게 보여주는 것처럼 의료진에게 모두 맡기기만 했다. 그들이 내 몸을 지켜주는 건 물론이고 내가 되도록 건강을 유지할 수 있도록 약을 제공하고, 그 밖에 여러 가지 일들까지 전부 해야 한다고 생각했다.

유키에도 유방암 생존자였다. 패밀리 닥터의 부족한 능력 때문에 결과가 늦게 도착해서 치료가 3개월이나 늦게 시작되었다고 한다. 그녀는 가까스로 암 전문의를 만났을 때 "요 석 달간 뭐하셨어요?"라는 질문을 받고 충격을 받았다. 그리고 스스로 방대한 자료를 모았다. 부정적인 것도 긍정적인 것도 빠짐없이 읽었다. 조금이라도 궁금한 게 생기면 아무리 사소한 것이라도 주치의에게 질문을 마구 던졌다. 분노를 느끼면 그걸 확실하게 표명했고 본인이 이해될 때까지 의사와 이야기를 나눴다. 밴쿠버에 거주한 지 40년이 된 유키에의 말은 그래서 무척이나 묵직하게 와 닿았다.

"자신의 몸은 스스로 지켜야죠."

그리고 그 말은 나에게 한 가지 기억을 떠올리게 했다.

항암 치료를 시작하고 얼마 지나지 않았을 때였다. 인턴 사라에게 문진을 받던 중 복용하던 영양제나 한약에 관한 이야기를 들었다.

"비타민은 괜찮지만 한약은 복용을 중지해 주세요. 항암제 효과를 방해할 가능성이 있어요."

암을 선고받기 전부터 나는 한약에 의존하고 있었다. 노리코의 소개로 '줄리안'이라는 훌륭한 한의사를 만난 것이다. 한방은 서서히 효과가 나타난다는 편견이 있었지만 줄리안의 한의술은 효과가 바로 나타났다. 자율신경의 교란에서 오는 빈뇨 증상으로 고민하던 때 그에게 처방받은 한약을 복용했더니 바로 나았다.

항암 치료 중에도 그에게 한약을 처방받고 있었다. 항암제로 몸이 약해지는 것을 최소한으로 줄이고 면역력을 높여주는 도움을 받았다. 줄리안에게 의지한 것은 그가 동양의학뿐만 아니라 서양의학에 대한 지식도 풍부하게 가지고 있어서였다.

가끔 서양의학을 전면적으로 부정하는 사람을 만난다. 예를 들어 어느 침구사에게 암이라는 사실과 앞으로 항암 치료를 받을 예정이라고 말했다가 이런 설명을 들었다.

"당신의 몸을 당신의 집이라고 생각해 봐요. 암은 당신의 부엌에서 당신이 먹다 남은 음식을 먹고 있는 누군가와 같아요. 당신이 먹다 남긴 걸 조용히 먹고 있을 동안에는 당신의 생활에 지장이 없죠? 하지만 항암제로 그들을 공격하면 어떨 것 같아요? 그들도 자신의 몸을 지키려고 당신을 공격하기 시작할 거예요."

그렇구나, 그것도 일리가 있다고 생각했다. 항암 치료를 거부하고 식사요법이나 동양의학으로 암이 나은 사람도 많다. 하지만 나는 과학자나 의사가 노력한 끝에 쌓아 올린 최첨단 의학을 신뢰하고 있다. 밴쿠버에는 UBC(브리티시컬럼비아대학)라는 훌륭한 대학이 있고 암 연구에 있어서는 세계적인 데이터를 자랑한다. 그 데이터를 근거로 의료 행위를 하는 암센터에서 치료를 받을 수 있다는 건(그것도 무료로!) 나에겐 더할 나위 없이 행운이었다.

동시에 나쁜 부분만 짚어내서 치료하는 것이 아니라, 몸 전체를 하나의 흐름으로 관찰해서 균형을 잡아 치료하는 동양의학도 믿고 있다.

줄리안은 항암제를 조사하고 내 몸 상태를 관찰하면서 매주 적절한 한약을 처방해 주었다. 정신적으로 의지가 되었기 때문에 한방 치료를 관두라는 건 충격이었다. 그래서 솔직하게 말했다.

"지금 난 정말로 한방 치료에 도움을 받고 있어요. 그래서 관두고 싶지 않아요."

그러자 사라가 웃으며 말했다.

"그렇다면 괜찮아요."

부탁한다고 해놓고서 너무나도 쉽게 승낙해 줘서 놀랐다. 어, 정말 괜찮아요? 라고 하자 사라가 말했다.

"물론이죠. 정하는 건 가나코 씨니까요."

사라는 내 눈을 똑바로 응시했다.

"당신 몸의 주인은 당신이잖아요."

너무 당연해서 잊어버리기 쉽지만 인생은 한 번, 단 한
번뿐이야.

- 덴가 류&B.I.G.JOE「My Pace」

트레이닝복으로 갈아입었다. 그날은 오랜만에 맑았다.
몸 상태는 좋지 않았지만 조금이라도 달리고 싶었다.

운동화를 신고 준비운동을 했다. 큰길로 나가서 조금 달
리자 그것만으로도 숨이 찼다. 200미터 정도 되는 거리를
달렸는데 몇 번이나 휴식을 취해야 했다.

트라팔가 거리를 천천히 내려가자 바다가 보였다. 바다
에 도착할 무렵에는 지칠 대로 지쳤지만 도착했다는 사실
만으로 충분히 기뻤다. 집에서 고작 10분 거리인데 30분 정
도 걸렸다.

해안가를 달렸다. 달린다고 했지만 천천히 걷는 속도보
다 느렸다. 몇몇 러너가 나를 가볍게 앞질러 갔다. 나는 그
때마다 작지만 시린 서러움을 느꼈다.

암 치료를 시작하기 전 나도 수많은 사람을 앞질렀다.
10킬로미터를 달리는데 최고 기록을 달성하기도 했다. 그

런데 그게 몇 달 전의 일이라는 걸 도무지 믿을 수 없었다. 따라잡은 사람 중에는 지금의 나처럼 걷는 게 빠르지 않을까 싶은 사람도 있었다. 어쩌면 그녀들도 치료 중이었을지도 모른다. 그리고 나에게 따라잡힐 때마다 서러움을 느꼈을지도 모른다.

걷는 속도로 달리면서 나는 내가 느끼는 쓸쓸함을 응시했다. 이 쓸쓸함은 정말 날카로워서 응시하는 데 고통을 동반한다. 병에 걸리지 않아도 우리는 언젠가 이 쓸쓸함을 직면한다. 나이를 먹는다는 건 그런 일이다. 어제까지 할 수 있었던 걸 오늘 할 수 없게 되는 일. 그건 어느 날 갑자기 시작되기도 하고 어느새 이미 시작된 일일 때도 있다. 우리는 끝을 향해 착실히 나아가고 있다.

도중에 화장실에 들렀다가 변기에 침을 뱉었다. 입안이 끈적끈적했고 몇 군데 생긴 구내염이 아팠다. 숨이 찼고 심장이 벌렁거렸다. 너무나도 버거웠다.

나는 철저하게 나약한 이 몸의 주인이었다.

만약 항암 치료가 지긋지긋해졌다면 나는 그걸 거부할 수 있다. 만약 그래서 암이 커진다고 해도 내가 맞이할 운명을 지켜볼 권리가 나에게는 있다. 그리고 동시에 더욱 쾌적하게 치료를 지속하기 위해 백혈구 수치를 높이거나 구토 억제제를 복용할 권리도 있다. 그리고 그게 적절하게 처방되지 않았다면 분노를 표명할 권리도 있고 약국 카운터에서 울 권리도 있다. 그걸 결정하는 건 나다.

이렇게 약한 내 몸을 내면에서부터 응시할 수 있는 건 나뿐이다.

"보여줄까? 누군가에게? 있잖아, 나에게는 일종의 자아가 있어. 그리고 그 안에선 늘 어떤 일이 벌어져. 그러니까 다른 건 몰라도 나는 나 자신을 소유하고 있다는 거야."
"그건 외롭다는 뜻 아니야?"
"맞아. 하지만 그 외로움은 내 것이지."

- 토니 모리슨 『술라』

그리고 생각한다. 과거와 현재와 미래를 포함해 살아 있다는 것을 어떻게 정의하든, 내가 놓여 있는 무력한 상태나 무지한 상태의 심연에서 빠져 나와 수면 위로 얼굴을 내미는 순간만큼 사람을 살아 있다고 느끼게 만드는 건 없다고 말이다.

- 앨리 스미스 『겨울』

에키가 밥을 먹기 시작했다.

손바닥에 음식을 놓고 에키 앞으로 가져가자 냄새를 맡더니 입에 넣었다. 처음에는 평소에 제일 좋아하던 가다랑어 간식을 조금씩 줬다. 그러고 나서는 삶은 닭가슴살을 조금씩 먹이기 시작했다. 무언가를 먹을 의지를 보였다는 것만으로도 큰 진보였다. 조금씩이지만 입으로 음식을 먹게되자 푸석푸석했던 털에 윤기가 돌아왔다.

며칠에 한 번씩 병원에 데리고 가서 혈액검사를 받았다. 간 수치도 떨어졌고 이제는 식욕만 회복되길 기다리면 돼한시름 놓았다.

그가 건식 사료를 먹는 소리를 들은 건 새벽 무렵이었다.

오도독, 오도독, 오도독.

그 작은 소리를 내가 얼마나 기다렸는지 그 순간 깨달았다. 나는 울었다. 에키의 어릴 적 모습을 떠올리며 울었다. 액체 상태의 변을 보고 링거를 맞으면서 살아남은 그 무렵의 에키가 처음으로 자기 의지로 밥을 먹었을 때를 떠올리고 있었다. 그는 살기로 결심한 것이다.

그로부터 에키는 놀라울 정도로 회복했다. 밥을 전부 다먹어 치우고 물도 많이 마시고 말끔한 소변과 대변을 봤다. 계속되던 투약도 마침내 끝났다. 혈액검사를 받고 추가로약을 타러 에키를 데리고 가자 의사가 이제 튜브를 빼도 된다고 했다.

"에키는 정말 최선을 다했어요."

튜브를 뺀 에키의 목에는 작은 구멍이 뚫려 있었지만 그 것도 곧 메워졌다.

12월 14일. NHK「뉴스워치9」에서 신간을 취재했다.

가발을 쓰고 화상회의를 할 수 있는 줌으로 인터뷰를 진행했다. 질문은 내가 왜『날이 밝다』라는 작품을 썼는 지, 캐나다에서 글을 쓰면서 생긴 변화는 없었는지 등 이었다. 와쿠다 마유코 씨는 훌륭한 인터뷰어였다. 마 지막으로 이제 곧 성인이 되는 이들에게 전하는 메시지 를 부탁받았다. 방송이 성인식 전후라고 했다. 말문이 막혔다. 나는 젊은 친구들에게 무슨 말을 해야 좋을지 고민했다. 그들이 짊어져야 하는 부담이 너무 크기 때 문이었다. 경제는 계속 바닥을 치고 임금은 오르지 않 고 기후 변화는 피할 도리가 없는 지경까지 와 있다.

올여름 밴쿠버에서 열돔 현상이 일어났다.

밴쿠버는 여름에 햇살이 강하다. 하지만 바람이 건조해 서 기온은 그다지 오르지 않는다. 대부분의 집에는 에어컨 이 달려 있지 않다. 그래도 충분히 쾌적하게 보낼 수 있다.

아침저녁으로는 서늘할 정도다.

그런 밴쿠버에 30도를 넘는 날이 이어졌다. 선풍기가 동나고 에어컨이 달린 레스토랑이나 호텔이 예약으로 가득 찼다.

우리 집에도 열파가 덮쳤다. 앉아 있기만 해도 땀이 줄줄 났다. 이곳에 온 이래로 이랬던 적은 한 번도 없었다. 더위는 밤까지 이어졌다. 내가 평소에 자던 반지하는 비교적 시원해서 아이를 그곳에서 재웠다.

여름이 끝나자 내내 비가 왔다.

밴쿠버는 가을에서 봄에 걸쳐 늘 비다. "그렇다고 해도 올해는 이상해"라고 밴쿠버 토박이들이 말했다. 비는 매일매일 계속 내렸다. 그리고 11월 14일, 브리티시컬럼비아주에 기록적인 호우가 내렸다. 밴쿠버는 피해가 적었지만 동부 애보츠포드나 칠리웍은 피해가 커서 홍수가 나고 토사가 무너져 사망자가 나왔다. 간선도로가 봉쇄되어 수많은 가축이 죽었다. 16만 명이 넘는 사람들이 집을 두고 피난을 가야 했고 정부는 비상사태를 선언했다.

원래 '레인쿠버'라고 불리는 밴쿠버라도 우산이 필요할 정도의 비는 자주 내리지 않았다. 대게 안개 같은 비가 내리거나 날씨가 잔뜩 흐린 정도였다. 하지만 요 수십 년간 날씨가 급격히 변했다.

밴쿠버 사람들은 환경 의식이 높다. 특히 내가 사는 킷실라노는 원래 히피가 모여서 농원을 만들었던 곳이자 일찍부터 비건 생활을 시작한 동네이기도 하다.

비건 레스토랑의 선구적 존재인 '더 남'*도 이 동네에 있다. 밴쿠버 레스토랑에 아이들을 데리고 가면 대개 색칠 공부 도안과 크레파스를 내주는데 더 남에서 주는 도안과 크레파스는 다른 레스토랑처럼 새것이 아니라 손때 묻은 오래된 것이었다.

다들(특히 젊은 사람들은) 구제 가게에서 옷을 사는 모양인지 불필요해진 옷이나 생활용품을 기부할 수 있는 장소가 여러 군데 있다. 길에는 아담한 나무 상자가 설치되어 있어서 그곳에도 읽지 않는 책이나 그림책을 놓아둘 수 있다(물론 자신이 읽고 싶은 책이 있으면 가지고 갈 수도 있다). 크레이그리스트**라고 불리는 사이트에서는 필요 없어진 물건을 매매할수도 있는데 자동차부터 집까지 품목이 다양하다. 나도 우리 집을 이 크레이그리스트에서 발견했고(부동산을 거치지 않아서 좋았다), 아이와 남편의 자전거도 이 사이트에서 찾았다. 스키와 스키복은 스포츠 용품 전문 중고 가게에서 샀고, 아

• The NAAM
•• Craigslist

이 옷은 친구들에게 몇 세대에 걸쳐 물려받고 있다.

마트에는 반드시 푸드뱅크 코너가 있다. 나도 몇 번인가 쌀이나 통조림을 기부했다. 비닐이나 페트병을 든 사람을 보는 일이 거의 없고, 에코백과 물병을 상비하는 게 당연했다. 간단하게 장을 본다면 봉투를 사용하지 않고 손으로 들고 돌아갔다. 포장도 최소한으로 한다.

광고가 적은 동네라는 건 앞에서도 언급했다. 그 말인즉슨 소비 충동을 부추기는 요소가 없다는 것이다. 근사한 가게도 물론 있지만 동네 자체가 욕망을 채우기 위해 디자인되어 있지 않아서 무언가를 사고 싶다는 생각이 솟구치는 일은 거의 없다.

하지만 킷실라노도 바뀌었다고 어느 친구가 말했다. 시내 정도는 아니지만 주요 거리에 많은 가게가 생겼고 고층은 아니지만(킷실라노에서는 건물의 높이를 엄격하게 제한한다) 신축 아파트가 지어졌으며 요 십수 년간 집세가 계속 오르고 있다. 해안가에는 호화로운 저택이 늘어서 있는데 눈요기 삼아 매매가를 보면 눈알이 튀어나올 정도다. 대체 누가 이런 집을 살 수 있을까 생각하는 동안 팔려고 내놓은 집 앞에는 연달아 SOLD 간판이 세워졌다.

우리 집도 매달 거액의 집세를 낸다. 밴쿠버 체류 기간이 한정되어 있어 간신히 꾸려나갈 수 있었지만 근처에 사는 사람들을 보면 어떻게 이 지역에 계속 살 수 있을까 생각하게 된다.

비싼 건 집세만이 아니다. 생활용품도, 레스토랑 식사비도 비싸다. 예를 들어 일반적인 마트에서 팔고 있는 12개짜리 화장지는 대개 12달러 정도이고, 12개들이 달걀은 3달러에서 4달러 정도다. 잠시 점심이라도 먹을까 해서 들어간 가게에서 음료와 파스타 등을 시키고 15% 팁을 내면 30달러가 넘는다.

밴쿠버의 일반적인 젊은 친구들은 이제 부모 세대처럼 일해서 언젠가 집 한 채를 사는 삶은 도저히 꿈꿀 수 없다. 독채에 사는 건 스스로 큰 재산을 모은 사람이라면 당연히 가능하겠지만 그런 경우는 몹시 드물고, 원래 부모님이 가지고 있던 집을 물려받은 경우가 많다. '살기 좋은 도시' 세계 1위였던 밴쿠버는 그 살기 좋다는 이유 때문에 어떤 의미에서 살기 힘든 도시가 되어버렸다.

그런데도 도시 분위기는 여전히 무척이나 차분하다. 악착같이 일하느라 기진맥진한 사람을 나는 거의 본 적이 없다. 금요일이면 다들 오후부터 한잔씩 하기 시작하고 야근을 하는 사람도 그다지 없다. '로컬 퍼블릭 이터리'라는 레스토랑 간판에는 '세상 어딘가는 오후 5시'라고 쓰여 있다. 즉, 언제든 마시기 시작해도 된다는 뜻이다. 다들 일과 생활의 균형과 삶의 질을 무척이나 중요시한다.

물론 이건 내가 가진 특권 때문에 드는 생각일 수도 있다. 밴쿠버에도 악착같이 일하고 지칠 대로 지친 사람이 있을 테고, 이어지는 야근으로 정신적으로 피곤한 사람도 있을 테다. 나는 결국 내가 볼 수 있는 범위밖에 볼 수 없고, 보고 싶은 것밖에 보이지 않는 환경에 있다.

코로나 시국에 집에 머물 때도 그랬다. 밴쿠버에서는 2020년 봄에 바깥출입을 통제했다. 그래도 산책이나 조깅은 허용되었기에 나는 매일 바다로 나갔다. 원래 사람이 많은 곳이 아니라서 사회적 거리 두기를 자연스럽게 할 수 있었고, 마트에서 사재기를 하거나 아시아인을 차별하는 모습도 보지 못했다. 하지만 다른 구역에서는 다른 사람과 다퉈가며 사재기를 했다고도 하고 고령의 아시아인이 갑자기 구타당했다는 이야기도 들었다. 안타깝게도 밴쿠버에도 차별과 편견이 있었다.

캐나다는 원래 오래전부터 그 땅에 살고 있던 원주민들이 있던 곳이다.

그런데 영국에서 온 백인이 그들의 토지를 빼앗아 캐나

• LOCAL Public Eatery

다라는 나라를 만들었다.

캐나다 원주민의 아이들은 부모로부터 떨어져 캐나다인 동화정책 하에 기숙학교로 보내졌다. 학교에서는 모국어를 하거나 민족적인 문화생활을 하는 게 금지되었고 교사나 목사에게 학대를 받았다. 2021년 5월에 브리티시컬럼비아주 캠룹스 기숙학교 공터에서 3세 아이를 포함한 215명의 아이의 유해가 발견되었다. 그리고 그 다음 달 서스캐처원주 기숙학교 부지에서 이름 없는 무덤 751기가 새로 발견되었다.

기숙학교의 기억을 가진 생존자는 PTSD에 시달렸고 그 고통은 자녀들에게로 이어졌다. 그들은 적절한 보살핌도 받지 못하고 괴로운 삶을 살아가고 있다. 그 괴로움에서 벗어나기 위해 술이나 약물에 의존하는 사람도 있었다.

술과 약물은 그들만의 문제가 아니다. 다양한 이유를 대며 약물을 사용한 탓에 밴쿠버 길거리에서 생활하는 사람이나 약물에 의존하는 사람의 수는 놀랄 만큼 늘었다. 그들은 길거리에서 공공연히 바늘로 팔을 찔렀고, 다 사용한 바늘이 곳곳에 떨어져 있었다. 그리고 이러한 사실은 그다지 알려져 있지 않다.

물론 어느 도시든 어두운 부분은 있다. 완벽한 사람이 존재하지 않듯이 완벽한 도시도 없다.

하지만 캐나다는 이런 어두운 부분에 관해서도 캐나다다운 대응을 했다. 기숙학교 사건이 발각된 직후, 여러 장소에서 'Every Child Matters(모든 아이의 생명은 소중하다)' 운동이 일어났다. 그리고 9월 30일을 원주민을 위한 '진실과 화해의 날'로 제정해 그들을 기리는 날을 만들었다(밴쿠버에서는 지금까지도 이날이 되면 연대를 나타내는 오렌지색 티셔츠를 입고 아이들에게 진실을 전하는 교육을 하고 있다). 그 속도는 일본인인 나의 입장에서 보면 놀랄 만하다.

내가 자주 이용하는 버스 정류장에는 브리티시컬럼비아주 정부의 공공광고가 크게 게재되어 있다.

'Addiction is a medical condition-not a choice. Stop the Stigma(약물중독은 선택이 아니라 정신질환입니다. 약물에 관한 편견을 멈춥시다).'

이 광고는 버스 정류장뿐만 아니라 라디오를 듣고 있어도 흘러나온다.

아름다운 여성이 정면을 응시하는 포스터도 있다. 그건 화장품 광고도 패션브랜드 광고도 아니다.

'COUSIN STUDENT ARTIST FRIEND

(사촌, 학생, 예술가, 친구)

People who use drugs are real people

(약물을 사용하는 건 현실의 사람들입니다).

Stop the Blame(비난을 멈추세요).

Stop the Shame(수치심을 주지 마세요).

Stop the Stigma(편견을 가지지 마세요).'

이렇게 쓰여 있다(아름다운 남성 버전도 있다). 즉 누구든 약
물중독자가 될 가능성이 있다는 걸 틈날 때마다 강조한다.
그건 선택의 문제가 아니라 정신적인 질환이라고 말이다.

실제로 병원에서 문진을 받을 때 "간질 발작은요?", "당
뇨병 약을 복용하나요?", "약물 알레르기는 없나요?" 하는
질문과 마찬가지로 "성적인 이유로 약물이나 대마를 사용
하고 있나요?"라는 질문도 평범하게 받는다(참고로 대마는 캐
나다에서 합법이다).

일본에서 약물을 사용하다가 체포된 연예인이 어떤 대
우를 받고 어떤 말을 듣는지가 떠올랐다. '각성제를 그만 사
용하겠습니까? 아니면 인간이기를 포기하겠습니까?'라는
광고도 기억한다. 약물 중독자가 '쾌락에 빠진 게으름뱅이'
로 일컬어지고, 약물 중독자의 이미지로 좀비 같은 인간이
그려지며, 뉴스에서 안이하게 중독자의 욕구를 자극하는
'하얀 가루'의 영상이 흐르기도 한다.

하지만 밴쿠버에서는 그가 어떤 상태이든지 같은 인간
으로서 대하겠다는 의지가 공통적으로 깔려있다. 약물 사
용자는 '쾌락에 빠진 게으름뱅이'가 아니고, '인간이기를

포기한 괴물'은 더더욱 아니다. 그들은 우리와 같은 인간이고 우리의 곁에 있으며 그들과 우리 사이에 명확한 선은 결코 없다.

예전에 밴쿠버에 사립 병원을 세우자는 말이 나온 적 있다고 한다. 무료 진료는 좋지만 너무 오래 기다려야 하니 사립 병원을 지어 경제적인 여유가 있는 사람은 먼저 진찰받으면 좋지 않겠냐는 말이었다. 하지만 그건 결국 돈을 낼 수 있는 사람의 생명을 먼저 구한다는 뜻이다. 가지고 있는 자산으로 생명을 선별하는 건 이상하다며 반대 운동이 일어났다고 들었다. 어디까지나 철저하게 평등을 추구하는 밴쿠버다운 판단이라고 생각한다.

길거리에 사는 약물 사용자 중에서 의사가 처방하지 않은 조악한 약을 과다 복용한 사람도 끊이지 않는다. 그들은 응급실로 실려 온다. 응급병동에서는 생명의 위험도에 따라 우선순위를 판단한다. 전부 무료라서 돈을 지불할 능력이 되는 사람이 먼저 진료를 받는 일은 당연히 없고 위중한 사람이 먼저 치료받는다. 그러니 과다 복용으로 생명이 위험한 사람이 다른 누구보다 먼저다. 그에 대해 불만을 표명하는 사람은 없다. 생명은 평등하니까.

홈리스(이 명칭도 그들에게 낙인을 찍는 것이니 '하우스리스'라고 불러야 한다고 말한다)가 말을 걸어도, 모퉁이에서 팔에 바늘을

133

찌르던 사람이 인사를 해도 다들 평범한 일로 여기고 대답한다. 도망치는 사람도 없고 어린아이들에게도 그렇게 교육한다.

언급할 필요도 없이 LGBTQIA+[*]를 배제하는 건 말도 안 되는 일이다. 거리에는 레인보우 깃발이 흔하게 걸려 있고 대기업 은행 광고에도 동성 커플이 당연하다는 듯 등장한다.

새로 만들어진 수영장에는 남녀 탈의실과는 별개로 반드시 가족용 탈의실이 있다. 레스토랑에서도 남녀 화장실을 나눠놓은 곳이 줄고 있다. 어떤 화장실이든 누구나 사용할 수 있고 휠체어로 들어갈 수 있는 개인실 하나쯤은 반드시 마련해 놓는다.

중증 장애를 가지고 있어도 혼자 이동할 수 있도록 도시가 디자인되어 있다. 버스와 전철에는 휠체어 우선 구역이 반드시 있고, 버스에서 승하차 때 도로와 버스 사이에 생기는 단차에는 자동으로 슬로프가 내려오도록 설치되어 있다. 승하차에 시간이 걸리지만 불만을 가지는 사람이 없다.

• L은 레즈비언, G는 게이, B는 바이섹슈얼, T는 트랜스젠더, Q는 아직 자신의 성을 모르는 사람, I는 남녀 생식기를 불완전하게 모두 가지고 있는 사람, A는 무성애자, +는 아직 이름이 붙지 않은 성소수자를 뜻한다.

이동하는 게 어려운 장소에서는 근처에 있는 사람들이 당연히 도와준다. 장애를 가지고 있어도 '민폐를 끼친다'라는 개념이 없고 곤란해하는 사람이 있으면 도와주는 게 당연해서 도움을 받는 쪽에서도 과도하게 감사할 필요가 없다.

이와 같은 공생은 원래 당연한 일이다. 이런 '당연함'을 모두 함께 공유하는 도시는 소수에게만이 아니라 결국 모든 사람에게 다정하다.

어쩌면 이것도 내가 보고 싶은 것만 본 결과일지도 모른다. 내 편견을 발견할 때마다 늘 낙담한다. 그런데도 밴쿠버의 이런 자세(아니, 이제는 그들의 자부심이라고 해도 좋다)는 세상을 바라보는 내 시선을 늘 밝게 해준다. 나는 밴쿠버를 좋아한다. 아주 좋아한다.

> 우리는 언제든지 좋은 사람이 될 수도, 발전할 수도, 최선을 다할 수도 있지만, 자신을 사랑하거나 타인에게 사랑받지 못한다면 어떻게 완벽해질 수 있겠는가.
>
> – 이윤 리 『Where Reasons End』

3. 내 몸은 비참함 속에서

응급실은 환자와 경찰관으로 넘쳐나고 있었다. 큰 사고라도 난 걸까. 내가 앉은 자리 바로 옆에 젊은 남성 한 명이 들것에 실려 누워 있었다. 한 여성이 다가와 그의 머리를 내내 쓰다듬었다. 유난히 추운 날이었다.

　접수처에 증상을 말하고 바로 열을 쟀다. 39.4도였다. 그러고 나서 대기실 의자에 앉아 이름이 불리기를 기다렸다. 앉아 있는 게 괴로워서 엎드리고 싶었지만 그럴 공간이 없었다.

　그저께 아이가 기침을 해 어린이집에 가지 않았다. 어제는 남편이 몸이 나른하다고 했다. 항암 치료 중인 나한테는 바람직하지 않은 상황이다. 면역력이 한없이 떨어진 몸은 바이러스에 쉽게 감염된다. 절대로 병에 걸리지 않도록 이중으로 마스크를 쓰고 몇 번이나 손을 씻고 가글도 했다. 하지만 아이에게서 떨어져 있을 수 없었다.

　아침에 일어났을 때 아, 열이 난다 싶었다. 불길한 예감이 드는 동안에 갈수록 체온이 올라갔고 그와 더불어 오한이 심하게 들었다. 난방기기를 최대한으로 가동하고 이불과 담요를 머리부터 뒤집어썼지만 떨리는 몸은 멈추지 않았다. 암센터 응급실에 전화를 걸었지만 아무도 받지 않았다. 자동 응답기에 음성 메시지로 증상을 남기고 침대에서 몽롱해하고 있을 때 전화가 왔다. 바로 응급실로 오라고 했다. 남편이 차로 바래다줘 응급실로 향했다.

이런 상황이라면 몇 시간은 기다려야 할 것 같아 속으로 각오하고 있었지만 내 이름은 생각보다 빨리 불렸다. 접수처에서 항암 치료 중이라는 걸 알고 먼저 부른 듯했다. 그길로 개인 병실로 가서 환자복으로 갈아입었다. 그사이에도 오한은 멈추지 않았고 온몸이 심하게 아팠다. 특히 인후통은 견디기 힘들었다. 간호사에게 타이레놀을 받았지만 삼키기 힘들었고, 힘들게 먹은 약의 효과가 나타나 오한이 가신 후에도 견디기 힘든 인후통은 사라지지 않았다.

가슴 엑스레이를 찍고 혈액검사를 했다. 침대에 있는 동안 내 손가락은 산소 포화도 측정기에 끼워져 있었다. 삑, 삑 삑, 하는 규칙적인 전자음이 들렸다. 코로나 때문에 비강 검사도 했다. 긴 면봉을 콧속으로 찔러 넣자 통증 때문에 눈물이 나왔다.

노리코가 병원에 스마트폰 충전기와 과일, 사탕과 책을

가져다주었다. 병실에서 나갈 수 없어서 그녀를 만날 수 없었다. 화장실에 가고 싶다고 간호사에게 말하자 이 병실에서 볼일을 보라는 소리를 들었다. 앉는 자리에 구멍이 뚫린 휠체어 같은 것이 있어서 뭔가 싶었는데 그게 화장실이었다. 유심히 보니 구멍 아래에 양동이가 놓여 있었다. 볼일을 보자 소변이 양동이에서 튀어 엉덩이가 더러워졌다.

의사를 만난 건 밤이 되고 나서였다. 엑스레이에서는 아무런 이상이 없었다. 혈액검사 결과로는 백혈구 수치가 꽤 낮았지만 아마 항암제의 영향일 거라고 했다. 코로나 검진 결과는 아직 검사 기관에서 넘어오지 않았지만, 양성이라면 특별한 조치가 필요하다고 했다. 밤 10시 52분, 휴대전화로 결과를 통지받았다. 양성이었다. 하지만 그때쯤엔 절망할 힘도 남아있지 않았다.(남편과 아이도 내가 응급실에 있는 동안에 검사를 받았다. 둘 다 양성이었다).

타이레놀을 아무리 먹어도 목이 불타는 듯한 통증은 가시지 않았다. 편도선이 엄청나게 부은 느낌이었다. 숨 쉬는 게 힘들어서 공황장애 증상이 몇 번이나 일어났다. 가슴에 생긴 압박으로 숨을 아무리 쉬어도 폐에 산소가 들어오지 않았다. 무슨 말이든 외치고 싶었지만 목소리가 나오지 않았고 간호사 벨을 눌러도 모두 바쁜지 좀처럼 오지 않았다. 산소 포화도 측정기는 산소량을 정상이라고 표시했고 규칙적인 소리를 발신하고 있었다. 간호사는 그걸 듣는 한 '가나코 씨는 괜찮다'라고 말할 것이다.

"안타깝게도 우리가 더 이상 할 수 있는 건 없어요."

15번째 항암 치료를 마친 후였다. 총 16회 투여 중에 앞으로 한 번 남아 있을 뿐이었다.

연말연시는 아주 평온하게 보냈다. 에키는 완전히 건강해져서 사후 검사를 제외하곤 그가 두려움에 떠는 일은 더 이상 일어나지 않았다. 사고가 났던 차는 수리를 마쳤다. 남편의 담석도 안정을 되찾았고 아이는 그로부터 열이 나지도 귀가 아프지도 않았다. 레미와 매일 녹초가 되도록 놀고 있었다.

새해에는 노리코 가족과 지에리 가족, 그리고 UBC에서 소립자물리학을 연구하는 맥스 가족과 다 함께 스키를 타러 갔다. 체력에 자신이 없어서 나는 스키를 타고 싶은 걸 참고 오두막에서 『삼체』를 읽으며 시간을 보냈다. 노리코 가족이 데리고 온 개 마일로와 오솔길을 산책하고 침대에서 같이 낮잠을 잤다. 밤에는 다들 식탁을 둘러싸고서 맥스가 들려주는 기타 연주와 우주 이야기를 즐겼다. 아이들은 검은 모자를 쓰고 마이클 잭슨 춤을 펼쳐 보이기도 했다. 작년에는 탈 수 없었던 스키를 탈 수 있게 된 우리 아이는 성

취감과 자신감으로 흘러넘치고 있었다. 아이는 신이 나서 엄마 아빠가 없는 소라와 유스케의 오두막에 머물고 싶어 했고 실제로 그렇게 했다.

항암제 부작용은 있지만 2주간의 간격이 있어서 한 주가 지나면 서서히 편해지는 것도 알게 되었다(그리고 편안해질 무렵에 다음 항암제를 투여한다는 사실도 알게 됐다). 필그라스팀 주사를 맞는 것도 익숙해졌다. 걷는 것보다 느린 조깅을 하고 여러 러너에게 따라잡히는 것도, 집 안에서 몇 번이나 휴식을 취해야 하는 일상에도 익숙해졌다. 내 마음은 낮게 조용히 흔들리고 있었다. 그러던 차에 코로나에 걸린 것이다. 유방암을 선고받은 날 이후 처음으로 나는 이렇게 생각했다.

'어째서 내가.'

지금까지 '설마 내가'라고 생각한 적은 있다. 하지만 '어째서 내가'라고 생각한 적은 없었다. 이 경우 '어째서'에는 '왜 다른 사람이 아니라 내가'라는 뉘앙스가 있다. 그런 생각이 들 때는, 그리고 그렇게 생각한 자신에게는 강한 자기혐오가 동반된다. 하지만 나는 다행히도 지금까지 그런 생각은 하지 않았다. 그것보다 '이 일이 다른 사람에게 벌어지지 않아서 다행이다'라고 생각했다. 이 일이 내가 좋아하는 사람들에게 일어나지 않아서 진심으로 다행이라고, 그 사실 하나만 생각했다.

하지만 응급실 외래 병동에서 나는 '어째서'라고 생각하고 말았다.

'어째서 내가.'

어째서 나한테만 이런 일이 일어나는가. 내가 대체 어쨌다는 걸까.

병실에서 다시 덮쳐 올 공황장애로 겁에 질렸다. 다음엔 숨을 쉴 수 없을까 봐 무서웠다. 그래서 심장의 고동 소리에 집중하려고 했다. 하지만 고동 소리에 집중하자 그게 이따금 부자연스럽게 빨라지는 게 두려웠다. 때때로 의식이 몽롱해졌는데 그게 졸음에서 오는 것인지 아니면 그것 말고 다른 무언가에서 오는 것인지 알 수 없었다.

코로나 치유에 특효약은 없다고 의사에게 들었다. 통증을 느끼면 타이레놀을 복용하고 자연스럽게 치유되기를 기다리는 수밖에 없다고 했다.

아침부터 아무것도 먹지 않았다. 공복이었지만 목이 너무 아파서 무언가를 먹을 용기가 나지 않았다. 타이레놀이 효과가 있는 동안에만 가지고 있던 일본제 매실 껌을 씹었다. 하나를 입에 넣고 바로 하나 더 입에 넣었다. 나는 결국 매실 껌 한 통을 한 번에 전부 입에 넣었다. 입안은 껌으로 가득해졌다. 그걸 씹고, 씹고 또 씹었다. 울면서 씹었다. 턱이 아프고 저려오자 껌을 티슈에 뱉어서 버리고, 입안에 고인 침은 간이 화장실 안에 뱉었다. 화장실에는 내내 내가 뱉은 침이 남아 있었다.

1월 13일. 이제 용서해 주세요.

이튿날 아침 병원에서 나올 무렵에 다시 열이 올랐다.

데리러 온 남편은 내 상태가 어제보다 나쁘다는 사실에 깜짝 놀랐다. 나는 덜덜 떨고 있었고 껌 말고 다른 건 아무것도 입에 넣지 않았다.

집으로 돌아와 코트를 입은 채 침대 위에 쓰러졌다. 난방 온도를 제일 높게 하고 담요를 있는 대로 전부 몸에 덮어도 떨리는 건 멈추지 않았다. 타이레놀을 먹으려고 했지만 이불 밖으로 나와 약을 손에 드는 것조차 힘들었다. 기력을 쥐어짜 강력한 타이레놀을 복용해도 목의 통증은 결국 사라지지 않았다.

이튿날에는 그런 상태로 다시 병원에 가야 했다. 코로나에 효과가 있는 특효약은 없지만 항암 치료 중이라서 면역력이 상당히 떨어져 있기 때문에 증상이 악화되지 않도록 '소트로비맙'이라는 신약을 링거로 맞아야 했다. 의사와 간호사는 그 약이 매우 비싸다는 말을 반복했다.

코로나가 양성이니 병원에 마음대로 들어갈 수 없었다. 마스크를 이중으로 쓰고 병원 앞에서 간호사와 만나기로 했다. 그녀에게 안내받아 병실까지 걸어갔다. 약이 효과가 있어서 열은 없었지만 여전히 목이 심하게 아프고 머리가 멍했다.

병실에는 나 말고도 고령의 여성이 있었다. 머리가 풍성해서 항암 치료 중으로는 보이지 않았지만 면역계 질환을 가지고 있을지도 모른다. 그녀가 물었다.

"당신, 중국인이에요?"

내가 일본인이라고 답하자 그녀가 무척 아쉬워 했다. 나는 그녀의 심정을 충분히 이해한다. 불안할 때는 모국어가 듣고 싶어진다. 그녀는 아들이 병원까지 데리고 와줬지만 안으로는 들어올 수 없어서 지금은 이렇게 혼자라고 했다.

"난 괜찮다고 했는데 아들이 가자고 해서 왔어요. 난 이 약이 필요 없는데."

그녀는 그 말만 반복했다. 귀가 멀었는지 큰 소리로 대답하지 않으면 이해하지 못했다. 목이 아파서 그게 너무 힘들었다.

그녀와 나는 팔에 링거 바늘을 꽂은 상태로 소트로비맙이 도착하기를 기다렸다. 약이 굉장히 고가라서 절대로 낭비할 수 없기 때문에 모든 게 준비된 상태에서 처방하는 것 같았다. 30분 정도 기다렸을 때쯤 마침내 링거가 도착했다. 링거백 안에 담긴 투명한 약은 이리 보고 저리 봐도 특징이 없어서 어떻게 특별한지 알 수 없었다. 구역질이나 아나필락시스 쇼크 등의 부작용에 대한 설명을 간단히 들었지만 장기적으로 그게 내 몸에 어떻게 영향을 끼치는지는 몰랐다(그리고 그건 애초에 코로나 백신도 마찬가지였다).

물론 나한테는 선택지가 있었다. 그 약을 거부하는 것도 가능했다. 하지만 몸이 항암제와 코로나로 철저히 약해져 있었기 때문에 신약에 매달리는 것 말고 다른 방법은 생각할 수 없었다. 나는 어떻게든 무사히 항암 치료를 마치고 싶었다.

항암 치료가 원만하게 끝나면 수술은 2월 말에 할 예정이었다. 마지막 항암 치료까지 마치고 나면 체력을 남겨두기 위해 수술까지 4주 정도는 일정을 비우는 것이 좋다고 들었다. 항암 치료가 늦어지면 자동으로 수술도 늦어진다. 늦어질 경우, 다음 수술 일정이 언제로 잡힐지 몰랐다.

언젠가 들었던 라디오 뉴스가 내내 머릿속에 남아 있었다. 코로나 시국이라서 의사와 간호사가 부족해 수술이 지연되어 암이 온몸으로 전이된 남성의 이야기였다. 나 역시 항암 치료를 마쳐도 암이 완전히 없어지진 않을 것이다. 지연된 수술을 기다리는 동안 암이 다시 커지면 어쩌지 하는 생각이 들었다. 몸과 마음이 약해졌을 때는 하지 않아도 되는 생각만 떠오른다. 아직 수술은 하지도 않았는데 팬데믹 시기에 병이 재발되는 꿈을 자주 꿨다.

링거를 투약하는 데는 30분 정도가 걸렸다. 나와 그 여성이 1시간가량을 병실에 함께 있었던 것이다. 그사이에 여성은 끊임없이 말했다.

"이 약은 뭐죠?"

"우리 간호사는 누구죠?"

"이런 건 어리석어요."

중간부터 나는 대답하기를 포기했다. 그녀는 자주 오랫동안 나를 지그시 응시했고 그 후엔 한숨을 크게 쉬었다.

투약이 끝나고서도 우리는 5분 정도 병실에 머물렀다. 병실에 소독약 냄새가 났다. 우리의 손은 거듭되는 소독으로 까슬까슬해져 있었다. 그녀에게 핸드크림을 빌려주고 싶었지만 그럴 기력이 없었다.

5분쯤 지났을 무렵, 그녀가 간호사를 불렀다.

"아들이 있는 곳까지 데려다줄래요?"

하지만 그녀가 부른 간호사는 다른 병실 담당이라서 그건 불가능하다고 말했다. "5분 동안 환부를 거즈로 누르고 있으세요. 그 후에 집으로 가시면 돼요." 담당 간호사는 우리에게 그 말만 남기고 어딘가로 가버렸다. 그녀는 나를 가만히 응시했다.

"아들한테 전화 좀 해줄래요?"

그녀는 휴대전화를 가지고 있지 않은 듯했다. 내가 스마트폰을 꺼내자 그녀가 아들의 번호를 읊어주었다. 아들은 통화 연결음 한 번 만에 바로 전화를 받았다.

"지금 투약이 끝났어요. 당신 어머니는 내가 병원 밖까지 모시고 갈게요."

그 말에 그는 몇 번이나 감사 인사를 했다. 전화를 끊자 그녀가 처음으로 미소를 지어 보였다. 그 미소로 그녀의 소녀 시절을 상상할 수 있었다.

올 때는 간호사와 함께였는데 돌아갈 때는 우리끼리 출구를 향해 나갔다. 코로나 확진자끼리 까칠까칠해진 손을 잡고 긴 복도를 천천히 걸었다. 그녀는 다리가 불편한 듯했지만 자세가 아주 좋았다.

"이렇게 넓으면 미아가 되겠어요."

그녀가 말했다. 병원은 그녀의 말대로 정말 넓었다. 코로나 환자가 길을 잃어서 병원을 헤매게 되면 어쩌려나 싶었다. 병원들은 하나같이 간호사 수가 부족한 것 같았다.

"당신이 있어서 다행이에요."

그녀가 말했다. "저도 마찬가지예요"라고 답했다.

병원을 나가자 그녀의 아들이 걱정스럽게 서 있었다. 역시 나한테 몇 번이나 감사 인사를 하고 어머니를 끌어안았다. "코로나에 걸렸는데 괜찮겠어요?" 라고 말하고 싶었지만 그도 양성일지도 모른다. 남편과 아이가 특별히 아프지 않은 것처럼 오미크론 변이는 사람에 따라서는 증상이 없다고 들었다. 게다가 코로나 양성 판정을 받으면 가족 중 누군가 병원까지 데리러 오는 수밖에 없다.

그녀는 불편한 얼굴로 차를 타고서 나에게 손을 흔들었다. 나도 손을 흔들어 답하고서 데리러 온 남편의 차를 타고 집으로 돌아왔다.

비참하지 않다고 생각하고 싶다.

그런데 사람은

비참함 속에서 처음으로 살아간다.

- 야스미즈 도시카즈 「존재를 위한 노래」

침대에서 쉬고 있으니 왼쪽 눈 가장자리에 번쩍대는 빛이 나타났다.

편두통이 오기 전에는 늘 그게 시작된다. 빛은 대개 가로로 길고 구불구불 움직여서 컬러풀한 용처럼 보인다. 하지만 이번엔 눈의 결정체처럼 보였다. 눈 결정체가 색을 바꾸면서 조용히 회전하고 있는 것 같았다. 너무나도 예

149

뻤다.

오랜만에 줄리안의 진료소에 갔다. 열과 인후통은 나았고 체력도 거의 회복되었지만 미각이 돌아오지 않았다. 부정적인 정보는 보고 싶지 않아서 오미크론 변이 증상에 대해서는 검색하지 않았다.

편두통에 잘 듣는 혈에 침을 맞고서 미각이 돌아오지 않는 것과 아직 조금 나른하다는 것을 줄리안에게 전했다. 새로운 한약을 처방해 준 줄리안이 "잠시만 있어봐"라고 말하더니 부엌에서 컵을 가지고 나왔다. 컵 안에 들어있는 건 따듯한 유자차였다. "마셔봐."

한 모금 마시자 유자의 새콤달콤한 맛이 입안을 순식간에 채웠다. 놀랐다.

"맛있어!"

무심코 그리 말하자 줄리안이 웃었다.

"미각이 이제부터 조금씩 돌아올 거야."

돌아오는 길에 한국계 마트인 H 마트에서 유자청을 샀다. 유자청을 숟가락으로 잔뜩 퍼서 뜨거운 물에 녹였다. 그게 '맛있다'라는 사실에, 그리고 그걸 '맛있다'라고 느낄 수 있다는 사실에 감동했다. 나는 하루에 몇 번이나 유자차를 마셨다. 그 후 며칠 동안은 유자차의 맛밖에 느끼지 못했지만 서서히 다른 맛도 느낄 수 있게 되었다. 그리고 1주일이 지나자 내 미각은 완전히 원래대로 돌아왔다.

1월 24일. 아프가니스탄에 대한 기사 하나를 발견했다. 엄마인 마르지에와 네 딸들의 이야기였다. 탈레반이 아프가니스탄을 제압하고 나서 생활이 힘들어졌지만 뾰족한 수가 나지 않았다고 했다. 그래서 장녀인 나자닌을 11만 엔에 팔기로 했는데 지원단체로부터 도움을 받아 그 상황을 면했다고 한다. 그 다섯 사람이 세상에서 제일 행복했으면 좋겠다.

마지막 항암 치료는 취소되었다.

"수술까지 날짜도 얼마 남지 않았고 코로나로 체력도 약해졌으니 마지막 항암제는 생략하려고 해요. 더구나 가나코 씨는 지금까지 맞은 항암제로도 충분히 효과를 봤으니까요."

로널드 선생님에게 전화로 그 말을 들었다. 전화를 끊은 후에 잠시 멍했고 그 후엔 울었다. 기뻤다. 내게 항암 치료가 큰 스트레스였다는 걸 깨달은 순간이었다.

그동안 가족이나 친구에게 도움을 받으면서 묵묵하게 버텨왔다. 그리고 실제로 내가 상상했던 것만큼 괴롭지는 않았다. 하지만 앞으로 한 번, 단 한 번인 그것이 내 머릿속에 어두운 장막을 내내 드리우고 있었다.

항암 치료를 받으면서 뭐가 제일 괴로웠냐고 사람들에게 자주 질문 받았다. 불쾌함, 구내염, 변비, 여러 부작용이 있었지만 하나를 특별히 꼽기는 어려웠다. 다만, 나 같은 경우 치료를 받은 4~5개월간 하루도 컨디션이 아주 좋았던 날이 없었다는 게 유독 괴로웠다. 물론 상태가 무난하게 좋은 날은 있었다. 그래서 조깅도 할 수 있었고 근육 트레이닝도 할 수 있었다. 친구와 점심을 먹거나 아이와 같이 놀면서 때로는 내가 암에 걸렸다는 사실을 잊을 수 있는 순간도 있었다. 하지만 그 후에는 늘 축 늘어질 만큼 피곤했다. 오래 낮잠을 자야 했고 샤워를 하는 것도 귀찮았다. 즐거운 일이 있은 후에는 더더욱 내 몸이 이제 예전과 다르다는 사실을 깨달았다.

친구들이 만들어준 맛있는 밥을 먹지 못하는 날도 괴로웠다. 나와 가족을 생각해서 다들 영양소가 풍부한 반찬을 많이 준비해 줬는데 컵라면이나 포테이토칩 같은 정크푸드만 목에 넘어가는 날이 있었다. 그게 어째서인지는 마지막까지 알 수 없었지만 입덧 증상과 비슷했다. 무언가 입에 넣지 않으면 불쾌한데, 몸에 좋은 음식은 입에 넣었다 해도 불쾌함이 절대 해소되지 않았다. 컵라면과 포테이토칩을 먹고서 늦은 밤에 일어나 부엌에서 먹을거리를 찾았다. 그런데도 체중은 계속 줄었다. 코로나에 걸린 후에 샤워를 할 때 내 몸을 거울로 보고 오싹한 기분이 들었다. 뼈가 튀어나오고 허벅지나 엉덩이에서 살이 빠져 팔랑대는 얄팍한 몸이 되어 있었다.

하지만 외적인 변화는 나한테 그다지 괴로운 요소가 아니었다. 안색이 나빠도 파운데이션을 바르지 않았고 손발톱이 거무칙칙해도 매니큐어를 바르지 않았다. 늘 니트 모자를 쓰고 있었지만 머리를 감추기 위해서라기보다는 그저 추웠기 때문이었다. 맑은 날이면 해변에서 모자를 벗었다. 이런 기회는 좀처럼 없으니 두피에 햇볕을 쐬자고 생각한 것이다. 주변 사람들은 아무도 뭐라고 하지 않았다. 나를 힐끗힐끗 보는 사람도 없었고 눈이 마주치는 사람은 있어도 빙긋이 웃어줄 뿐이었다.

한번은 어느 화방에서 다음에 받을 항암 치료 날짜와 시간에 관해 간호사와 통화를 한 적이 있다. 전화를 끊자 계산대에 있던 남성이 "미안한데 이야기가 들려서요. 지금 항암 치료를 받고 있으신가요?"라고 물었다. 그렇다고 답하자 "참 용감한 분이시네요"라고 말하며 사려고 했던 스케치북과 펜을 공짜로 주었다. 나는 간호사 크리스티에게 그 순간이 정말 기뻤다고 말했다(형광 핑크색 캔버스화가 근사한 간호사다).

그녀가 말했다.

"좋았겠어요! 사실 어떤 의미에서 그건 당연한 거예요. 가나코는 지금 누구보다도 용감하게 싸우고 있는 영웅이니까요."

그러고 나서 "더 비싼 걸 골랐으면 좋았을 텐데"라고 말하며 서로 웃었다.

나한테는 코니라는 유방암 선배가 있다. 그녀는 나보다 딱 1년 먼저 유방암을 진단받아 내가 치료를 시작할 무렵에 모든 치료가 끝났다. 아만다가 소개해 준 친구로, 온화하고 배려심이 많으면서도 에너지로 충만했다. 나는 코니를 만나자마자 좋아하게 되었다. 우리는 점심을 먹거나 차를 마시자는 이유를 만들어 가끔씩 만나는 사이가 되었다.

"다들 우리가 용감하다고 말하잖아."

어느 날 코니가 말했다.

"나는 나를 용감하다고 생각 안 해. 스스로 선택한 길이 아니니까."

그건 나도 했던 생각이라 너무나 공감했다.

"무슨 말인지 이해해! 나도 그런 거 같아. 용감하다기보다 어쩔 수 없는 느낌이잖아?"

"맞아, 맞아."

우리는 '시미트 베이커리'라는 튀르키예 카페에 있었다.

나는 카페라테를 코니는 "모처럼의 기회니까"라며 튀르키예 커피를 마셨다. 베이글이 맛있다고 소문난 맛집이라서 각자 고른 베이글을 찢어가며 먹었다. 참깨가 잔뜩 뿌려진 베이글이 쫄깃쫄깃해서 정말 맛있었다. 나는 말했다.

"무서운 걸로 따지면 엄청 무섭잖아. 두려움을 극복한다기보다 인정하면서 치료받는 느낌이지?"

나이지리아인 작가이자 활동가인 러비 아자이 존스는 '두려움'에 대해 이렇게 말했다.

"'두려움을 모른다'라는 건 '두렵지 않다'는 게 아니다. 다만 '두렵다'라고 해서 내가 해야 할 일이 줄어들지는 않는다. 그래서 두려움을 느끼면서도 전진하는 것이다."

우리는 아니, 적어도 나는 용감하지 않았다. 여러 가지 일에 두려워하고 늘 흠칫거리면서도 살고 싶었기 때문에 치료를 계속 받아온 것이다. 필그라스팀을 스스로 놓는 것도 소트로비맙을 투여하는 것도 꼴불견일 정도로 죽는 게 두렵고, 한심할 정도로 살아 있고 싶어서 한 일이었다.

작가인 오션 브엉의 저서 『지상에서 우리는 잠시 매혹적이다』에서 주인공 리틀독이 이렇게 말한다.

우리는 목숨을 보전하려고 한다. 더 이상 몸이 견디지 못할 걸 알고 있을 때도 그렇다. 우리는 그의 식사를 챙

겨주고 자세를 편하게 해주고 몸을 씻긴다. 그리고 약을 먹이고 등을 문질러주고 때로는 노래를 들려준다. 우리가 그렇게 기본적인 부분을 돌보는 건 용기가 있어서도 헌신적이어서도 아니다. 그것이 마치 호흡처럼 인류의 근간이 되는 행동이기 때문이다. 시간이 완전히 그를 놓아버릴 때까지 우리는 그의 몸이 버틸 수 있게 한다.

리틀독은 지금 할머니를 죽음으로 잃어가고 있다. 하지만 그가 포기하지 않고 간병을 계속하는 것은 용기 때문도 헌신 때문도 아니다. 그저 인간이 '원래 그런 존재'이기 때문이다.

나는 '할머니'에 '나'를 대입했다. 우리는 어떤 상태에 있든지 목숨을 가능한 한 보전하려고 한다. 그리고 그건 용감함이나 자신에 대한 헌신에서 오는 게 아니다. 단순한 행동이다(그래서 그 행동을 차단할 결심을 한 사람의 용기는 정말 헤아릴 수 없다).

그런데도 역시 모두가 우리를 '용감하다'고 말해주는 건, 그리고 우리의 생 그 자체를 축복해 주는 건 진심으로 기쁘다. 그건 내가 누군가에게 내 민머리를 보이는 걸 주저하지 않는 행동과 맞닿아 있다.

"가끔 내가 '나는 암 환자'라는 카드를 너무 방패막이로 삼고 있지 않나 생각할 때도 있어."

코니가 말했다. 코니는 예전에 열심히 일했지만 암에 걸리고 오랫동안 일을 쉬었다. 두 아이와 코니를 보살피고 있는 남편은 집안일도 척척 해내고 맛있는 밥도 차려준다고 했다.

코니는 항암 치료 중에도 조깅을 빼먹지 않았다. 우리가 만나기로 한 장소에는 아무리 멀어도 꼭 자전거로 왔다. 지금은 아이스 스케이팅 수업을 듣고 있는데 뒤로 스케이트를 탈 수 있게 되었다며 기뻐했다. 그건 그녀가 활동적인 사람으로 타고났기 때문이기도 하지만 치료 후의 어떤 생각에서 나온 것이기도 했다.

마지막 방사선 치료를 마친 후 그녀는 왠지 모르게 허탈감을 느꼈다. 그때까지 그녀는 '암을 극복한다'는 목표를 가지고 살아왔다. 매일 매일 부작용과 싸우고 알 수 없는 피곤함과 대치하면서 의사, 간호사와 똘똘 뭉쳐 목표를 완수했다. 모든 치료를 마쳐서 당연히 기뻤지만 동시에 '앞으로 어떤 목표를 가지고 살아가면 좋을까' 그렇게 생각했다고 한다. 아직 치료 중인 나는 "그냥 살아 있기만 해도 되는 거 아니야?"라고 했지만 "그렇긴 하지. 이건 내 성격인가 봐. 왠지 목표가 필요해. 살아갈 목표가"라고 그녀가 말했다.

그 일환으로 아이스 스케이팅을 시작했다고 한다.

"못 하던 걸 조금씩 할 수 있게 되는 게 기뻐."

그리고 한 가지 더 그녀가 시작한 게 있었다. 쓰는 것이었다.

"소설을 쓰고 싶은데 지금은 어떻게 해야 할지 모르겠어. 어쨌거나 매일 무언가 쓰려고 하고 있어."

나도 모르게 그건 정말 좋은 일인 것 같다고 말했다.

나 또한 치료 중에도 내내 쓰고 있었다. 소설, 에세이, 일기. 쓰면서 머릿속을 정리할 수 있었고 내가 이런 생각을 하고 있었구나 하고 예상치 못한 발견을 하기도 했다. 쓰는 동안 내가 치료 중이라는 사실을 잊는 순간도 있었다(신기하게도 암에 걸린 여성에 대한 소설을 쓰고 있었는데도 말이다). 그게 나를 구제했는지 아닌지는 모르겠지만 어쨌거나 쓰는 것은 나에게 절대적으로 필요한 행위였다.

그리고 틀림없이 나를 구제했다고 말할 수 있는 게 읽는 것이었다. 소설, 에세이, 기사, 시, 여러 가지를 읽었다. 영어 공부를 하기 위해서 영문 소설도 읽었다. 나는 '모르는 것'을 뛰어넘어 문장에 빠져들었다. 엘리프 샤팍의 소설은 모을 수 있는 한 전부 손에 넣었다. 발레리아 루이셀리의 『Lost Children Archive』는 마지막 문장에 놀라서 숨을 멈추고 잠시 움직일 수 없었다. 카일리 리드가 쓴 『The Such a Fun Age』는 '쿡' 하고 웃기도 하고 때때로 속이 뜨끔해지는 것을 느끼며 읽었다. 록산 게이가 쓴 『헝거』는 괴로워서 도중에 읽기를 몇 번이나 중단해야 했다.

버지니아 울프는 책 읽기에 대해 이렇게 말했다.

"그건 이를테면 어두운 방에 들어가 램프를 손에 치켜드는 일이다. 빛은 그곳에 이미 있던 것을 비춘다."

윌리엄 포크너도 비슷한 말을 남겼다.

"문학은 한밤중에 황야의 한복판에서 긁는 성냥과 같다. 성냥 하나로는 도저히 밝아지지 않지만 한 개의 성냥은 주변에 얼마만큼의 어둠이 있는지를 깨닫게 해준다."

책을 읽은 후 나도 그 어둠을 느꼈다. 이야기가 가진 빛이 나를 구원한 것도 사실이지만 내가 몸 담그고 있는 어둠을 알게 된 것이 새로웠다. 그건 나에게 일종의 견고한 해방감을 가져왔다. 그 어둠은 친숙하다. 내내 나와 함께 있던 것이기 때문이다. 그런데 그 어둠 속에서 어딘가 아주 새로운 것을 발견하자 나는 나 자신도 아주 새로운 것으로 여기고 관찰할 수 있었다. 나는 여기서 무엇을 하고 있는가. 나는 여기서 무엇을 생각하고 있는가. 나는 누구인가. 또는 무엇인가. 그건 어떤 의미에서 명상과 비슷하다.

노리코가 권해서 명상을 계속하고 있었다.

밤에 잠들기 전에 10분이라도, 아니 5분이라도 좋으니 깊게 호흡을 하고 자신을 응시하는 시간을 만들었다. 그대로 잠들기도 했지만 그것도 상관없었다. 성가신 건 앞으로 해야 하는 일이나 마음에 맺혀 있는 일이 머릿속에서 빙글빙글 맴돌아 전혀 집중할 수 없을 때였다. 하지만 어느덧 그 '집중할 수 없는 느낌'마저 새롭게 응시할 수 있게 되었다. 나는 지금 집중하지 못하고 있구나. 아, 또 새로운 불안감이 떠올랐구나. 다음은 이거구나, 넌 불안해하는 게 많구나. 그런 식으로 말이다.

그렇게 응시한 끝에 남아있던 것은 대개 내 안의 두려움이었다. 그건 정말 빈번한 일이었다. 예를 들어 무언가에 화가 났던 날, 그 감정을 계속 응시하고 집요하게 해체하다 보면 마지막으로 나타나는 건 두려움이었다. 분노나 초조함처럼 언뜻 두려움과 먼 감정처럼 보여도 결국은 항상 그랬다. 시작은 언제나 두려움이었다.

두려움에는 형태가 없었다. 실체가 없는 덩어리로 나에게 들러붙어 때로는 두려움 자체만으로 무언가를 두려워하고 있었다. 나는 두려움을 가엾게 여기기 시작했다. 오랫동안 내 몸에 기생하고 내 감정의 발단이 된 두려움은 내가 만든 것이었다. 나는 두려움의 어머니이자 아버지이자 벗이었다. 나는 두려움을 끌어안았다. 내가 만들고 오랫동안 나를 괴롭혀온 이 두려움을 지금이야말로 나만의, 세상에 단

하나뿐인 나만의 것으로 끌어안아야 했다.

당신은 모른다.

목이 말라서 눈을 뜬 차가운 새벽, 기억할 수 없는 꿈 때문에 흠뻑 젖은 눈두덩을 세면대 위의 거울 속으로 들여다보리라는 것을 모른다. 얼굴에 찬물을 끼얹는 당신의 손이 거푸 떨리리라는 것을 모른다. 한 번도 입 밖으로 뱉어보지 않은 말들이 뜨거운 꼬챙이처럼 목구멍을 찌르리라는 것을 모른다. 나도 앞이 보이지 않아. 항상 앞이 보이지 않았어. 버텼을 뿐이야. 잠시라도 애쓰고 있지 않으면 불안하니까, 그저 애써서 버텼을 뿐이야.

– 한강 『노랑무늬영원』

수술 날이 정해졌다.

마레카를 만나 수술에 대한 대략적인 설명을 들었다. 그녀는 "어떻게든 수술 날까지 체력이 생기도록 잘 먹어야 해요"라고 말했다. 약한 몸에 조금이라도 근육을 붙이려고 다시 근육 트레이닝을 시작했다. 특히 가슴 근육이 중요했다. 근육이 있으면 있을수록 수술 후 회복이 빨라진다. 가슴 근육을 단련하는 운동을 중심으로 시간이 있으면 팔굽혀펴기를 했다.

이제 항암 치료는 없다. 그게 내 마음을 화창하게 만들었다. 입덧 같은 증상은 가셨고 나는 몸에 좋은 맛있는 밥을 많이 먹을 수 있게 되었다. 서서히 체중이 늘었고 설사나 변비로 고생하는 일도 없었다.

이미 머리카락도 나기 시작했다(친구가 "모근도 성미가 급하네"라고 놀렸다). 코털도 나서 코딱지가 쌓이는 일도 사라졌다. 음모가 나자 생식기에서 나던 냄새도 옅어졌다. 자란 털은 이제 빠지지 않는다. 기껏 붙은 근육이 다시 몽땅 빠지는 일도 없다.

하지만 수술 후 내가 잃게 되는 건 확실히 정해져 있었다. 양쪽 가슴이다.

암은 내 오른쪽 유방에 있었지만 나는 BRCA 2라는 유전자 변이가 있기 때문에 재발하거나 왼쪽 가슴으로 전이될 확률이 높았다. 예방하기 위해 양쪽 가슴을 절제하고 나중엔 난소도 적출하는 게 바람직했다.

양쪽 유방을 절제하는 데는 거부감이 없었다. 아이가 태어난 후 이 가슴은 많은 모유를 만들어 주었다. 아이가 젖을 떼고 나니 가슴은 홀쭉하게 쪼그라들었다. 그때 나는 이미 가슴이 제 역할을 끝냈다고 생각했다. 실컷 신세를 졌다. 이제 충분하다.

유방을 절제하는 것과 동시에 재건할 수 있다고 들었다. 실리콘을 가슴에 넣는, 이른바 성형이다. 나는 재건에는 소극적이었다. 게다가 재건을 한다고 해도 유방을 확장하는 기구를 넣고 몇 달 후에 실리콘을 넣는다고 들었다. 두 번이나 수술을 받는 건 번거로웠고, 받는다 해도 앞으로 내내 관리를 해야 하는 것도, 운동을 격렬하게 해서 실리콘이 파열되지 않을까 조마조마해하는 것도(그런 일은 어지간해서 없지만) 나와 어울리지 않다고 생각했다.

그래서 재건하지 않겠다고 마레카에게 전하는 데는 큰 결단을 필요로 하지 않았다. 하지만 그녀가 이렇게 말했을 때는 조금 망설였다.

"앞으로 어쩌면 재건하고 싶어질지도 몰라요. 그럴 때를 위해 유두를 남겨놓는 것도 가능해요."

확실히 몇 년 후 내 마음이 어떨지는 모른다. 몇 년 전의 내가 앞으로 유방암에 걸릴 줄은 생각지도 못했던 것처럼.

하지만 마레카와 면담한 후 마음이 바로 정해졌다. 수술 후 여러 가지 사항을 알려주는 간호사 에스메랄다와 이야기를 나눈 것이다. 그녀도 유방암 생존자로 더구나 마레카가 왼쪽 가슴을 절제했다.

"마레카 선생님, 실력 정말 좋아요!"

에스메랄다가 말했다. 푸른 간호복을 입은 그녀는 보기

만 해도 '신뢰할 만한 인물'이었다. 오랜 경험과 자신감이 몸속에서 넘쳐흘렀다. 가끔, 만난 순간 안기고 싶은 사람이 있는데 그녀는 바로 그런 사람이었다.

"가나코는 재건도 하나요?"

"아니요, 재건은 안 할 거예요. 그런데 유두를 남겨놓는 건 고민이 되네요."

"유두? 왜요??"

"음, 지금은 재건 안 한다고 해도 나중에 하고 싶어질 때를 대비해서 유두만 남겨놓는 방법도 있대요."

에스메랄다가 눈이 휘둥그레졌다.

"유두가 필요해요??"

그녀의 말투에 무심코 웃음을 터뜨렸다. 확실히 유두는 뭘까? 나는 생각했다. 성적인 것으로 받아들여지기 십상이고 마치 그게 여성에게만 있는 것처럼 다루어지지만 물론 남성에게도 있다. 그런데 여성은 유두를 항상 숨겨야만 하고 유두가 비치는 옷을 입으면 비판받고 야유받는다.

나는 브래지어가 필요하지 않을 만큼 가슴이 작은데 브라탑이나 브래지어를 하고 있던 건 유방을 보호하기 위해서가 아니라 거의 유두를 숨기기 위해서였다. 유두를 드러내는(그게 옷에 덮여 있다고 해도) 일은 철저하게 몰상식하다고 생각했다. 하지만 어째서일까? 숨겨야 하는 유두를 남기는 선택지가 있는 건 왜 그런 걸까? 유두가 없는 것이 부자연스럽다고 생각되는 이유는 뭘까?

유두가 있어야 유방이 진짜로 보인다는 건 안다. 암 위치 때문에 유두를 절제해야 해서 나중에 유두 타투를 하는 사람도 있다. 어떤 타투 아티스트의 작품을 봤는데 진짜로 오인할 정도로 유두가 아름다웠다.

하지만 그렇다면 유두가 없는 상태는 가짜일까?

"물론 결정하는 건 가나코씨예요."

그렇게 말하고 에스메랄다는 간호복을 뒤집어 수술 흔적을 보여줬다. 재건하지 않은 그녀의 왼쪽 가슴에는 예쁜 선 하나가 있었다. 그것만으로도 그녀가 말한 대로 마레카의 솜씨가 훌륭하다는 걸 알 수 있었다. 유두가 없고 피부 여기저기가 거무스름했지만 반들반들 매끄러웠다. 그건 가짜가 아니었다. 틀림없이 진짜 그녀만의 가슴이었다. 어수선하게 썼지만 요약하자면 정말 보기 좋았다.

"난 이 상태로 100% 만족하고 있어요!"

에스메랄다가 말했다. 그녀의 경우 왼쪽 가슴만, 더구나 큰 가슴을 절제했기 때문에 균형이 맞지 않았지만, 브래지어에 실리콘 재질의 패드를 넣었다.

"가나코의 경우에는 양쪽 가슴을 다 절제하니 균형도 잡혀 있잖아요. 만약 파티에 참석해야 해서 여성스러운 보디

라인을 만들고 싶으면 마음에 드는 패드를 넣으면 돼요!"

에스메랄다와 이야기하고 나니 가슴과 유두를 잃는 일은 살아가는 데 아무 영향도 없는 것처럼 느껴졌다(그렇다, 마치 인조 속눈썹 같은 것에 관해 이야기한 기분이었다).

우리는 어떤 상태이든지 자신의 몸으로 살아간다. 무언가를 절제하거나 무언가를 더한다고 해도 그 몸은 틀림없이 진짜 자신의 것이다. 나의 진짜 몸을 누군가의 판단에 맡겨서는 안 된다. 앞으로도 나만의 인생을 살아가기 위해서 나는 내 목소리에 귀를 기울이기로 했다. 그리고 그 목소리는 이제 유방도 유두도 필요하지 않다고 말하고 있었다.

'완벽한 몸'이라는 건 존재하지 않는다. 나는 오랜 세월 그런 게 있다고 굳게 믿었고 그 믿음이 내 일상을 만들어 나가는 걸 용납하면서 삶 자체를 볼품없게 만들었다. 진정한 내 삶은 현실의 내 몸이 있어 존재한다. 당신이 해야 할 일은 가상의 존재에 관해 말하는 것이 아니다.

- 린디 웨스트 『Shrill: Notes from a Loud Woman』

목련 나무에 꽃봉오리가 많이 맺혔다.
아몬드 형태의 봉오리에 폭신폭신한 회색 털이 나 있었

다. 송충이 같기도 고양이 같기도 해 무척 사랑스러웠다. 땅을 보자 갈란투스도 싹이 나기 시작하고 있었다. 아직 춥고 비도 계속 내리고 있었지만 확실히 봄이 다가오고 있었다.

수술 후에 직접 해야 하는 드레인 관리 방법을 줌으로 배웠다.

유방암 절제 수술 후에는 상처 부위에 튜브 형태의 드레인이 튀어나와 있다. 그 끝에 배출 주머니가 달려 있어서 수술 후에 생긴 상처에서 나온 삼출액이나 혈액이 그곳에 고이는 구조였다. 그 액체들이 적게 나오면 드레인을 제거한다. 일본에서는 드레인을 제거하면 퇴원하는 것 같았다. 즉 수술 후에는 당연히 입원한다. 하지만 캐나다는 달랐다. 적어도 밴쿠버는 달랐다. 수술한 당일에 퇴원한다. 간호사로부터 그 말을 들었을 때 나는 그만 웃고 말았다.

"양쪽 가슴을 절제하는데도 당일에 집에 가요?"

"그렇죠!"

"아하하하!"

건네받은 일정표에 수술 예정 시각은 12시, 퇴원 예정 시각은 15시 15분이라고 적혀 있었다. 아니, 이 15분은 뭐지? 라고 생각했다. 그러고 나서 바로, 태클을 걸어야 하는 건 그 점이 아니지 하고 생각을 고쳐먹었다. 유방 전적출 수술부터 퇴원까지 약 3시간이라니. 눈을 의심했다.

당일에 퇴원하라는 건 드레인 관리도 스스로 해야 한다는 뜻이다. 그 방법을 줌으로 설명했다. 원래대로라면 병원에서 강의를 들어야 하지만 팬데믹 때문에 이 방법으로 배운다고 했다.

정해진 시간에 줌에 접속하자 나 말고도 몇몇 다른 환자들이 대기하고 있었다. 하이, 하고 가볍게 서로 인사하고 간호사가 나타나기를 기다렸다. 몇 사람은 반다나를 머리에 두르고 있었고 몇 사람은 머리카락을 풍성하게 기르고 있었다. 연령은 폭넓었다. 인종도 다양했다. 하지만 모두 가슴에 암을 가지고 있었다. 이 화면에 있는 사람 모두가 암을 선고받은 날, 그 밤을 보낸 것이다. 그것만으로도 화면 너머로 결속감이 느껴졌다.

간호사 홀리가 나타났다. 한바탕 인사하고 출석 확인을 하더니 설명이 바로 시작됐다. 둥근 배출 주머니에 고인 액체를 계량컵에 넣어서 8시간마다 재고 결과를 기록해야 한다. 대개 30밀리리터 이하가 되면 드레인 튜브를 빼는 기준이 된다고 했다. 설마 빼는 것도 직접 해야 하나? 하는 생각이 들어 소름 끼쳤지만 다행이 그건 간호사가 해준다고 했다.

"수술 후에는 드레인이 있는 쪽이 밑으로 내려오지 않도록 하세요. 몸부림은 반대쪽으로 치고요. 림프를 제거한 환자분은 팔이 저릴 수 있으니 상처 쪽에 쿠션을 놓고 거기에 팔을 올리고 자면 편할 거예요."

나도 모르게 홀리에게 질문을 던졌다.

"전 양쪽 가슴을 절제하는데 그럴 경우에는 어떻게 하면 되나요?"

홀리가 음, 하고 잠깐 생각하더니 "한동안은 몸부림치지 않는 게 좋을 거예요."라고 말했다. 그렇구나 싶었다.

며칠 후, 이번에는 수술 후 재활 방법을 배우는 수업이 있었다. 역시나 줌으로 참가했는데 분위기가 저번보다 더욱 편안해져 있었다. 간호사 센의 농담에 모두가 웃었다. 웃는 수밖에 없었다. 최악의 사태를 각오했다면 그 순간은 이왕이면 웃고 싶었다.

"수술하면 그날부터 최대한 움직이세요. 회복하는 데는 그게 제일 좋으니까요."

센이 말했다. 당일부터 할 수 있는 운동(이라고 해도 어깨를 올리거나 내리거나 고개를 좌우로 돌리는 것 정도지만)에서 드레인을 제거한 후에 하는 본격적인 운동까지 한차례 강의를 들었다. 놀란 부분은 수술 후 며칠간 운동 전에 진통제인 타이레놀을 복용하라는 말이었다. 진통제를 복용해서라도 운동하는 편이 낫다는 것이다. 최근에는 허리를 삐끗했을 때도 안정을 취하기보다 되도록 움직이는 편이 빨리 낫는다고 들었다. 우리 몸은 우리가 생각하는 것보다 치유 능력이 좋다.

그건 그렇고 밴쿠버에 오고 나서 '타이레놀'이라는 말을 몇 번이나 들었을까. 예약해서 간 병원에서도, 몇 시간 기다린 응급실에서도 늘 '타이레놀을 복용하라'는 말을 들었다. 물론 약국에도 온갖 종류의 타이레놀이 진열되어 있고, 실제로 틀림없이 효과가 있긴 하다(개중에는 타투를 하러 가기 전에 타이레놀을 복용했다는 사람도 있었다).

나는 약에 거부감을 가지고 있는 사람이라서 그런지 타이레놀을 복용할 때마다 '이렇게 효과가 좋은 게 정말 괜찮은 건가?'라고 생각하게 된다. 특히 코로나에 걸렸을 때 복용했던 아주 강력한 타이레놀(어마어마하게 크고 새빨간 알약)은 먹으면 머리가 멍해지고 몸이 둥실둥실 떠 있는 기분이 들었다. 그런데도 인후통에는 효과가 없었으니 병의 기세가 상당했던 것이다. 우리 집 약 선반에도 소아용부터 성인용, 약한 것부터 아주 강한 것까지 다양한 종류의 타이레놀이 있다. 어쨌거나 수술 후 어딘가 통증이 있으면 타이레놀, 그건 당연했다(그리고 타이레놀을 두고 그 후 소소한 사건이 일어난다).

"여러분 중에는 림프샘을 제거하는 사람도 있죠? 당일에 감시 림프샘* 생검을 받는 환자분 있어요?"

몇 사람인가 손을 들었다. 나도 그중 한 사람이었다. 림프샘에 암이 전이되지 않았는지를 알아보는 검사로 수술 전에 하게 되어 있었다. 종양 주변에 색소를 주입한다. 색소는 림프관을 통해 감시 림프샘에 모인다. 색소에 물든 림프샘을 적출해서 현미경으로 전이 유무를 관찰한다.

생검을 하는 건 개의치 않았지만 아침 6시부터인 건 어떻게 해줬으면 했다. 더구나 수술 받는 병원과 다른 병원에서 진행하는 것도 이유를 알 수 없었다. 우리는 가슴에 푸른색 잉크 얼룩을 묻힌 채 차로 이동해야 한다.

림프샘을 제거했을 때 예측되는 후유증은 저림과 부종, 통증 등이다. 그중 림프 부종은 특별히 주의해야 한다. 림프액의 흐름이 나빠지다가 막히게 되면 손발이 붓는다.

나에게 아름다운 수술 부위를 보여줬던 간호사 에스메랄다가 림프 부종에 걸린 왼손도 나한테 보여주었다. 그녀의 왼손은 오른손보다 크기가 1.5배 정도였다. 에스메랄다가 말했다.

"그래도 감각도 느껴지고 전혀 문제없어요! 봐요, 나 간호사잖아요. 이 손으로 주사도 놔줄 수 있어요!"

• 감시 림프샘은 암세포가 첫 번째로 도달하는 림프샘을 뜻한다.

그녀는 정말 멋진 사람이었다.

아쉬웠던 건 림프를 절제할 경우 사우나나 쑥 좌욕 등 몸을 급격하게 데우는 건 림프에 부담을 주기 때문에 관둬야 한다는 사실이었다. 요코가 자택에서 하는 쑥 좌욕에 종종 다니고 있었다. 그때마다 내 몸에서 이렇게나 수분이 많이 나올 수 있다는 사실이 놀라울 정도로 땀이 났다. 그 땀은 끈적이거나 냄새도 나지 않았다. 좌욕을 한 후에는 몸이 후끈후끈하게 데워져 그 따스함이 사흘 정도 지속됐다. 무엇보다 좋았던 건 만성적인 어깨 결림과 두통에 효과적이라는 것이었다.

물론 림프를 절제하지 않으면 좋았겠지만 나 같은 경우에는 예전에 했던 조직 검사 때 림프에 암이 전이되었다고 했기 때문에 예방 차원에서 절제할 가능성이 높다. 그래도 쑥 좌욕을 하지 못하는 건 속상했다.

"혈류와 림프 순환을 원활하게 하는 건 중요하니 운동은 꼭 하세요!"

나한테 있어서 쑥 좌욕만큼 좋은 걸 꼽으라고 하면 주짓수다. 바닷가 러닝은 기분이 좋고 근육 트레이닝은 (괴롭지만) 상쾌하다. 반면 땀을 대량으로 흘려서 온몸에 혈액이 빙글빙글 도는 감각을 맛볼 수 있는 거라면(더구나 몇 분의 스파링으로) 주짓수를 당해낼 수 없다. 나는 센에게 질문했다.

"저기, 수술하고 2주가 지나면 운동해도 된다고 했죠? 예를 들어 주짓수라면 얼마 만에 시작하면 될까요?"

"주짓수요? 어떤 걸 하죠?"

"킥이나 펀치를 날리는 거 말고는 다 해요. 위에 올라타거나 밑에서 눌리거나 목을 조르거나……."

줌에 참가했던 모두가 웃었다. 센도 웃으면서 음, 하고 생각하더니 이렇게 말했다.

"두 달 정도 걸릴까요?"

내가 물어놓고 마음속으로는 '절대 무리야'라고 생각하고 있었다.

치료 중에도 이따금 체육관에 들러 얼굴을 내밀었다. 아무것도 할 수 없어도 친구들이 스파링하는 모습은 보고 싶었다. 갈 때마다 베르나르도 일행은 나를 세게 끌어안으며 환영해 주었다. 여성 반에 속해 있는 하야와 유이는 늘 이렇게 말했다.

"가나코, 넌 강한 여성이야!"

수업을 보고 있으면 내가 강한 여성이라고는 도무지 생각할 수 없었다. 몇 개월 전의 내가 이렇게 격렬한 스포츠를 하고 있었다는 게 믿어지지 않았다. 체력이 바닥난 지금, 수술 후 두 달만에 주짓수를 다시 할 수 있을 거라고는 지금으로선 전혀 상상할 수 없었다.

체육관에는 '메구미'라는 선배가 있다. 메구미는 남편의 전근으로 밴쿠버에 왔다. 이번이 두 번째 밴쿠버 체류다. 아이가 두 명인데 그중 둘째인 나기사는 어린이반에서 주짓수를 배웠다. 내가 거기에 아이를 데리고 갔을 때 나기사가 같이 놀아주었다. 정말 강하고 다정한 아이다.

메구미는 중고등학교 때 유도부 활동을 해서 이미 검은띠를 딴 상태였다. 이 체육관에서도 열심히 운동해 순식간에 그라우를 늘려 파란띠를 땄다. 주짓수 말고도 킥복싱 수업에도 거의 매일 출석하는데, 자기보다 덩치가 훨씬 큰 남성을 상대로 싸우는 모습이 눈부실 정도로 아름답다.

메구미는 내가 암에 걸렸다는 사실을 알고서 밀 트레인에 참가했다. 중동 마트에서 땅콩을 찾았다며 지마미 두부*를 손수 만들어 주거나, 가게에서 팔아도 될 만한 바나나 케이크와 시큼한 맛이 나는 반죽으로 만든 독일식 통밀빵을 구워주기도 했다.

"전업주부니까!"

메구미는 그렇게 말했다. 하지만 내가 전업주부였다면 이렇게까지 할 수는 없었을 것이다.

나한테는 이미 "전업주부니까"라고 말하며 믿을 수 없을 정도로 공을 들인 맛있는 음식을 가져다주는 친구 하나가 있다. 나오다. 젊었을 적에 이른바 갸루**였고, 지금도 그

흔적이 종종 묻어난다. 나는 이 갸루라는 존재를 아주 좋아한다. 가벼워 보이지만 실은 예절에 엄격하고 자신이 좋아하는 걸 잘 알고 의리가 있다. 그건 물론 내가 '갸루는 이랬으면 좋겠다' 하고 바라는 기준이긴 하지만 어쨌거나 나오는 '나의 이상적인 갸루'를 구현한 듯한 사람이다.

20대에 건너간 LA에서 남편인 셰인을 만나 니코와 레이라는 아이를 가졌다. 조용하고 다정한 셰인은 일본 문화나 언어에 대해 때때로 일본인도 감탄할 만한 통찰력을 보여준다.

니코는 섬세하고 다정한 아이지만 겁이 없어서 2살 때부터 스케이트보드를 자유자재로 탔다고 한다. 우리 아이도 1살 위인 니코에게 스케이트보드를 배워서 내내 겁을 내던 경사에도 도전할 수 있었다. 곱슬인 금발과 가늘게 찢어진 눈을 가진 레이는 자기 나름의 규칙이 있고 누구에게도 의존하지 않는 타입이다. 2살이 되기 전에 기저귀를 떼고(!) 아직 3살인데도 니코와 마찬가지로 스케이트보드든 철봉이든 뭐든 도전하며 어지간한 일로는 울지 않는다.

• 땅콩으로 만든 오키나와 두부다.
•• 태닝한 얼굴에 눈 주변은 검은색이나 흰색으로 화장하고 패션스타일과 헤어스타일이 화려한 여성을 말한다.

나오가 가지고 온 음식에는 늘 정성스럽게 메뉴 이름이 적혀 있다. 토란조림(유자 껍질이 뿌려져 있었다), 채소가 잔뜩 들어간 영양밥, 글루텐 프리인 피로 만든 춘권 등. 때로는 큰 연어알젓을 사서 그걸 간장에 절여주었다.

메구미와 나오는 나에게 처음 생긴 이른바 전업주부 친구다.

작가라는 직업을 가지고 있으면 만나는 사람이 한정된다. 다른 작가나 편집자, 디자이너, 사진가, 대담으로 만나는 뮤지션이나 배우, 즉 모두 일을 하는 사람들이다. 곰곰이 생각해 보면 고등학생 때나 아르바이트를 하던 시절에 만난 친구들도 지금은 모두 일을 하고 있어서 전업주부인 친구는 밴쿠버에 와서 처음 생겼다.

메구미와 나오를 보고 있으면 '이런 일들이 모두 무상이라니 말도 안 돼'라는 생각이 든다. 두 사람이 하는 "전업주부니까"라는 말에는 '일하지 않으니 이 정도는 해야지'라는 뜻이 숨어 있다. 거기에 동의하지 않는다. 그녀들은 누구보다 많이 일하고 있으니 말이다.

확실히 밴쿠버에서 전업주부(또는 남편이 주부인 경우)로 있는 건 힘들다. 집세나 물가가 올라서 남편이나 아내의 수입이 어지간히 많지 않은 이상 맞벌이가 당연하다. 그녀들이 남편에게 고마워하는 마음은 이해하지만, 그렇다고 해서 그녀들의 '이 정도'는 당연하게도 전혀 '이 정도'가 아니다.

캐나다인 전업주부를 만난 적은 없지만 애들 친구 엄마에게 들어보면 일본인 엄마처럼 집안일을 완벽하게 해내는 사람은 없는 것 같다. 캐나다 아이들의 도시락은 보통 땅콩버터와 잼을 바른 샌드위치, 사과나 당근, 크래커 등이 주고, 아침부터 불을 사용해 요리하는 일은 거의 없다. 그래서 밥을 지어 주먹밥을 만들고 햄버그스테이크를 구워서 겉을 달걀로 마는 일본식 도시락을 말했을 때 다들 "말도 안 돼!"라며 놀라워했다. 그들에게 손이 많이 가는 캐릭터 도시락은 아마 다른 차원의 이야기일 거다.

캐나다로 건너왔을 때 우리 아이가 처음으로 다니게 된 곳은 대만계 캐나다인인 애니가 운영하는 아이가 둘뿐인 아담한 어린이집이었다. 2살이던 아이는 그곳에서 '조이'라는 여자아이와 친구가 되었다. 그녀의 부모인 브라이언과 키토와도 친해져서 여름에는 같이 캠핑을 하러 다녔다. 조이 덕분에 우리 아이는 어느새 우리보다도 아름다운 영어를 구사하게 되었다.

애니는 지금까지 수많은 아이들의 도시락을 봤지만 아시아계 아이들의 도시락, 그중에서도 일본인 아이의 도시락은 현격하게 다르다고 말했다. 그렇게 말하며 애니가 들려준 이야기가 하나 있다. 예전에 캐나다인 가정의 아이를 맡게 되었을 때의 일이었다. 그 아이의 도시락에는 딱딱한 빵과 사과 하나만 들어 있었다. 아이는 빵을 한 입 먹더니 전부 남겼다. 그리고 이튿날 그 아이가 가지고 온 도시락에 는 전날 남긴 빵이 그대로 들어 있었다고 했다.

"가엽다는 생각에 만두를 구워줬어요."

애니가 말했다.

"일본인이 만드는 도시락은 영양소도 신경 써서 완벽해 요! 그런데 힘들지 않아요?"

확실히 힘들었다. 매주 일요일마다 도시락 반찬을 대량 으로 미리 만들어서 냉장고에 저장해두고 아침에는 주먹밥 을 쌌다.

애니의 어린이집은 3살 아이까지밖에 받지 않았다. 그 래서 3살이 된 여름에 새로운 어린이집으로 옮겼다. 파티마 라는 이란 여성이 꾸려나가는 어린이집으로 아이는 그곳에 서 지금은 절친이 된 레미를 만났다.

조이와 둘만 있던 아담한 애니의 어린이집에 비해 파티 마의 어린이집은 아이 수가 많았다. 어느 정도 자아가 싹트 기 시작한 아이가 새로운 환경에서 잘 지낼 수 있을지 걱정 됐다. 하지만 첫날부터 레미가 웃는 얼굴로 우리 아이에게 장난감을 내밀면서 아이의 마음은 단숨에 풀어졌다. 레미 와 우리 아이는 좋아하는 것이 아주 비슷해서 서로에게 영향을 주고받는다. 각자의 장난감을 매일 교환하기 때문에 어느 게 우리 아이 것이고 어느 게 레미의 것인지 알 수 없을 정도다.

레미의 부모인 케이든과 리즈는 영국인이다. 활동적이고 쿨한 그들은 런던에서 밴쿠버로 이주했다. 내가 암에 걸렸다는 사실을 알고서 매주 우리 아이를 집에 불러다가 돌봐주었다. 내 몸 상태가 좋은 날에는 레미를 우리 집에서 맡았고 그건 치료 후에도 쭉 이어졌다. 수요일엔 레미네 집, 금요일엔 우리 집, 이런 식으로 말이다.

새로운 어린이집에 다니기 시작하면서 도시락을 보온 도시락으로 바꿨다. 카레나 하야시라이스, 파스타, 오므라이스, 덮밥 등을 정기적으로 담았다. 아이는 그게 더 좋은 듯했다. 색과 영양소를 생각하는 건 부모뿐 아이는 좋아하는 요리 한 가지를 마음껏 먹는 편이 더 기쁜 것 같았다. 대량으로 만들어서 냉동한 것을 아침에 해동하기만 하면 되니 우리도 아주 편해졌다.

레미를 맡은 날에는 언제나 파스타를 만들었다. '마카로니&치즈'라는, 마카로니를 치즈 소스로 버무린 파스타다. 캐나다에서는 흔히 말하는 '어머니의 맛'을 상징하는 요리 같은데 채소가 전혀 들어가지 않는다(물론 그래서 아이들이 좋아한다). 레미는 우리 집에서 이 마카로니&치즈나 바질 페스

토로 만든 제노베제 파스타만 먹었다. 그것도 한 입만 먹고 "이제 다 먹었어요"라고 말하고는 포도나 사과, 오이를 끝없이 먹었다. 리즈나 케이든에게 "오늘도 밥을 거의 안 먹었어"라고 하면 두 사람은 "레미는 원래 그래"라며 신경 쓰는 기색이 없었다. 물론 집에서는 레미도 골고루 잘 먹고 있겠지만 아이의 식습관에 있어서는 다들 거의 개의치 않는 듯했다.

예를 들면, 일단 학교 점심시간이 40분으로 짧다. 거기에는 노는 시간도 포함된다. 밥을 다 먹은 아이부터 놀기도 하지만, 그러면 아예 먹지 않는 아이도 생긴다. 한시라도 빨리 놀고 싶으니까 말이다. 하지만 교사가 '밥을 먹지 않는 것'에 주의를 주지 않는다. 먹고 싶으면 먹고, 먹고 싶지 않으면 안 먹어도 된다. 그건 그들의 의지니까. 급식을 전부 다 먹을 때까지 절대로 자리에서 일어날 수 없었던 나의 초등학교 시절이 거짓말처럼 느껴졌다. 다 먹지 못한 아이는 청소 시간에 교실 구석 자리에 내내 앉아 있어야 했다. 그게 트라우마가 된 친구도 많았다.

레미의 몸은 아주 건강해서 어지간해서는 감기에 걸리지 않았고 걸린다고 해도 바로 나았다. 레미뿐만이 아니다. 밴쿠버에 있는 사람들은 다들 대체로 건강하다. 전문의에게 바로 갈 수 없는 상황이나 응급실에서 몇 시간이나 기다려야 했던 경험을 토대로 몸을 잘 관리하고 유지하는 데 무게를 두고 있다. 먹는 것에 신경 쓰기보다는(물론 엄청 신경 쓰는 사람도 있지만) 운동에 공을 들이는 사람이 많다.

채소가 전혀 없는 피자를 덥석 물거나 탄산음료를 벌컥벌컥 마시는 캐나다 사람이 몹시 힘이 세고 건강한 걸 보면 아시아 사람의 기특함에 짠한 마음이 든다. 육수로 맛을 낸 된장국이나 채소를 잔뜩 사용한 요리를 먹어도 나는 컨디션이 쉽게 나빠진다.

나는 날씨의 영향을 크게 받는다. 밴쿠버는 가을과 겨울에 걸쳐 내내 비가 온다. 여름에 생성된 체내 비타민D도 순식간에 다 사용하고 만다. 영양제를 복용하고 근육 트레이닝을 해서 체온을 올리려고 애를 써도 내 몸은 보이지 않는 곳에서 비명을 지르고 있다. 특히 기압 변화에 따라 두통이 심하다. 내 경우에는 일찍 찾아온 갱년기도 한몫했다고 생각한다.

영어 선생님인 마이크에게 한 번은 "이렇게 매일 비가 오는데 괴롭지 않아?"라고 물은 적이 있다. 그러자 마이크가 웃으며 답했다.

"음, 나는 비를 좋아해. 냄새도 좋고. 덕분에 밤에 푹 잘 수도 있잖아."

그는 알버타주 출신이다. 눈이 많이 오는 곳에서 자라

그렇게 춥지 않은 밴쿠버가 최고라고 한다. 줌으로 만난 그는 날씨가 어떻든 반팔을 입고 있다.

"어릴 적에는 이치방 라멘을 일주일에 세 번 정도 먹었어. 나한테는 어떤 의미에서 어머니의 맛이지."

그가 말하는 이치방 라멘은 삿포로 이치방 간장 맛 라멘이다. 그의 엄마도 그의 식생활에 깊게 관여하지 않았던 것 같다. 마이크는 건강한 몸을 가지고 있고 일주일에 한 번은 축구 모임에 참가하고 있으며 집에 있는 샌드백으로 스파링을 한다.

자신의 몸이 제일 중요한 기반이라는 사실을 진심으로 이해하고 있는 캐나디안에게 나도 큰 영향을 받았다. 몸이 건강하면 자연스럽게 정신도 안정된다. 정신이 안정되면 몸도 내가 하는 말을 들어준다. 몸과 마음은 하나다.

하지만 살아 있는 인간으로서 투병 생활을 하는 우리는, 인생에서 최고로 용감한 투쟁에서 자신이 최강의 무기라는 사실을 알아야 한다.

- 오드리 로드 「A Burst of Light: Living with Cancer」
from 『The Selected Works of Audre Lorde』

4. 수술이다, Get out of my way

수도 오타와에서 트럭 운전기사들의 시위가 시작됐다.

캐나다 정부가 미국과의 국경을 오가는 트럭 운전기사들에게 백신 접종을 의무화한 것에 대한 반발이었다. 그들은 시위를 '프리덤 콘보이'*라고 부르며 차량 행렬이나 숙박 텐트로 도시를 점거했다.

시위자 수는 경찰 수보다 많았고 도시 기능은 마비됐다. 짐 왓슨 시장은 비상사태를 선언했다. 트럭 운전기사들은 다양한 기부금을 받았다. 도널드 트럼프 전 미국 대통령이 그들에게 지지를 표명하기도 했다. 그들은 캐나다 총리인 쥐스탱 트뤼도를 '극좌의 광인'이라고 불렀다.

캐나다 사람 대부분은 그들을 비판했다. 특히 자유주의자가 많은 밴쿠버는 그들의 시위 행위뿐만 아니라 애초에

• Freedom Convoy

백신 접종을 거부하는 것에 대해 강한 반감을 가졌다.

예를 들어 내 친구는 백신을 거부하는 걸 '음모론자의 어리석은 행동'이라고 여겼다. 마스크를 쓰거나 쓰지 않는 것이 정치적인 표명이 되어버린 미국처럼 캐나다에서도 마스크를 쓰지 않는 사람은 '그런 사람'으로 한데 묶였다. '음모론자'이자 '트럼프 지지자'라고 말이다.

나도 언젠가 밴쿠버가 봉쇄되었을 때 겪은 일이 있다. 아이와 건널목에서 신호를 기다리고 있을 때였다. 나도 아이도 마스크를 쓰고 있었는데 자전거에 탄 남성이 뒤에서 다가와 말을 걸었다.

"나는 아이한테 마스크를 씌우는 걸 반대해요. 마스크를 벗어야 해요."

협박하는 느낌은 전혀 없었고 오히려 말투가 공손했다. 나는 깜짝 놀랐다. "아이도 마스크를 써야 한다"가 아니라 "벗어야 한다"라는 말을 듣다니. 물론 그도 마스크를 쓰고 있지 않았다. 놀라서 아무 말도 하지 못하는 내 옆에서 같이 신호를 기다리던 커플 중 남성이 "이 여성분은 아이에게 정당한 행동을 하고 있어요. 당신도 마스크를 써야 하고요. 보니 헨리가 그렇게 말한 거 몰라요?"라고 말했다.

밴쿠버에서는 보니 헨리라는 의사이자 브리티시컬럼비아주의 보건관인 여성이 코로나 시국에 대한 대응을 이끌었다. 주정부가 여는 회견에 매일 등장해서 냉정하게 상황을 설명하는 그녀의 말은 불안에 떠는 시민을 안심시켰고 특히 초기 대응은 크게 칭찬받았다. 동네 바에서는 '보니 헨리'라는 칵테일이 만들어졌고 사이언스 월드라는 과학관 광고에는 그녀의 어린 시절 사진이 게재되었으며 '세상에는 현자가 더 필요하다'라는 말이 걸렸다. 그녀는 영웅이었다.

하지만 자전거를 탄 남성의 입장에서 보면 "마스크를 쓰세요"라고 말해 '자유'를 빼앗는 보니 헨리는 환영할 수 없는 존재였을 것이다. 그는 어깨를 으쓱하고는 자리를 떠났다.

커플에게 "감사해요. 깜짝 놀랐어요"라고 말하자 여성이 "저런 멍청이는 신경 쓰지 마요"라고 했다. 자전거를 타고 있던 남자는 시종 차분하고 공손했다. 폭력적인 면은 전혀 없었다. 그런데도 '마스크를 쓰지 않는다'라는 선택을 하고 그걸 타인에게 요구하는 것은 다정한 밴쿠버 사람마저 그녀처럼 강한 말을 사용하게 만드는 일이었다. 수많은 사람이 마스크를 쓰지 않거나 백신을 맞지 않는, '자신들의 자유'를 위해 도시를 점거하고 시위를 하는 사람들을 그녀와 같은 시선으로 바라봤다.

프리덤 콘보이는 오타와뿐만 아니라 밴쿠버에도 있었

다. 오타와에서 일부러 시위자들이 온 게 아니라 밴쿠버 근교에 사는 지지자들이 모여 시위를 했던 것이다. 즉 밴쿠버에도 백신 반대파가 있었다. 시위를 목격했던 남편이 "시위대도 난폭했지만 시위대를 발견한 사람들이 시위대에 험한 말을 하거나 손가락으로 욕을 해서 놀랐어"라고 했다.

그 무렵부터 캐나다 국기가 가진 의미가 바뀌었다.

밴쿠버에 왔을 때 집에 캐나다 국기를 걸어놓거나 캐나다 국기 무늬의 수건이나 야외용 의자 등을 사용하는 걸 보고 흐뭇하게 생각했다.

하지만 프리덤 콘보이 시위대가 트럭에 캐나다 국기를 내걸고 '자유'를 위해 싸우기 시작하면서 국기를 사용하는 것은 특정한 의미로 쓰이게 되었다. 보닛 양쪽에 국기를 걸고 달리는 차를 보면 긴장하게 되고 국기를 내걸고 있는 집이 있으면 어떤 사람이 살고 있는지 억측하게 되었다.

코로나가 분단을 낳았다거나 원래 있던 분단을 악화시켰다는 의견도 나왔다.

앞에서 말한 것처럼 코로나 그 자체에는 책임이 없다. 인간을 갈라놓으려는 생각도 없고 애초에 그럴 의도도 없다. 그들은 그저 만들어졌기에 분열과 변이를 반복하고 있을 뿐이다. 살아가기 위해서.

분단을 낳고 그 상황을 악화시킨 건 코로나가 아니라 인간이다. 말할 것도 없이 그렇다. 인간은 국경과 감옥을 만들었고, 옆집과 옆 도시와의 사이에 벽을 만들었다. 그리고 그런 인간도 태어났으니 살기를 바란다. 살고 싶으니 변이를 반복한다. 타인과 자신 사이에 벽을 만들면서.

> 사람들은 자신의 나라에서 난민이 된다. 사랑하는 사람을 잃고 집과 마을과 도시를 버린다. 그리고 오래된 이웃이나 친구와 다른 길을 걸으며 때로는 서로를 배신한다. 이러한 사태는 어차피 역사책에 기록될 것이다. 하지만 저마다의 입장에서 자신들의 주장으로만 일컬어질 것이다. 이야기는 결코 교차하지 않는 평행선처럼 절대 닿지 않은 채 쌍을 이루고 나아간다.
>
> - 엘리프 샤팍 『The Island of Missing Trees』

수술 당일, 새벽 5시에 일어났다. 바깥은 아직 한밤중이었다.

7시까지는 물을 마실 수 있어서 끓인 물을 마시고 세수를 하고 옷을 갈아입었다. 수술 후에는 팔을 올릴 수 없으니 앞이 벌어진 옷을 입는 편이 낫다고 들었다. 그래서 전날에 준비해 둔 면 소재로 된 흰 잠옷을 입었다. 일본에 있는 친구 리사가 보내준 것이었다. 남편과 아이는 아직 자고 있었다. 편지를 써서 테이블에 올려놓았다.

'다녀올게! 엄마는 멋지게 변신해서 돌아올 거야!'

창밖을 보고 있으니 정각 5시 반에 빨간 차가 나타났다. 마유코가 데리러 온 것이다. 그녀는 매일 아침 4시 반에 일어난다. 세탁기를 돌리고 아침 식사와 하나의 도시락, 그리고 저녁 식사까지 같이 만든다. 시간이 있을 때는 한 주에 두세 번 근처 체육관에 가서 30~40분 정도 수영을 하고 출근한다.

"잘 잤어?"

마유코의 차 조수석에 타자 같이 미용실에 갔던 밤이 떠올랐다. 어두운 길을 같이 달리고 있으니 어째서인지 마유코의 몸속에 잠입한 듯한 기분이 들었다. 그리고 그곳에서 나가고 싶지 않았다. 하지만 지금은 밤이 아니다. 지금부터 날이 밝아온다. 세인트 폴 병원에 도착해서 마유코와 복도를 걸었다.

"하나가 이 병원에서 태어났어."

마유코가 말했다. 6년 전 10월에 하나라는 아름답고 강한 소녀가 태어난 이 병원을 내가 걷고 있다는 사실이 신기했다. 병원은 다양한 삶의 순간을 기억하고 있다. 죽음의 순간을 기억하는 것과 마찬가지로.

보호자는 대기실까지 같이 들어갈 수 없다고 들었는데

도 마유코와 함께 기다릴 수 있었다. 뭐라고 하는 사람은 아무도 없었다.

"역시 설렁설렁하네."

그렇게 말하고 서로 웃으며 순서를 기다렸다. 감시 림프샘 생검은 약 10분 만에 끝났다. 주사가 엄청나게 아파서 저절로 소리가 나왔다(일기에는 '어마어마하게 아팠다'라고 적었다). 내 가슴에 푸른 잉크 자국이 생겼다(그 후에 파란 오줌이 나왔다).

그리고 다시 마유코 차로 마운트 세인트 조셉 병원으로 향했다. 이곳은 내가 마레카나 에스메랄다와 면담한 병원이기도 하고, 남편이 담석으로 통증을 호소했을 때 응급실로 달려간 병원이기도 하다. 밴쿠버에는 여러 병원이 있지만 이곳 응급실이 비교적 환자가 적어 집에서 30분 정도 되는 이 병원까지 갔었다(그런데도 남편이 돌아온 건 다음 날 아침 9시 후였다).

접수처에 도착했다. 마유코와는 이번에야말로 헤어져야 했다. 마유코가 오랫동안 안아주었다. 나한테 무슨 일이 생기면 아이를 잘 부탁한다고 전했다. 마유코가 "무슨 소리야! 틀림없이 괜찮을 거야!"라고 말했다. 둘 다 울고 있었지만 우리에게 다가온 간호사는 밝았다.

"가나코 씨죠? 굿모닝이에요! 이쪽으로 와요!"

외래수술센터는 나처럼 당일치기로 수술을 받으러 온 사람들로 가득 차 있었다. 종이봉투 하나만 가지고 훌쩍 나타나 몇 시간 후에 눈에 붕대를 칭칭 감고서 쾌활하게 귀가하는 아저씨도 있었다. 수술까지 오래 기다려야 해서 우울했지만 그 덕분에 여러 사람을 볼 수 있었다.

안내받은 건 병실이 아니라 커튼으로 칸막이를 친 공간이었다. 그곳에 침대가 있었고 그게 그대로 환자 운반차도 되었다. 환자는 그곳에서 뒤로 열리는 환자복으로 갈아입고 기다리면 되는 거다. 이 환자복은 이제 완전히 익숙해졌다. 대부분 뒤로 묶는 끈을 묶지 않고 적당히 늘어뜨리고 있어서 속옷이 죄다 보이는 사람도 많았다.

우선 침대에 누워 있었지만 수술까지는 앞으로 5시간 정도 남았다. 나는 스마트폰을 꺼내 한 영상을 반복해서 봤다.

일본에 있는 친구인 료와 지에와 구니히코가 수술이 무사히 끝나기를 기원하며 기도를 해줬다. 료가 기도하는 모습과 기도 후에 촬영한 친구들의 메시지를 보내 주었다.

처음에 그걸 봤을 때 나는 해변 벤치에 앉아 있었다. 동영상을 보면서 모두의 말에 몇 번이나 웃음을 터뜨리기도 하고 울기도 했다. 웃으면서 우는 나를 지나가던 작은 아이가 이상하다는 듯 보고 있었다. 수술 당일까지 나는 그걸 반복해서 봤다.

　때때로 이상한 기분이 들었다. 모두 나에게, 이런 나에게 메시지를 보내고 있다는 사실은 알고 있는데도 어째서인지 '니시 가나코'라는 누군가에게, 이런 사랑을 받고 있는 다른 누군가에게 보내고 있는 메시지 같았다. 그리고 나는 그 사랑을 거리를 두고 지켜보고 있는 존재라고 느껴졌다.

　암을 선고받고 치료를 진행하면서 나는 '나'의 존재에 관해 이상한 감각을 가지게 되었다.

　치료를 받느라 괴로울 때 괴로운 건 내 마음이라고 생각했다. 치료를 받으며 애쓰고 있을 때 애를 쓰는 건 내 몸이라고 생각했다. 나는 자신의 마음을 다정하게 돌보며 내 몸에 감사했다. 그러다가 문득, 내 몸에 감사하고 내 마음을 다정하게 돌보는 나는 그럼 어디에 있는가 하고 생각했다. 무슨 일이 나에게 일어났을 때 그 일과 나 사이엔 늘 어딘가 일정한 거리가 있었다.

　괴로워서 울고 있을 때나 이제 용서해 주세요, 라고 무언가에 빌고 있을 때조차 나는 나 자신과 떨어진 장소에서 나를 '가엽다'고 생각했다. 나는 늘 '니시 가나코'를 응시하고 있는 무언가로 그곳에 있었다.

　항암제를 투여할 때 간호사들이 매번 이름과 생년월일

을 물었다. 잘못 투여하면 안 되니 꼭 확인한다. 담당 간호
사뿐만 아니라 다른 간호사도 나를 부른다. 그때마다 나는
이름과 생년월일을 반복해서 말했다.

"1977년 5월 7일생 니시 가나코입니다."

내가 태어난 날과 이름을 반복해서 말하고 있으면 나
라는 존재가 어느 순간 해체되는 느낌이 든다. 어라? 내가
1977년 5월 7일생이었던가? 내 이름이 니시 가나코였나?
강렬한 졸음이 덮쳐오는 투여 중에 때때로 내가 수백 개로
도 분열되는 기묘한 꿈을 꿨다.

나는 어디에 있을까?

거슬러 올라가면 그건 암을 선고받았을 때의 '설마 내가'
라는 감각과 이어져 있을지도 모른다. 삼중음성유방암 2기
를 앓고 있는 게 '나'라는 사실을 마음속으로 아무리 애를
써도 인정하지 못한 게 아닐까. 치료를 받으면서 나는 분명
'이런 일이 나한테 일어날 리가 없다'고 생각해 온 것이다.
공포심으로 현실 감각을 잃어버렸던 걸지도 모른다. 살고
싶다고 강렬하게 원하고 죽기를 진심으로 두려워하는 '니
시 가나코'를 나는 역시 일정한 거리에서 바라보고 있었다.

지금부터 수술을 받으면 니시 가나코는 양쪽 유방을 잃
는다(어쩌면 림프샘도 몇 가닥도 잃는다). 그리고 당일에 집으로
돌아간다. 고생스러운 일이다. 니시 가나코, 괜찮겠어? 그

리 생각했다. 잠시 졸거나 책을 읽는 동안에 니시 가나코의 수술 시간은 다가오고 있었다.

11시 반쯤 '제니퍼'라는 의사가 다가왔다.

"우린 가나코 씨의 마취팀이에요."

그녀의 곁에는 인턴인 쉬린도 있었다. 둘 다 생글생글 웃었고 매우 편안해 보여서 지금부터 큰 수술을 담당할 사람으로는 보이지 않았다. 쉬린에게 마취 설명을 들은 후 제니퍼에게 "타이레놀 복용했어요?"라는 질문을 받았다. 아무도 그런 말을 해주지 않았고 수술 설명용 팸플릿도 몇 번이나 읽었지만 쓰여 있지 않았다.

"안 먹었어요."

"네? 왜요? 마취실로 가기 30분 전에는 복용해야 해요."

제니퍼가 난처한 표정을 지었다. 아무리 사소한 일이라도 니시 가나코에 관한 일로 의사가 난처한 표정을 짓지 않기를 바랐다.

"저기, 아무도 그런 말을 안 했어요."

심장이 두근거렸다. 제니퍼가 간호사를 불렀다. '타티아'라는 간호사였다. 그녀는 굉장히 밝은 사람으로 수술 외래를 돌면서 여러 사람의 긴장을 풀어주고 있었다. 내가 화장실에 갈 때도 어깨를 끌어안고 "안 추워요? 담요 충분해요?"라고 말하며 나를 신경 써 주었다.

"이 환자분이 타이레놀을 복용 안 했다는데요?"

"네에?"

타티아가 나를 빤히 보았다.

"아니, 복용했어요."

나는 놀라서 큰 소리가 나왔다.

"안 먹었어요!"

타티아는 눈을 크게 뜨고 이렇게 답했다.

"복용했잖아요, 보니타!"

그 순간 머릿속에서 음악이 흘렀다. 트라이브 콜드 퀘스트의 「Bonita Applebum」이었다.

Bonita Applebum, you gotta put me on

Bonita Applebum, I said you gotta put me on

Bonita Applebum, you gotta put me on

Bonita, Bonita, Bonita

그건 내가 아주 좋아하는 노래였다. 큐 팁의 나지막하고 달짝지근한 목소리가 참을 수 없을 정도로 좋았다(참고로 노래 속의 보니타는 가슴 크기가 38인치, 97센티미터이다).

"당신 보니타잖아요."

"난 보니타가 아니에요."

이렇게 말하면서 나는 하마터면 웃을 뻔했다. 살면서 내가 이런 말을 하게 될 줄은 몰랐다. 내 머릿속에서는 여전히 그 노래가 울리고 있었지만 "전 니시 가나코예요"라고 말한 순간, 음악이 멈췄다.

"1977년생 니시 가나코요."

그때 '나'는 '나'라는 존재가 되었다. 떨어진 장소에 있던 내가 자신의 몸에 뿌리를 내렸고 두 겹이던 시선이 하나가 되었다. 나는 나다. 내가 니시 가나코라는 걸 그 순간 격렬하게 실감했다. 삼중음성유방암 2기를 앓고 있고 항암 치료를 견뎌냈고 코로나에 걸렸었고 BRCA 2 보유자라서 양쪽 가슴을(당일치기로!) 절제하는 건 다름 아닌 나다. 그렇게 생각했다.

나는 나다.

그래서 타티아에게 감사하고 있다. 그녀가 예기치 못한 형태로 나에게 나를 되돌려준 거니까.

제니퍼는 쉬린과 뭔가 속닥속닥 이야기하더니 태세를 바꿔 이렇게 말했다.

"가나코 씨, 그럼 가죠!"

아니, 그냥 가는 거야? 싶었다.

"뭐, 타이레놀은 만약을 위해서니 굳이 복용 안 해도 어떻게든⋯⋯."

그녀가 우물쭈물하며 말했다. 아니, 조금 전에 "복용해야 한다"고 하지 않았던가! 온갖 말을 다 쏟아내고 싶어서, 그리고 큰 소리로 태클을 걸고 싶어서 나는 입이 근질근질했다. 그렇지만 그건 영어로는 다 표현되지 않는다. 일본어로 한껏 태클을 걸고 싶었다. 나는 확실히 나로 돌아와 있었다.

그 소소한 바람은 마취실에서 이루어졌다. 마취팀이 내 침대 주변에서 준비를 하고 있을 때 타티아가 다가왔다.

"가나코 씨, 가나코 씨, 이제 틀리면 안 되니 대답해 봐요, 가나코 씨."

그녀는 이렇게 말하고 내 입에 새빨간 타이레놀 세 알을 넣었다. 엄청나게 큰 알약에 비해 컵에 담긴 물의 양은 작은 사기잔에 들어 있는 정도였다.

"아니, 지금 먹으라고?!"

혼신의 힘을 담아 일본어로 외쳤다.

"누가 봐도 늦었잖아!"

타티아는 "뭐라고요?"라고 말했지만 내가 웃는 것을 보고 그녀도 웃었다. 그리고 간신히 알약을 삼킨 나에게 이렇게 말했다.

"행운을 빌어요, 가나코!"

웃음이 멈추지 않았다. 횡격막이 떨려서 복근이 아팠다.

"가나코 씨, 왜 그래요?"

내 웃음은 마취팀까지 전염시켰다. 다들 무엇 때문에 웃는지 모른 채 웃으면서, 그러나 엄숙하게 수술을 준비하기 시작했다. 그들은 전문가였다. 나는 폭소하면서 '어마어마하게 아픈'(재차 그렇게 일기에 적혀 있었다. 타이레놀이 효과가 없었기 때문이다. 어이, 타티아!!!!) 마취 주사를 맞고 역시 폭소하면서 수술실로 들어갔다.

보니타 애플범 나를 선택해
보니타 애플범 저기 나를 선택해 줘
보니타 애플범 나를 선택하라니까
보니타 보니타 보니타

눈을 떴을 때 나는 무의식적으로 마레카를 찾고 있었다.

의식이 끊어지기 전에 알몸으로 수술대에 누우면서 그녀가 나를 들여다보고 있던 게 기억났다.

"오케이, 가나코, 시작할게요!"

얼핏 마레카가 다른 의사나 간호사에게 지시하는 모습이 보였다. 아마 양쪽 유방 절제, 림프도 이러쿵저러쿵, 그런 말을 했을 것이다. 하지만 그녀의 모습은 수술을 하는 의사라기보다 주방에서 지휘하는 요리사처럼 보였다. 그것도 프랑스나 이탈리아 요리 셰프가 아니라 일본 선술집 요리사 같았다.

"살짝 구운 고등어 하나! 게 내장 크로켓 하나, 가리비 돌솥밥은 전채가 끝나고 나서!"

이런 느낌이었다. 고고한 요리사, 마레카, 그것이 내 마지막 의식이었다.

눈을 뜨기까지는 순식간이었다. 정말 몇 분 정도 꾸벅대고 있었다고 생각한 속도감이었다. 눈을 뜨고 '수술이 끝났구나'라는 생각이 들 때까지 시간이 조금 걸렸다. 하지만 수술이 종료됐다는 걸 자각한 순간, 나는 갑자기 공황 상태에 빠졌다. 숨을 쉴 수 없었던 것이다. 쉬어도 폐에 공기가 조금밖에 들어가지 않아서 나는 외쳤다.

"살려줘요!"

옆에 있던 간호사가 내 어깨에 손을 올리고 말했다.

"가나코 씨, 괜찮아요. 산소 포화도 측정기는 정상이에요."

또 그거야? 라고 생각했다. 코로나 때와 마찬가지다. 산소 포화도 측정기는 정상적으로 작동하고 있다. 즉 산소는 충분히 들이마시고 있다. 이 괴로움은 그저 공황 상태에서 온 것이다.

"괜찮아요."

199

나를 다독이는 간호사의 팔을 붙잡은 채로 눈물을 흘리다 목이 메었다. 그리고 그러는 동안 또다시 의식이 멀어졌다.

정신을 차리고 보니 같은 간호사가 나를 들여다보고 있었다. 그녀의 팔을 그대로 붙잡은 채였으니 몇 분, 어쩌면 몇 초밖에 시간이 지나지 않았을지도 모른다.

"가나코 씨는 괜찮아 보이니 방을 옮길게요."

아니, 어디가 괜찮다는 말인가?

태클 걸고 싶은 일이 끊임없이 생겨 바쁜 날이었다.

내가 쉬고 있던 곳은 수술 후 회복실이라는 곳으로 외래수술센터와 이어져 있었다. 간호사는 다정했지만 어쨌거나 빨리 나를 이동시키고 싶은 듯했다. 뒤에 환자가 잔뜩 밀려 있어서다. 시계를 보니 5시가 지나고 있었다. 퇴원 예정 시각인 3시에서 많이 지났다.

아니, 애초에 무리잖아!!

하는 수 없이 그녀에게 알겠다고 하고서 다시 외래수술센터로 돌아갔다. 오늘 아침에 기다리던 공간과 달랐다. 이대로 잠들고 싶었다. 적어도 하루 정도 거기서 잠만 자고 싶었다.

외래수술센터로 돌아가자 바로 다른 간호사가 다가왔다.

"가나코 씨? 어때요? 이제 걸을 수 있을 것 같아요?"

아니, 절대로 무리라고!

그녀도 내가 얼른 회복하기를 바라는 듯했다.

"상태가 좋아 보이니 드레인 관리법을 설명할게요."

상태가 어디가 좋아 보인다는 건가!

몸을 움직일 수 없어서 깨닫지 못했지만 내 몸에는 드레인이 연결되어 있었다. 그리고 내 가슴은 이제 없다. 통증은 없었지만 가슴 주변이 어딘가 당기는 듯했다.

"아직 좀 더 쉬고 싶어요. 괜찮을까요?"

그녀가 "물론이죠" 하더니 물러났다. 상당히 선뜻 허락해 주었다. 무리하지 말고 생각하는 바를 말하는 편이 낫구나 다시 한 번 생각했다.

마유코도 하나를 낳았을 때 하룻밤만 자고 돌아가라는 간호사에게 "부탁할게요. 하루만 더 있게 해주세요"라고 눈물을 흘리면서 부탁했다.

"부부 둘 다 이민자라서 부모님도 친척도 주변에 없어요. 아이를 돌보는 건 우리뿐이에요."

간호사가 그 말을 듣고 허락해 줘서 마유코는 떳떳하게 하나와 병원에서 이틀을 지낼 수 있었다.

침대에서 잠시 졸고 있는데 마레카가 커튼 뒤에서 얼굴을 불쑥 내밀었다.

"아, 깨어 있었네요!"

그녀는 사복 차림에 가방을 어깨에 메고 퇴근할 기세가 가득했다.

"가나코, 수술은 무사히 끝났어요!"

그길로 "그럼 안녕!"이라며 돌아갈 듯해서 다급히 가로막았다.

"마레카!"

"왜요?"

그녀는 돌아갈 태세를 유지하고 돌아봤다.

"저기, 림프는 절제했나요?"

"네, 했어요. 세 개."

"세 개."

"그럼 안녕!"

아니, '그럼 안녕'할 때가 아니잖아!

하지만 마레카는 그렇게 퇴근해 버렸다.

림프를 세 개 제거했다는 건 역시 암이 남아 있었다는 뜻일까. 아니면 예방 차원에서 절제한 걸까. 결국 아무것도 물어볼 수 없었다. 하지만 애초에 정신이 몽롱해서 움직일 수조차 없었다.

5시 반이 되자 조금 전의 간호사가 다시 왔다. 기다리다 지친 것 같았다. 그녀는 '루셸'이라고 했다.

"가나코 씨? 이제 괜찮죠? 몸 좀 일으켜 봐요."

체념하고 조심스럽게 몸을 일으켰다. 침대에 손을 짚자 겨드랑이가 저리고 가슴 옆 부분이 욱신거리며 아프기 시작했다. 수술복 양쪽 옆으로 드레인이 나와 있었다. 줌으로 들어서 알고 있었지만 루셸에게 다시 드레인을 관리하는 법에 관한 설명을 들었다.

드레인 끝에는 둥근 배출 주머니가 달려 있었고 그곳에 이미 혈액이 쌓여 있었다. 이 배출액의 양을 스스로 재서 메모해야 한다. 처음에 나온 배출액은 루셸이 종이컵으로 빼 주었다. 그러고 나서 혈액이 역류하지 않도록 배출 주머니를 납작하게 만들고 뚜껑을 닫았다.

"간단하죠?"

그게 문제야?

하지만 스스로 필그라스팀 주사를 맞는 것보다는 확실히 간단한 느낌이 들었다. 자신의 몸에 연결되어 있다는 공포심이 있을 뿐 통증도 없었다.

"슬슬 데리러 올 사람을 부를래요?"

아니, 사람을 왜 이렇게 자꾸 보내려고 해!

"가나코 씨는 이제 괜찮을 것 같거든요."

단념하고 침대에서 나와 보니 확실히 평범하게 서는 건 가능했다. 머리는 휘청거렸지만 채비도 스스로 할 수 있을 듯했다. 수술복을 벗을 때 팔을 들어야 해서 그건 무서웠지만 욱신거리는 기존의 통증 말고 새로운 통증은 없었다.

가슴에 붕대가 칭칭 감겨 있었다. 붕대 위에서도 내 가슴이 이제 없다는 걸 알 수 있었다. 붕대가 끝나는 부분에서 드레인 튜브가 튀어나와 있었다. 물론 양쪽 겨드랑이에서 말이다. 아, 하는 소리가 나왔다.

잠옷 앞부분이 벌어져 어렵지 않게 입을 수 있었지만 튜브가 길어서 거추장스러웠다. 루셀에게 부탁해 튜브를 정리하고 옷핀으로 옷에 고정했다.

"튜브는 건드리지 않도록 조심해요."

확실히 튜브가 손에 걸리면 어떻게 될까, 싶어 무서웠다. 뽑히지는 않겠지만, 환부가 당겨지면 아프겠지.

튜브가 짧아져서 잠옷 자락에서 둥근 드레인 두 개가 축 늘어져 있는 상태가 되었다. 왠지 모르게 시가라키 지역에서 유명한 너구리 도자기의 고환이 떠올랐다. 이제 새로운 혈액이 쌓이기 시작했다. 루셀이 말했다.

"옷 입었어요? 대기실에서 기다려요!"

아니, 꼭 앉아서 기다려야 해?

하는 수 없이 코트를 입고 니트 모자를 쓰고 머플러를 칭칭 감았다. 대기실은 추웠다. 오늘 아침에 마유코와 끌어안았던 그 장소에 지금은 가슴이 없는 내가 비틀거리며 앉아 있었다. 이게 뭐야 싶었지만 어쨌거나 살아서 돌아갈 일만 남았다. 지금부터 한동안은 우리 아이의 엄마로 있을 수 있는 것이다.

마중은 노리코에게 부탁했다. 간호사가 일찌감치 노리코에게 전화했다. 남편에게는 이미 노리코가 연락을 한 듯했다. 그리고 부모님에게는 남편이 소식을 전했다.

친구들은 수술 후에 바로 퇴원한다는 사실에 놀라워했다. 특히 료, 지에, 사야카가 있는 단체 LINE에는 상세한 사항을 전부 말했다.

'당일치기는 너무 빡세!'

'푹 쉬어도 모자랄 판에!'

'쉴 틈이 너무 없어.'

옷자락에서 튀어나온 드레인 사진을 찍어서 모두에게 보냈다.

'간호사가 돌아가는 길에 약국에 들러서 진통제 받아 가라고 했어.'

'무리라니까!'

'그 상태로 약국에 들르다니 무슨 개그도 아니고!'

'웃기지도 않아.'

메시지를 보면서 모두가 있어서 다행이라고 생각했다. 나는 대기실에 혼자 앉아 어질어질해하면서 소리를 내 웃고 있었다.

노리코가 찾아왔다. 나를 보자마자 접수처에 있던 간호사 두 사람에게 "가나코가 왜 앉아 있어요?!"라고 물었다. 설마 앉아서 기다리고 있을 줄은 몰랐기 때문에 놀란 모양이었다.

"노리~."

내가 손을 흔들자 "가나코가 거기 있는 건 알겠는데 왜 앉아 있어?!"라고 반복해서 물었다. 캐나다에 산 지 오래된 노리코도 눈앞의 광경을 믿을 수 없었던 모양이었다. 하지만 간호사는 히죽거리고 있었다. 노리코는 포기했는지 "보호자가 사인 같은 걸 해야 하나요?"라고 물었다. 간호사 둘은 "아뇨, 필요 없어요. 가나코 씨 친구죠?"라며 웃었다. 노리코는 지바현 출신이지만 그때만큼은 간사이 사투리로 따지고 싶었을 것이다.

너무 허술하잖아!

"수술 후에 주의해야 할 점은요?"

노리코는 나를 철저하게 걱정했다. 하지만 간호사는 역시나 철저하게 허술했다.

"한동안 무거운 짐은 들지 마세요."

"맞아요. 조금 전에 가나코 씨 짐을 들었는데 엄청 무거웠어요!"

수술이 시작될 때까지 시간이 남아서 류드밀라 울리츠카야의 『커다란 초록 천막』을 가지고 왔다. 며칠 전부터 읽기 시작했는데 러시아 저항 이야기를 읽고 있던 바로 그때 러시아가 우크라이나를 침공했다. 내가 내 가슴을 평화롭게 잃어가던 그때 우크라이나에서는 수많은 민간인이 살해당했다.

조야는 훈장을 집에서 가지고 나와 다행이라고 생각했다. 실제로 이러한 군 포장(褒章)은 아무래도 상관없는 물건이지만 말이다. 그 후에는 사태가 연달아 벌어졌다. 장군은 계급이 떨어져서 포장을 박탈당하고, 투옥되어 심신쇠약이라는 진단을 받았다. 하지만 조야는 남편에게 아무 문제도 없다는 걸 잘 알고 있다. 심신쇠약인 건 국가다.

- 류드밀라 울리츠카야의 『커다란 초록 천막』

노리코가 약국에 들러 가져온 진통제는 나방 유충이라고 생각해도 될 만큼 컸다. 우리가 약국에 도착한 건 어느새 저녁 7시로 폐점은 저녁 8시였다. 오후 5시까지만 하는 약국이 많아서, 만약 마취에서 깨지 못해 저녁 8시가 지났더라면 나는 수술 당일을 진통제 없이 보내야 할 뻔했다.

하지만 결과적으로 진통제는 필요하지 않았다.

양쪽 겨드랑이가 욱신거리는 통증은 있었지만 참을 수 없을 정도는 아니어서 이튿날부터는 바깥을 걸어 다녔다. 무거운 걸 들면 안 된다고 했지만 꽃과 도넛이라면 괜찮겠지 싶어서 샀다. 코트로 가려져 있었지만 내 양쪽 겨드랑이에는 드레인이 튀어나와 있었고, 거기에서 축 늘어진 배출 주머니에는 오렌지색을 띠는 혈액이 고여 있었다.

저녁 무렵 파티마가 우리 집으로 왔다.

캐나다에서는 보육 교사의 집에서 아이를 돌보는 경우가 많다(파티마 전에 우리 아이를 맡았던 애니도 집에서 아이들을 돌봤다). 파티마네 집은 지은 지 100년 정도 되어서 문화유산으로 등록되어 있다. 그래서 집 안은 얼마든지 리모델링해도 상관없지만 외관은 손을 볼 수 없었다. 우리 집에서 고작 한 블록 앞에 있는, 붉은 벽돌색의 아름다운 건물은 우리 아이에게 제2의 집이 되었다.

파티마는 2008년에 남편 알렉스와 함께 이란에서 이주했다. 나는 이란에서 태어났기 때문에(테헤란에서의 기억은 없지만) 그녀를 인연이라고 느꼈다. 더구나 그녀는 나와 나이가 같다. 늘 등을 꼿꼿하게 세우고 세련된 옷을 입고 새빨간 립스틱을 바르고 머리를 예쁘게 말고 있다(너무 근사해서 그녀에게 립스틱과 옷을 어디서 샀는지 물어본 적이 있다). 보육 교사로서도 매우 훌륭해서 식사 중의 매너나 옷을 갈아입는 법 등, 내가 가르쳐주지 못한 것도 우리 아이에게 알려 주었다.

내가 암에 걸렸다는 사실을 알고 나서는 이란 요리를 가지고 방문하거나 추수감사절 때 로스트 치킨을 가져다주기도 했다. 그리고 그녀의 자녀인 메리노와 에이젠이 입었던 옷이나 가지고 놀던 장난감을 우리 아이에게 선물하는 등 보육 교사 일에서 크게 벗어난 일까지 해주며 우리를 도왔다.

그녀는 핑크색 장미 화분과 함께 나타났다.

"수술 성공한 거 축하해!"

그리고 많은 양의 대추야자와 납작한 난 같은 산가크, 거기에 발라먹을 피스타치오 스프레드를 가지고 왔다. 나는 그녀에게 루이보스티를 건넸다. 아이와 남편은 공원에 나가 있어서 둘만 느긋하게 이야기할 수 있는 게 기뻤다.

그녀는 작년 섣달그믐에 아버지를 잃었다.

그녀의 아버지와 어머니는 파티마가 취득한 비자를 이용해 이곳에 체류하고 있었다. 2019년 어느 날 아버지가 복통을 호소했다. 실려 간 병원에서 검사를 받은 결과 36년 전에 받은 맹장 수술 후유증으로 장이 막혔다는 걸 알게 됐다. 하지만 알게 된 건 그뿐만이 아니었다. 림프암을 발견한 것이다. 몇 년 전부터 있었겠지만, 그에게 자각 증상은 없었던 모양이다.

코로나 때문에 면역력이 떨어져 있어 치료를 바로 시작할 수 없었다. 그는 암이 진행되지 않았는지 확인하기 위해 3개월마다 검사를 받아야만 했다. 10개월간은 그런대로 건강했다. 마지막 검사 2달 후에 코로나 백신을 맞을 수 있으니 그다음부터 치료를 시작하자고 의사가 말했다.

하지만 그에게 이젠 한계였다. 밴쿠버에서 하는 생활은 돈도 든다. 그는 이란으로 돌아가기로 결정했다. 이란에서 치료해야겠다고 생각한 것이다.

하지만 귀국 후에 맞닥뜨린 이란의 코로나 상황은 캐나다보다도 심각했다. 치료가 늦어지기만 하고 진행되지 않았고 캐나다로 돌아오기 위해 부동산을 매각하는 일도 뜻대로 되지 않았다. 파티마가 자신이 생활비를 대겠다고 말했지만, 그는 그걸 거부했고 그녀도 더 이상 강요할 수 없었다.

마지막 2달간은 고통으로 가득 차 있었다. 그의 등뼈와 허리에 견디기 힘든 통증이 덮쳐왔다. 12월 3주째에 들어섰을 때 마침내 항암 치료가 시작되었지만 그의 몸은 그걸 견디지 못했고 결국 심장발작으로 세상을 떠났다.

암 치료에 대해 말할 때마다 파티마는 늘 나를 격려했다. 그리고 이렇게 말했다.

"이렇게 빨리 치료가 시작됐으니 가나코는 행운이야. 반드시 나을 거야."

그 말속에는 그녀가 품고 있는 아버지에 대한 마음이 있었다.

파티마는 1977년, 이란의 이스파한에서 태어났다. 그녀의 아버지는 직물 공장을 운영하고 있었는데 공장이 여러 개였다고 한다. 어머니는 테헤란 출신으로 파티마에게는 세 자매가 있다. 파티마는 20년간 이스파한에서 산 후 테헤란 대학으로 진학했다. 그것을 계기로 가족 모두가 테헤란으로 거주지를 옮겼다고 한다. 아버지는 테헤란에서 새로운 공장을 열었다.

소녀 시절을 이란에서, 청춘 시절을 테헤란에서 보내는 동안 그녀는 늘 '공포의 구렁텅이'에 있는 것 같았다.

고등학교 시절에는 검고 보기 흉한 교복을 입고 머리카락을 늘 가려야만 했다. 흰 양말을 신으면 벌을 받았다. 남자아이와 친구가 되거나 이야기를 나누는 것조차 허용되지 않았다(대부분의 아이들이 부모님 뒤에 숨어서 이야기했다).

대학에서도 자유는 없었다. 롱부츠를 신고 다니면 경찰에게 잡히거나 감옥에 들어갔다. 화장하는 것도 허용되지 않았다. 파티마는 지금도 자신이 롱부츠를 신고 감옥에 들어가는 꿈을 꾼다고 한다. 그리고 경찰을 보면 몇 초간 숨을 쉴 수 없어진다고 한다.

"밴쿠버에 오고 나서도 집에 누군가가 오면 늘 다급하게 머리를 가렸어. 자유롭다는 사실을 도무지 믿을 수 없어서."

파티마가 늘 세련된 옷을 입고 진한 립스틱을 바르고 풍성한 머리카락에 웨이브 파마를 하는 것은 그저 단순히 꾸미려는 목적 때문이 아니었다. 그건 그녀의 멋지고 숭고한 저항의 표식이기도 했다. 그러고 보니 핼로윈 밤 길거리에서 우연히 만난 파티마는 근사한 롱부츠를 신고 있었다. 그녀는 롱부츠가 정말 잘 어울렸다.

나는 1977년 테헤란에서 태어났다. 이란 메헬 호스피탈이라는 병원에서 오스트발이라는 훌륭한 의사가 나를 받아주었다. 하지만 이란 혁명이 일어나면서 모든 것이 바뀌었다. 우리는 1979년에 일본으로 급히 귀국했다.

미국 정부는 자국민의 귀국을 위한 전세기를 바로 보냈다. 호메이니가 '악마'라고 부르던 미국인에겐 생명의 위험이 있어서였다. 하지만 미국인 정도는 아니더라도 외국인이라는 이유만으로 위험했던 일본인에 관한 일본 정부의 대응은 '각자에게 맡긴다'라는 거였다. 아버지가 일하던 회사에서도 아버지에게 '자주적으로 판단해서 피난하도록 하라'고 전했다. 그런 소리를 들으면 돌아갈 수 없는 게 일본인이다. 특히 혼자 주재해야 할 책임이 있던 아버지는 남기로 결정해 엄마와 오빠, 그리고 나만 먼저 귀국했다. 혼란 속의 테헤란에 아버지를 남겨두고 4살 된 오빠와 1살 반 된 나를 데리고 귀국한 엄마의 심정은 어땠을까 지금도 종종 생각한다.

경유지인 홍콩에서 엄마가 나에게 강아지 인형을 사줬다. "가나코가 비행기에서 얌전히 있었으니 이거 사줘"라고 오빠가 말했기 때문이었다. 실제로 나는 기내식을 쏟고 엄마의 손을 피해 기내를 돌아다니는 등 말썽꾸러기까지는 아니었지만 그렇다고 착한 아이라고도 할 수 없었다(오히려 착한 아이는 오빠였다).

그 인형을 아직 가지고 있다. 스누피를 닮은 소박한 인형으로 귀는 찢어지고 배도 실밥이 터져서 솜이 튀어나와 있다. 나는 그걸 밴쿠버까지 가지고 왔다. 환승 경유지에서 산 것이라서 아이가 '환승짱'이라고 부르고 있다.

귀국 후 엄마는 아버지의 회사로 갔다. 그리고 아버지의 상사에게 직접 호소했다.

"자주적으로 판단하라고 하면 남편은 못 돌아와요. 테헤란은 지금 굉장히 위험한 상태니 귀국 명령을 내려 주세요."

결과적으로 아버지는 회사에서 명령을 받아 겨우 귀국

했다. 아버지가 탄 비행기는 마지막 민간기였다. 그 후 남은 일본인은 육로를 통해 튀르키예로 달아났다. 강도에게 습격당해 험한 일을 당한 사람도 있었다.

1980년에는 이란 이라크 전쟁이 일어났다. 몇천 발의 포탄이 테헤란에 떨어져 수많은 민간인이 목숨을 잃었다. 우리는 오래 이어진 전쟁을 뉴스로 지켜볼 뿐이었다. 모든 게 달라진 이란에 독재와 전쟁으로 겁에 질린 소녀들이 있었다는 사실을 당시의 나는 생각하지 못했다. 그곳에 파티마가 있었다. 나와 나이가 같은 그녀가 가족과 함께 두려운 밤을 보내고 있었다.

파티마의 어머니는 남편이 죽은 후에도 이란에 남겠다는 결정을 내렸다. 아무리 두려운 일이 태연하게 벌어지더라도 그곳은 그녀의 모국이다. 결과적으로 그녀의 캐나다 영주권은 실효되었다.

캐나다 영주권은 취득 후 자동으로 갱신되지 않는다. 5년 기한이 있고 그때마다 갱신한다. 캐나다 영주권을 증명하는 PR 카드는 일찌감치 갱신하는 편이 낫다고 모두가 말한다. 이민국 대응이 그때의 정치 상황에 따라 달라지다 보니 발행되지 않는 일도 있기 때문이다. 캐나다는 다양한 나라에서 난민을 받아들이고 있어 상황에 따라 통상적으로 하는 비자 업무가 뒤로 밀려나기도 한다.

스티븐과 결혼한 도모요는 임시 PR 카드를 발행받은 시점에 오랫동안 돌아가지 않았던 일본으로 잠시 귀국했다. 일본에서 지내는 동안 진짜 카드가 발행되겠지, 그걸 남편에게 보내달라고 해야지 하고 계획하고 있었는데 아무리 기다려도 발행되지 않아 일본 체류를 연장해야만 했다(같은 이유로 지에리도 예전에 일본 체류를 6주간 연장한 적이 있다). 관광 비자 등으로 캐나다에 입국할 수 없을까, 그리고 캐나다에서 PR 카드가 발행되기를 기다리면 되지 않을까, 아마추어인 나 같은 사람은 그렇게 생각하겠지만 그건 허용되지 않는 모양이다.

도모요는 연장한 일본 체류 기간을 즐기긴 했지만 스티븐도 본가를 방문할 예정이라 그전까지는 돌아가야 했다. 그들에게는 같이 사는 마루라는 고양이가 있고 그녀를 혼자 둘 수 없어서였다. 애초에 PR 카드가 언제쯤이면 발행되는지 전혀 모르기 때문에(이민국에 알아봐도 '처리 중'이라는 말만 하고 '언제'인지는 알려주지 않았다) 꽤 마음을 졸여야 했다. PR 카드를 대신해서 입국을 증명하는 여행 증명서(관광인증서)를 발급받기 위해 필리핀에 있는 캐나다 대사관까지 여권을 보내야 했고, 그것도 제시간에 도착하지 못하면 시애틀에서 육로를 통해 밴쿠버로 들어가는 방법까지 고려했다(육로로 들어가는 경우, 입국관리소에서 PR 카드를 요구하지 않는다. 이유는 모르겠다).

결국 그녀는 여행비자로 귀국했고 무사히 PR 카드를 손에 넣었다. 하지만, 이민국이나 정부의 더딘 대응에 관한 이야기는 여러 곳에서 접할 수 있다.

영주권 소지자뿐만 아니라 시민권을 취득한 이민자들의 여권이 늦게 발행되는 것도 뉴스가 됐다. 여권이 나오지 않는 것은 PR 카드만 문제가 되는 게 아니다. 애초에 국외로 출국이 불가능하다. 뉴스에서는 "모국에서 병상에 누워 있는 어머니가 보고 싶다"면서 인도 출신 여성이 울고 있었다.

PR 카드를 땄다고 해서 모든 문제가 해결되는 것도 아니다. 우선 5년 중 2년 이상은 캐나다에서 살아야 한다. 파티마는 어머니의 영주권이 끊어지는 게 걱정돼 이란에 있는 그녀를 몇 번이나 밴쿠버로 불렀지만 어머니는 내내 엉거주춤한 태도를 보였다고 한다. 결과적으로 신청에 필요한 체류 일수를 채우지 못해 기껏 얻은 영주권이 실효되었다.

파티마는 후련해 보였다.

"물론 여러 가지 방법을 써봤지. 그런데 본인이 이란에 있고 싶다고 하니 어쩔 수 없지."

일본에 살 때는 국내에서만 이사를 다니니 큰 노력을 들

216

일 필요가 없었다. 이사할 때 주소지를 옮기는 것만으로도 '번거롭다'고 생각할 정도였다. 하지만 캐나다에선 '이곳에 있고 싶다'라는 그 간단한 바람을 이루기 위해 때로는 방대한 서류를 마련하고 테스트를 통과하고 기준이 불투명한 심사를 거쳐야 했다.

나는 캐나다에서 외부인이다. 일시적으로 살고 있는 외국인일 뿐이다. 오래 체류할 수 있는 비자가 끊어져도 반년간의 관광 비자를 갱신하는 방법이 있다. 하지만 그렇게 되면 공적 의료보험인 MSP를 취득할 수 없고 운전면허증도 갱신할 수 없다. 여러 혜택을 박탈당한다.

당연하다고 하면 당연한 일일지도 모른다. 하지만 '있고 싶은 장소에 평온하게 있는 것'을 당연하다고 생각했던 나한테는 중요한 깨달음이었다. 동시에 나의 무지와 특권을 깨달은 순간이기도 했다.

사실 나는 나 자신을 '일본인'이라고 인식하고 있지도 않았다. 누군가 "아시아에 아시아인은 없다"고 말했다고 들었다. 그 말은 그대로 일본인에게 적용할 수 있지 않을까. 일본에 '일본인'은 없다. 적어도 나는 나 자신이 일본인이라는 것을 이곳에 와서 처음으로 인식하게 되었다. 아니, 처음이 아니다. 떠올랐다.

어릴 적에는 그 감각이 있었다. 이집트에 있었을 때 말로는 표현할 수 없었지만 내가 이 나라 사람이 아니라는, 외부인이라는 감각은 가지고 있었다. 일본에 오고 나서도 한동안 나는 계속 외부인이었다. 일본 학교에 적응하지 못하고 모두와 같은 것을 먹지 못해서 급식 시간이 우울했다. 하지만 어느새 익숙해지고 친숙해지자 순식간에 주류에 속하게 되었다. 남들과 비슷하게 행동하면서 모두와 가까워졌고, 집단에 녹아들자 편하게 숨 쉴 수 있었다. 그건 동시에 타인과 단절된 존재의 가능성을 잊어버리고 소수자를 없는 것으로 간주하는 일이었다. 나는 '당연함'을 손에 넣고 '평범함' 속에서 평온한 생활을 했지만, 한편으로는 '그 속'에서 살아남으려고 발버둥쳤다. 그리고 그런 당연함이나 평범함을 인정받지 못해서 괴로워하는 사람들이 있다는 사실을 오랫동안, 정말 오랫동안 잊고 있었다.

2021년 3월, 나고야 출입국 재류관리청에 갇혀 있던 랏나야케 리야나게 위쉬마 산다말리가 사망했다. 그녀는 원래 스리랑카에서 유학생의 자격으로 일본에 왔다. 하지만 동거하던 남성에게 폭력을 당해 학교를 자주 쉬게 되었고 제적 처분을 받아 불법체류 상태가 되었다. 데이트 폭력 피해에서 도망치기 위해 파출소로 달려갔지만 그들은 그녀를 불법체류자로 취급했고 관리국에 수감시켰다. 열악한 환경으로 몸 상태가 좋지 않다고 호소했지만 적절한 치료를 받지 못해 죽음에 이르렀다.

　누군가가 '그곳'에 있고 싶어 하는 심정을 밟아 뭉개는 건 단순히 제도만이 아니다. 적절한 서류를 얻고 적절한 심사를 통과했다고 해도 누군가가 존재한다는 사실에 그에 걸맞은 경의를 표하지 않으면 그 사람의 존재는 터무니없이 취약해진다. 위쉬마를 죽인 건 제도뿐만 아니라 철저하게 경의가 결여된 우리의 태도이기도 하다. LGBTQIA+ 사람들의 높은 자살률, 집 없는 사람들에 대한 차별적인 시선, 약물을 사용해야만 하는 인생을 걸고 있는 사람들에 대한 배제 등, 한데 묶는 것마저 잔혹한 사고방식은 거의 같은 곳에서 온다. 우리의 마음이다.

　밴쿠버에서 사는 건 다양한 '타인'과 같이 살아가는 일이기도 하다. 그들은 여러 장소에서 여러 배경과 함께 찾아왔다. 그들 중엔 모국에서 존재하는 것마저 허락받지 못한 사람도 있다. 그 사람이 그 사람인 채로 있을 수 없고, 그가 바라는 삶을 보낼 수 없는 장소를 과연 나라라고 부를 수 있을까.

　같은 해에 태어나 잠시 같은 장소에 있었던 파티마와 나는 지금 타인으로 이곳에서 마주하고 있다.

　"아이들, 특히 딸한테는 절대로 나와 같은 일을 겪게 하고 싶지 않아. 애들을 위해서라면 나는 뭐든지 할 거야."

그녀가 준 장미에 예쁜 꽃이 피어 있었다. 아름답고 강한, 파티마 그 자체인 꽃이었다.

독자들이여, 부디 우리의 모습을 상상해 주길 바란다. 그렇지 않으면 우리는 실제로 존재하지 않는 것과 마찬가지다. 세월과 정치의 포악함에 맞서는, 우리 스스로마저 때로는 상상할 용기가 생기지 않는 우리의 모습을 상상해 주길 바란다. 가장 사적이고 비밀스러운 순간이면서 인생에서 지극히 흔해빠진 순간에 있는 우리를, 음악을 듣고 사랑에 빠지고 나무 그늘에 난 길을 걷고 있는 우리를, 테헤란에서 『롤리타』를 읽고 있는 우리를. 그러고 나서 이번에는 그 모든 것을 빼앗기고 지하에 내쫓긴 우리를 상상해 주길 바란다.

- 아자르 나피시 『테헤란에서 롤리타를 읽다』

이튿날부터 근육 트레이닝을 시작했다. 목을 상하좌우로 움직이고 어깨를 올렸다가 내렸다가 했다. 팔을 앞으로 뻗는 운동도 수술 이튿날부터 할 수 있었는데 나는 거기에 팔을 쓰지 않는 스쿼트도 더했다. 가슴과 겨드랑이가 아팠지만 진통제를 먹을 정도는 아니었고, 드레인에 배출되는 혈액도 생각만큼 많지 않았다.

수술한 지 이틀 후부터는 지정받은 지역 의료 센터로 갔다. 그곳에 있는 간호사가 상처에 감긴 붕대를 갈아 주었다. 나는 그때 처음으로 내 수술 흉터를 봤다.

양 가슴이 있던 곳에 붉은 선 두 개가 그어져 있었다. 자를 대고 직선으로 그은 듯한 선이었다.

"예쁘네요!"

간호사가 말했다. 나도 그렇게 생각했다. 정말 예쁜 흉터였다. 마레카의 솜씨는 틀림없었다. 나는 벌써 내 새로운 몸이 좋아졌다.

그날은 그길로 노리코네 가족과 '술라'라는 근사한 가게에서 인도 요리를 먹었고, 이튿날에는 코니와 내가 좋아하는 '페이블'이라는 레스토랑에서 햄버거와 프렌치프라이를 먹었다. 수술하고 일주일이 지난 후에는 왼쪽 가슴에 있는 드레인을 뽑았다.

배출액이 30밀리리터 이하면 뽑아도 된다고 했는데, 그날따라 메모한 노트를 깜박하고 말았다. 그래서 확실하게 30밀리리터보다 적었던 왼쪽 드레인만 뽑았다(집으로 돌아왔더니 오른쪽 가슴 배출액도 20밀리리터 정도였다).

간호사가 드레인관을 잡아당기자 내 왼쪽 가슴이 강하게 삐걱거렸다. 피부가 세게 당겨지는 느낌이 들었다. 통증이 참을 수 없을 정도는 아니었지만 피부가 우지끈 찢어지는 느낌 때문에 무서웠다.

"단단하네요. 이상해라."

이렇게 말하면서도 간호사는 가차 없었다. 그녀가 힘껏
잡아당겨서 관이 빠진 순간 피가 튀었다. 그녀는 얼굴에 내
피를 뒤집어썼고 어째서인지 웃음을 터뜨렸다.

"으악, 이런 일은 처음이야!!"

내 왼쪽 가슴에서 끌려 나온 관 끝부분은 크기가 디지털
체온계 정도였다. 무수한 구멍이 뚫려 있고 그 구멍을 통해
배출액을 빨아들이는 구조로 되어 있었다. 이렇게 큰 게 내
피부 속에 들어 있었다는 걸 믿을 수 없었다. 그리고 그걸
마취하지 않고 뽑아냈다는 사실도 역시나 믿을 수 없었다.
왼쪽 가슴 구멍으로 피를 흘리며 나는 멍하니 있었다.

"이거 누르면서 잠시만 기다리세요. 얼굴 씻고 올게요!"

간호사가 그렇게 말한 뒤 나에게 거즈를 건넸다. 그리고
커튼을 열고 나갔다. 나는 혼자 남겨졌고 그녀가 다른 간호
사에게 "내 얼굴 좀 봐봐!"라고 말하는 게 들렸다. 얼굴 사
진이라도 찍고 있는 건 아닐까. 그리고 그걸 인스타그램이
나 뭔가에 올리는 거 아닐까. 그녀는 그 정도로 밝았다. 그
녀 덕분에 정신이 돌아왔고 나도 혼자 웃었다.

그다음 날, 오른쪽 드레인도 뽑았다. 공포에 떨었지만
간호사인 애슐리가 "난 이거 익숙하니까 맡겨줘요"라고 말

했다. 애슐리는 정말 능숙했고 드레인을 뽑는 데도 왼쪽만큼 통증과 공포심을 느끼지 않았다. 그녀는 몇 번씩 휴식을 취하며 나한테 심호흡을 시켰다.

"괜찮아요? 갈게요. 들이쉬고 내쉬어요!"

그렇게 빠진 드레인의 끝은 크기가 왼쪽의 2배 정도였다. 애슐리도 놀라며 말했다.

"이런 게 어디에 들어 있었던 거죠?"

애슐리 옆에는 인턴인 나딘이 있었고, 이게 그녀의 첫 현장 실습인 모양이었다.

나는 나딘에게 내 흉터를 자랑했다.

"예쁘죠?"

나딘도 나도 흥분하고 있었다.

"네, 엄청 예뻐요!"

내가 해낸 일이 자랑스러워서 돌아가는 길에 작은 피어스를 샀다. 평소라면 카페에 들러 오트 라테를 샀을 것이다. 하지만 흥분한 채 훌쩍 들른 가게에서 파티마의 손과 호루스의 눈이 있는 피어스를 발견했다. 발견한 순간 나는 이게 필요하겠구나 싶었다. 이집트 수호의 상징은 분명 지금부터 나를 지켜줄 것이다. 몸에 구멍을 내고 피투성이가 되어 쟁취한 것을 내가 떠올리게 해줄 것이다.

방해한다면 Get out of my way

살아 있는 것만으로 대단하잖아

이제 toksik인 건 필요 없어

시시한 자존심 따윈 Go away

만들어봐 brand new bible

틀에 맞추는 건 숨이 막혀

- Zoomgals 「살아 있는 것만으로도 상태 이상」

크리스티나와 집 근처 카페에서 점심을 먹었다.

크리스티나는 UBC에서 일하는데 전근대 일본 문학과 문화를 연구하고 있다. 학생을 위하는 훌륭한 교수인 동시에 늘 누군가를 위해 동분서주하는 활동가이기도 하다.

밴쿠버에 와서 처음에 만난 캐나다 사람이 그녀였다. 도착한 지 불과 2주 만에 맞이한 크리스마스에 우리는 그녀의 집에서 저녁을 대접받았다. 보육 관련 공부도 하고 있는 크리스티나는 아이와 정말 잘 놀아줬다(우리 아이는 만나자마자 크리스티나의 등에 올라탔다). 그녀의 집에는 그녀의 엄마가 어릴 적 그녀를 위해 만들었다는 아주 귀여운 인형이 놓여 있었다. 뜯어진 부분은 정성스럽게 꿰매져 있어 그녀가 그걸 소중하게 보관하고 있다는 걸 알 수 있었다.

크리스티나의 친구이자 마찬가지로 UBC 건축학과 교

수인 마리와 남편 마이크, 그리고 그들의 딸인 아리타, 작가인 빌과 일러스트레이터인 빌 모두 같이 스탠리 공원에서 꽃구경을 했다. 크리스티나가 '일본풍' 꽃구경을 하자고 해서 일본주와 돗자리를 가지고 왔다. 일본 마트에서 테이크아웃한 초밥과 우엉 당근 볶음, 호박 조림과 찹쌀떡을 먹으며 우리는 크리스티나와 빌 일행의 이야기를 듣고 자지러지게 웃었다. 그녀 덕분에 밴쿠버에서 지내는 하루하루가 풍성해졌다(항암 치료 중에 내내 쓰고 있던 니트 모자도 크리스티나의 남동생인 줄리안이 떠주었다).

크리스티나는 조금 늦게 왔다. 그날은 '스탠드 위드 우크라이나' 시위를 홀로 하는 학생과 함께 캠퍼스에 선 후에 온 것이었다.

나는 그녀에게 양쪽 유방을 다 적출했다는 사실과 흉터를 보고 너무 예뻐서 황홀했다는 사실을 이야기했다.

"생각해 봤는데 내가 지금 인스타그램에 상반신 알몸 사진을 올리면 어떨까?"

물론 그건 농담이었다. 나는 인스타그램 계정도 없고, 그래서 다른 누군가의 피드를 볼 수도 없다. 하지만 마돈나가 자신의 유두가 살짝 찍혀 있는 사진을 게시했다가 삭제당했다는 건 안다.

"유두는 없지만 검열당하겠지? 그래도 여성의 나체이기

는 하잖아.”

크리스티나가 웃었다.

“진짜 그러네. 가나코, 한 번 해보는 게 어때?”

“얼마 전에 읽은 기사에서 일본 젊은 애들이 내내 마스크를 쓰고 있었던 탓에 남 앞에서 마스크를 벗는 걸 부끄러워한다고 쓰여 있더라. 지금까지는 아무렇지도 않게 보여주던 것도 계속 가리고 있으면 창피해지겠지? 유두도 계속 감추고 있었으니 부끄러운 거지 내내 드러내고 있으면 뭐가 부끄럽겠어.”

내가 그리 이야기하자 “시대나 지역에 따라서는 자기 털을 보이는 것도 부끄러워서 모자를 벗는 걸 꺼리기도 하잖아”라고 크리스티나가 말했다.

모든 관점은 시대와 문화에 따라 바뀌는 법이다. 그런데 요즘의 ‘미’의 기준은 바뀌지 않고 일정한 듯하다. ‘보디 포지티브, 보디 뉴트럴’*이라는 말이 들리게 된 지도 오래되었고, 밴쿠버에 살고 있는 한 앞에서 언급한 대로 자신들의 몸을 위협하는 선정적인 광고를 접할 일이 없다. 그런데도 여성은, 특히 일본 여성은 온갖 미의 기준에 자신을 비교하

• 자신의 체형을 긍정적이면서도 있는 그대로 받아들이자는 사고방식이다.

길 요구받는 것 같다.

나는 일본 잡지를 좋아해서 여기 오고 나서도 인터넷으로 종종 잡지를 찾아본다. 자연스럽게 40대를 타깃으로 삼은 잡지를 보는 일이 많은데, 아무래도 눈에 띄는 게 '잘못된 코디'나 '늙어 보이는 스타일', '젊어 보이는 방법', '싼 티나는 스타일' 등의 말이다.

40대에는 40대를 위한 '적절'한 코디나 헤어스타일이 있고 늙어 보여서는 안 된다.

그러니까 '늙어 보이기'가 아니라 '젊어 보이기'를 목표로 삼아야 한다. 하지만 나이를 생각하지 않고 좋아하는 옷이나 헤어스타일에 도전하는 건 위험하다. 왜냐하면 그건 당신을 '안쓰러운 아줌마'로 보이게 할 테니까.

40년 이상 열심히 살아왔으니 이제 그냥 적당히 좋아하는 옷을 입어도 된다고 생각한다. 실제로 나는 내가 좋아하는 차림을 한다. 캔버스화도 신고 팔뚝도 보여주고 등이 벌어진 옷도 입고 배가 보이는 기장의 티셔츠도 입는다. 하지만 그게 가능한 건 내가 밴쿠버에 있어서가 아닐까 그렇게 생각할 때가 있다.

예를 들어 마리는 늘 근사한 차림을 한다. 이탈리아와 일본 혼혈인 그녀는 나보다 조금 연상이다. 일본에서였다면 나이 들어 보이지 않고 젊어 보이도록 신경 써야 하는 연

227

령이다. 하지만 그녀는 대담하게 다리를 드러내는 스커트를 입고 머리를 예쁜 금발로도 염색하고 알록달록한 양말도 즐겨 신는다(그러고 보면 나는 일본에서 아주 화려한 스타킹을 신은 친구를 본 적이 없다). 그것들은 모두 그녀와 놀라울 정도로 잘 어울린다.

마리는 나이가 들어도 주눅 들지 않고 유머를 가득 담아서 말한다.

"생리를 안 해서 임신했나? 아니면 상열감인가? 어느 쪽인가 싶은 거 있지!"

이럴 때 웃는 마리의 모습은 정말 눈부시다. 마리를 만나 반갑게 그녀와 포옹하면 유독 스스로에 대한 자신감이 생겨났다. 나는 원래 나 자신을 좋아하는 편이지만, 그래도 마리와 있으면 내가 나인 것을 온 세상이 축복하는 기분이 들었다. 자기 자신으로 존재하는 것을 진심으로 즐기는 마리의 힘이 나에게 전염되어서인 거 같다. 그리고 거기에는 당연히 잘못되었다는 개념이 없다.

애초에 어째서 패션에 NG가 있을까. 물론 관혼상제에는 그 개념이 어느 정도 필요하다고 생각한다. 하지만 누구도 상처주지 않고 자신을 행복하게 만들기 위해 즐기는 패션에 '해서는 안 되는 게' 있는 건 어째서일까.

그 중 가장 신경 쓰이는 게 '보이기'라는 표현이다. 이건 자신이 어떻게 생각하는지가 아니라 누군가에게 어떻게 보일지에 중점을 두고 있다. '비싸 보인다'는 말도 있다. 가격이 저렴한 의류나 가방도 타인에게 얼마나 '비싸 보이는지'가 중요한 것이다.

친구가 예전에 어떤 잡지의 충격적인 특집 제목을 가르쳐 주었다.

"놀라지 마! '행복해 보이고 싶다'야!"

정말 놀라서 거품을 뿜을 뻔했다. '행복해지고 싶다!'면 그나마 이해한다. 능동적인 바람이다. 하지만 '행복해 보이고 싶다'라니, 거기에는 이미 자신의 의지가 없다. 그저 타인으로부터 자신이 어떻게 보이고 있는지 하는 생각뿐이다. 나는 행복해 보이지만 불행한 사람보다 엄청 불행해 보여도 행복한 사람이 훨씬 더 낫다고 생각한다.

양쪽 가슴을 절제하고 재건하지 않겠다고 결정한 나에게 몇 사람이 "가나코는 용감하네"라고 말했다. 나는 내가 용감하다고 생각하지 않는다. 결단에 그 정도의 결의가 필요하지 않았고(에스메랄다 덕분이다) 흉터를 봤을 때 '어쩜 이렇게 근사할까'라고 진심으로 생각했기 때문이다.

어쩌면 나는 타인이 봤을 때 '가여운 여성'일지도 모른다. 하지만 나는 이 몸을 진심으로 자랑스럽게 생각한다. 인생에서 가장 내 몸이 좋아지게 된 순간일지도 모른다.

작은 가슴이 내내 콤플렉스였다.

텔레비전이나 잡지에서는 가슴 큰 여성이 칭찬을 받았고, 가슴이 작다면 나뭇가지처럼 말라야 했다.

"난 가슴 작은 여자를 좋아해."

이런 말을 하는 남성을 몇 명 만난 적 있지만 그들은 어딘가 자랑스러워했고('거봐, 난 다른 남자랑 다르지?' 같은), 그중엔 "가슴 작은 여자는 부끄러워하잖아? 그게 좋아"라고 당당하게 말하는 사람도 있었다. 즉 가슴이 작은 여성은 그 가슴을 부끄러워해야 한다는 것이었다.

더 젊은 시절에는 유두 색깔에 관한 이슈가 있었다. 내가 10대, 20대일 무렵에는 '유두 색깔이 진한 사람은 성적으로 문란하다'라는 말이 비밀스럽게 나돌았다. 물론 의학적으로 아무 근거도 없는 가짜 정보였다. 하지만 여성지에는 '처녀'나 '핑크'를 강조한 유두 표백 크림 광고가 실렸고, 텔레비전에서는 '건포도 같은 유두'라는 소리를 들으며 여자 연예인이 야유를 받았다.

지금 생각해 보면 애초에 성적으로 자유분방한 게 뭐가 잘못됐나 싶고, 건포도는 귀엽기만 하며 처녀와 핑크는 전혀 관계가 없다. 애초에 가슴 크기나 형태로 우리의 가치를 평가받는 게 이상한 거다.

나이를 먹을 때마다 그 생각은 확고해졌지만 오랫동안

내 몸에 걸려 있던 저주를 푸는 일은 꽤 힘들었다. 마음속 어디에선가 가슴에 대한 콤플렉스가 사라지지 않았다. 하지만 나는 가슴을 전부 잃은 지금, 모두 사라지고 나서야 내 가슴에 대한 표현할 수 없는 애정을 느낀다. '어떻게 보이는지'는 관계가 없었다. 크기, 형태, 유두의 색깔 따위도 그랬다. 내 가슴은 정말로 근사했다. 의료폐기물로 처리되었을 내 가슴과 유두에 나는 지금 진심으로 사죄하고 싶다. 그리고 감사하고 싶다.

지금, 납작한 내 가슴은 더할 나위 없이 쿨하다. 그리고 가슴이 납작하고 유두가 없어도 나는 여전히 여자다.

앞에서 말했지만 나는 BRCA 2 유전자 변이가 있어서 암을 예방하기 위해 나중엔 난소도 절제해야 한다(항암 치료의 영향으로 생리는 이미 멈췄다). 어쩌면 자궁도 떼어내는 편이 좋을지도 모른다고 유전 전문의가 말했다.

유방, 난소, 자궁, 생물학적으로 여성을 의미하는 장기를 잃는다고 해도(참고로 지금 나는 까까머리지만) 나는 여자다. 그건 어째서일까. 내가 그리 생각해서다. 내가 나 자신을 여성이라고 생각해서다.

신체적인 특징으로 자신의 성이나 자신이 어떤 사람인지를 타인이 판단할 이유가 없다. 자신이 자신을 여성이라고 생각하면 여성이고, 남성이라고 생각하면 남성이며, 여성 남성 어느 쪽도 아니라고 생각하면 여성도 남성도 아니다. 나는 나다. '보이는 것'은 관계없다. 자신이 자신을 어떻게 생각하는지가 중요하다.

나는 나다. 나는 여성이고 최고다.

3월 10일. 마레카를 만났다. 수술 결과 내 암은 사라졌다고 한다. "이런 경우는 거의 없어요"라고 그녀가 말했다. 기뻐서 울었다. 마레카는 우는 내 어깨를 토닥이고는 "잘 지내세요"라는 말을 남기고 나갔다. 여전히 멋있었다. 모두에게 연락한 뒤 혼자 카페로 갔다. 전부터 가고 싶었던 카페가 병원 근처에 있어서였다. '마르세 조지'는 생각보다 좁았지만 근사했다. 달콤한 크레이프를 먹었다. 나에게 주는 축하 선물로 오랜만에 설탕을 잔뜩 넣은 카페오레도 주문했다. 'Cancer Free!' 라는 말을 몇 번이고 음미했다. 나는 암에서 해방되었다! 나는 살아 있다!

5. 일본, 나의 자유는

여기서 이야기를 끝낼 수 있었다면 얼마나 좋을까. 카페에서 크레이프를 먹은 그날, 그날이 이야기의 결말이었다면 말이다. 그 순간이 내 암 치료의 클라이맥스였다. 머릿속은 아름다운 음으로 가득 차 있었고 혀에 닿는 건 부드러웠으며 눈에 보이는 건 선명했다. 내가 소설가라면(실제로도 그렇지만) 여기서 이야기를 끝낼 것이다. 하지만 현실 속 인생은 이어진다. 그리고 내 치료도 이어진다.

　암에서 해방된 후에도 삼중음성유방암, 그리고 유전자 변이 보유자로 방사선 치료를 받아야 했다. 3주간 토요일과 일요일을 제외한 15일 동안 매일 병원에 다녔다. 방사선 기사인 '원'은 멀끔하게 다림질한 붉은 바지를 입고 있다. 내 흉터를 건드리는 손길이나 상태를 물어볼 때의 말투에서 다정하고 신뢰할 수 있는 의사라는 걸 바로 알 수 있었다. 그녀 같은 의사를 우연히 만난 나는 복이 많다. 로널드와 마레카, 그리고 원. 로널드는 첫 아이가 태어날 예정이라서 8개월간 육아 휴직을 사용할 예정이었다.

"축하해요!"

내가 이 말을 건네자 그녀가 환하게 웃었다. 그리고 암에서 해방된 나를 지켜볼 수 있어서 정말 기쁘다고 말했다. 의료 종사자가 부족한 건 심각한 일이지만 의사도 제때 휴가를 얻을 수 있는 시스템은 중요하다고 생각한다.

원에게 양해를 구하고 방사선 치료가 시작되기 전에 일본을 잠시 방문하기로 했다. 밴쿠버에 온 지 2년 하고 수개월이 지나는 동안 한 번도 가지 못했다. 코로나 시국으로 비행 편 규제가 엄격해졌기 때문이다. 때로는 결국 일본이 나라를 봉쇄하는 게 아닐까 불안해질 정도였다.

PCR 검사 결과가 음성이면 일본 귀국 후 7일간 격리(그전에는 2주였다)를 면제받는다고 들었다. 앞으로 또 언제 규제가 엄격해질지 모른다. 남편과 의논해서 다급히 비행기 표를 구했다. 어떻게든 부모님과 걱정해 준 친구들을 만나고 싶었다.

약 3주간의 여행 일정을 짰다. 문제는 에키였다. 이제 완전히 건강해졌지만 3주간 혼자 둘 수는 없다. 여행 일정이 1주일 정도일 때는 캣시터나 근처에 사는 친구에게 집에 와서 그를 돌봐달라고 부탁했었다. 하지만 3주라면 이야기가 다르다. 에키는 겁도 수줍음도 많아서 반려동물 호텔에 머물게 하는 건 생각할 수 없었다. 지에리가 "우리 집에서 에키를 맡을게"라고 말해주어 너무나 고마웠지만 다른 환경을 극단적으로 싫어하는 에키에게 과연 그게 가능할지 고민됐다. 누군가가 에키와 같이 우리 집에 머무르는 게 가장 안심이 되었지만 그런 사람을 찾을 수 있을지 고민하던 때 어떤 사람을 만나게 됐다.

캣시터 사이트에서 알게 된 '트리시'라는 여성이었다. 그녀에게 사정을 설명하자 "그럼 제가 그 집에 묵을게요"라고 말했다. 선뜻 승낙해 내심 놀랐지만 그녀는 원래 백패커 성향에 실행력이 뛰어난 사람이었다. 더구나 그녀는 우리 집에서 두 블록 정도 떨어진 곳에 살고 있었다. "고양이가 없으면 못 살 것 같아"라고 말할 만큼 고양이를 좋아하지만 그녀의 남편이 알레르기가 심해서 같이 살지 못한다고 한다. 오랜 기간 고양이를 보호하는 자원봉사를 해오고 있었는데, 16세에 안락사를 당할 뻔한 고양이를 거둬 19세에 자연사할 때까지 같이 산 적도 있었다.

"저한테는 고양이 에너지가 필요하니까요!"

그 뒤 일은 일사천리로 진행됐다. 그녀는 바로 우리 집을 방문해 집 설비나 에키의 몸 상태에 관해 자세한 이야기를 들었다. 그녀가 있는 동안 에키는 한 번도 모습을 드러내지 않았지만, 고양이에 익숙한 그녀에겐 그것도 이미 예상한 일이었다.

"알겠어요. 에키는 부끄럼쟁이인 거죠?!"

밴쿠버는 에어비앤비 이용이 흔해서 모르는 사람을 집에 들이거나 친구에게 집을 구석구석까지 보여주는 데 그다지 거부감이 없다. 친구네 놀러 가면 '홈 투어'를 하면서 화장실부터 침실까지 집을 구경하고, 장기 여행을 갈 때는 자기 집을 친구에게 빌려주는 게 합리적이라고 생각하는 사람도 많다(차를 빌려주는 사람도 있다). 옆집에 사는 집주인 숀도 흔쾌히 승낙해 주었다.

PCR 검사는 일본 정부가 지정한 검사 방법을 채택한 병원에서만 해야 했다. 비강 채취가 생각보다 아파서(응급실에서 이미 경험했다) 아이에게는 힘들 것 같았는데 침을 채취해 검사를 하면서 동시에 일본의 기준을 만족하는 병원을 도모요가 알려 주었다. 그녀는 나보다 한발 앞서 일본을 방문했다(그리고 그 후에 비자 문제로 발이 묶였다). 솔직히 병원비가 비싸서 놀랐지만 출국하려면 어쩔 수 없었다.

결과가 나올 때까지 불안했다. 기도하는 마음이었고 실제로 매일 할아버지, 할머니에게 빌었다. 코로나에 걸리지 않도록 조심하고 있지만 무슨 일이 있을지는 모른다. 아이는 어린이집에 계속 다니고 있었고 아이들은 마스크를 쓰지 않았다(어른들도 대부분도 마스크를 쓰지 않았다. 밴쿠버는 거의 '평범한 생활'로 돌아왔다). 언제 또 어디에서 코로나에 걸릴지는 전혀 알 수 없는 일이다. 그래서 '음성' 통지 메일을 받았을 때 한밤중이었음에도 남편과 크게 기뻐했다. 그리고 침실에서 할아버지, 할머니에게 감사 인사를 드렸다.

침실에는 거미가 쭉 있다. 예전에 몇 마리 있던 작은 게 아니라 크기가 3센티미터 정도 되는 손발이 매우 가느다랗고 몸통이 투명한 거미다. 그녀(라고 나는 생각한다)는 내 침대 옆에 있는 가습기 뒤에 아름다운 거미집을 쳐 놓았다. 나는 매일 밤 기도를 드렸는데, 눈을 뜰 때마다 언제나 그녀가 보였다.

"일본에 무사히 돌아갈 수 있게 해주세요."

그녀의 가느다란 몸은 젖은 것처럼 빛났다.

우리에게는 아직 난관이 남아 있었다. 나리타공항에서 받을 PCR 검사다. 나오가 연말에 일본에 갔을 때 나리타공항에서 받은 PCR 검사에서 양성 반응이 나왔다. 어쩔 수 없이 니코와 레이, 두 자녀와 함께 일주일간 호텔에 격리되었다. 그녀가 출국 전에 받은 PCR 검사에서는 음성이었다. 기내에서 걸렸거나 출국 전 검사에서는 어떤 이유(잠복기간이라든가?)로 반응이 나타나지 않은 것이다. 그렇다면 출국하는 건 거의 도박이다.

거의 10시간 정도 되는 비행을 아이는 진심으로 즐기고 있었다. 지참한 헤드셋을 끼고 영화를 보거나 기내식을 먹어 치우고 졸리면 나와 남편 무릎에 다리를 뻗고 잤다.

불과 몇 년 전까지 아이와 비행기를 타는 건 꿈도 못 꿀 일이었다. 아이가 떼를 쓰는 편은 아니지만 영화를 계속 볼 집중력이 없었고 기내식도 잘 먹지 못했다. 그래서 일본에서 캐나다로 갈 때는 힘들었다. 아이의 성장을 생각하니 기내에서 가슴이 뭉클했다. 설마 영화를 느긋하게 볼 수 있게 될 줄이야.

우리 앞자리에는 캠루프스에서 왔다는 여성이 앉아 있었다. 그녀는 두 돌 정도로 보이는 여자아이와 10개월 정도 된 아기를 데리고 있었다.이미 캠루프스에서 밴쿠버까지 약 1시간 동안 비행을 했고 앞으로 도호쿠까지 갈 거라고 했다.

뭔가 도와줄 일이 없을까 해서 그녀가 첫째를 데리고 화장실에 간 사이에 아기를 맡았다. 아기는 처음에는 멀뚱거리더니 이윽고 엄마가 없다는 사실을 알아차리고 심하게 울기 시작했다. 아이와 남편이 가세해 필사적으로 달랬다.

나리타에서 받는 PCR 검사는 타액으로 하는 검사였다. 결과가 나올 때까지 2시간 정도가 걸렸다. 우리는 원활하게 입국할 수 있도록 사전에 MySOS라는 앱으로 모든 서류를 준비해 두었다. 이미 신청한 서류가 심사를 통과한 경우, 공항에 도착했을 때 초록으로 된(심사 중에는 노란색, 심사 전 단계에서는 빨간색으로 되어 있었다) 앱 화면을 보여주면 그걸로 끝이었다. 그래도 여러 서류를 제시하거나 이런저런 일로 시간을 뺏겨 공항을 벗어나는 데 3시간 정도가 걸렸다. 그것도 시간이 꽤 단축된 편이었다. 몇 주 전까지는 5시간, 6시간 기다리는 게 당연해서 예약했던 국내선 환승에 늦어 마지막 전철을 놓친 사람들이 공항에서 하룻밤을 보내는 일도 잦았던 모양이다. 아무리 손이 가지 않는다고 해도 4살짜리 아이와 6시간이나 공항에서 기다리는 일은 상상하고 싶지 않았다.

나리타에서 보내는 3시간 동안 아이는 정말 얌전하게 있어 주었다. PCR 검사 결과가 나올 때까지 자판기에서 음료를 사거나 화장실에 가는 것 말고는 지정된 자리에서 가만히 있어야 했는데, 그사이에도 아이는 가지고 있던 색칠 공부에 집중해서 한 번도 떼를 쓰지 않았다.

우리 번호가 불렸을 때 우리 가족 모두가 두 주먹을 불끈 쥐어 승리 포즈를 취했다. 이미 한참 전에 멈춘 레일 옆에 내버려둔 짐을 들고 공항 내에서 유일하게 열려 있던 일본 음식점에서 초밥을 먹을 때의 기쁨은 잊을 수 없다. 작고 아름다운 요리들과 점원의 세심한 접객, 음식점 안에 갖춰진 '마스크 보관함' 같은 것에서 여기가 일본임을 강렬하게 실감했다.

하지만 오랜만에 온 일본에서 제일 인상 깊었던 건 의외의 것이었다. 바로 '좁다'는 거였다.

도쿄에 남겨둔 집은 가족 셋이 살기에 충분하다고 생각한다. 그런데도 좁은 부엌이나 방 하나의 넓이에 '이랬었던가' 하고 놀랄 정도였다. 특히 창이 없고 후미진 구석에 있는 부엌에는 혼자 서 있는 것만으로 꽉 차서 더운 여름날엔 저녁 짓는 일이 우울했던 기억이 떠올랐다.

그렇게 좁은 가운데 한때의 내가 눈물겨운 노력을 하고 있었다. 식기 건조대를 놓을 장소가 없어서 메탈 선반을 상부장 아래에 설치해서 건조대로 쓰거나, 냉장고와 벽의 얼마 안 되는 틈 사이에 슬라이드 선반을 설치해서 조미료를 보관하거나, 냄비를 꺼내기 쉽게 싱크대 아래에 조립식 선반을 만들어 그곳에 나란히 놓기도 했다. 그런데도 부엌에서는 돌아보는 것도 몸을 구부리는 것도 겨우 할 수 있었다.

좁은 것은 집뿐만이 아니었다. 도로도 놀랄 만큼 좁았다. 어릴 적에 자랐던 동네에 어른이 돼서 가보면 아담한 가로수와 좁은 공원에 놀라기도 한다. 그만큼 몸이 성장했기 때문이다. 그것과 비슷한 느낌이었다. 어라? 내몸이 커졌나? 물론 그렇지 않다.

일방통행을 해야 하는 좁은 길에 차가 교차하고, 사람

하나가 아슬아슬하게 지나갈 수 있는 인도를 자전거가 지나간다. 길을 걷는 걸 거의 장애물 달리기라고 생각하는 아이와 걷는 건 그래서 굉장히 어려웠다.

밴쿠버에서는 아이가 근처 길을 전력으로 달리거나 나무에 달려들거나 도로 경계 턱 위를 걸어도 아무하고도 부딪치지 않았고 비난받지 않았다. 애초에 그렇게 사람이 많지 않다. 차도 왕래했고 자전거도 차 정도의 속력을 냈지만 길에서는 반드시 보행자가 우선이었다. 아이나 노인이라면 더 그랬다.

가로수에는 누군가가 설치한 그네가 있어서 누구든 사용할 수 있었고, 실제로 우리 아이는 그걸로 자주 놀았다. 나무뿌리에 작은 문을 달아서 '난쟁이의 집'을 만든 사람도 많았다. 근처 집 정원수는 늘 용이나 달팽이 형태로 깎여 있었다.

동네 할아버지가 작은 장난감을 나무 기둥 틈이나 우묵하게 파인 곳에 놓아두기도 해 아이가 항상 기대하며 길을 지났다. 받기만 하는 게 아니라 아이도 필요 없는 장난감을 나무줄기에 놓아두었다. 그러면 다음날 어린이집에 온 레미가 그걸 가지고 있기도 했다. 아이와 하는 산책은 그래서 즐거웠고, 도시는 아이들을 환영하고 있었다.

하지만 도쿄라는 도시에선 아이가, 어린이들이 환영받

지 못한다는 느낌을 받았다. 걸을 때는 손을 잡기도 곤란했고 아이의 양쪽 어깨를 뒤에서 꽉 붙들어야 했다. 아이가 싫다며 나한테서 달아날 때면 차가 오거나 자전거에 추월당할 때가 많았다. 나는 그때마다 큰 소리를 냈다. 아이는 꽤 갑갑했을 것이다. 나도 시끄러운 소리를 내고 싶지 않았다. 아이는 달리고 싶었을 테고 타고 올라갈 수 있는 게 있으면 타고 올라가고 싶었을 거고 갑자기 방향을 바꾸는 자유를 즐기고 싶었을 거다. 애초에 등 뒤에서 어깨를 붙들리다니, 나쁜 짓을 한 벌 같다. 아이를 자유롭게 두지 못한다는 사실에 나도 스트레스를 받았다. 그리고 그 스트레스가 가장 치솟을 때가 도내 전철에서였다.

평일을 골라도 신주쿠역에는 눈이 핑글핑글 돌 만큼 사람이 많다. 그 인파 속에서 아이를 데리고 걷는 것은 거의 벌칙 게임 같았다. 내가 진심으로 싫었던 건 정말로 위험하다고, 미안하다고 생각해서 소리를 낼 때가 아니라 '엄마로서 위험하다고 생각하고 있어요, 확실히 주의하고 있어요, 죄송하다고 생각하고 있어요'라고 주위에 어필하기 위한 소리를 내고 있을 때였다. 어리석게도 밴쿠버에 와서 어느 정도 대범한 성격을 가지게 되었다고 자부하고 있었지만 나는 여전히 소심한 인간이었다. '보이기'에 무게를 두는 잡지를 비판하면서도 나도 결국 '주변에서 어떻게 보는

가'에서 전혀 벗어나지 못한 것이다. 고작 2년 몇 개월간의 해외 체류로는 나의 근본적인 성향을 바꿀 수 없었다.

밴쿠버에서는 천 재질의 마스크를 썼다. 마리가 남편인 마이크와 운영하는 '마이크 브랜드'라는 브랜드의 것으로 삼중구조로 안전하고 천의 재질도 감촉도 좋았다. 무엇보다 디자인이 근사했고 빨면 몇 번이나 사용할 수 있다는 점이 마음에 들었다.

하지만 일본에 도착하자마자 주변 사람들이 모두 다 천 마스크를 사용하지 않는다는 걸 알아차렸다. 모두 의료용 일회용 마스크거나 적어도 부직포 마스크를 착용했다. 특히 부직포로 만들어진 둥근 형태의 마스크를 자주 봤다. 한국제로 성능이 좋다는 평가를 받고 있었다. 기분 탓일지도 모르지만 천 마스크를 쓴 내가 전철에 타면 몇 사람이 쳐다보는 것 같았다(그건 어쩌면 내가 까까머리여서일지도 모르지만).

친구에게 물어보니 부직포 마스크를 착용하는 건 절대 의무가 아니라고 했다. 하지만 텔레비전 프로그램에서 천 마스크는 효과가 없다는 내용이 나온 후부터 모두 부직포 마스크를 쓰기 시작했다고 한다.

"폴리우레탄 소재의 마스크를 쓰면 국민이 아닌 듯한 눈으로 보는 것 같아."

이렇게 말하는 친구도 있었다. '국민이 아니다' 또한 충

244

격적인 표현이지만 실제로 마스크 착용을 둘러싸고 남성들이 서로 치고 받는 싸움이 일어난 적도 있으니 꼭 과장된 말도 아닌 것 같다.

앞에서 캐나다나 미국에서 마스크는 정치 사상을 표명하는 행동이 될 수 있다고 썼다. 일본에서는 그렇지 않았지만 나는 어떤 면에서 그것과 비슷한 정도의 가열한 무언가를 느꼈다. 우리가 두려워하고 있는 건 이제 감염 그 자체뿐만이 아니라 '타인과 다른 행동을 하는 인간이 존재하는 것'이 아닐까.

산책할 때 정도는 마스크를 벗어도 되지 않을까 생각했던 것도 안이한 일이었다. 집 근처 경기장에서는 '러너도 마스크 착용'이라고 쓰여 있었고, 시어머니에게 여쭤보니 체육관 안 수영장에서도 다들 마스크를 끼고 있다고 했다. 게다가 스쳐 지나가는 차 안의 운전자가 차 안에 혼자 있는데도 마스크를 쓰는 건 나로선 이해할 수 없었다.

그런데도 나는 일찌감치 부직포 마스크를 손에 넣어 아무도 없는 길에서도 마스크를 벗지 않았다. 그리고 전철 안에서 끊임없이 이야기하는 아이에게 "조용히 해"라고 계속 말했다. 어디로 움직일지 예측할 수 없는 행동을 저지했으며 아이가 무슨 말을 하기도 전에 "죄송합니다"라고 누군가에게 사과하고 있었다. 그리고 그렇게 행동하느라 녹초가 되었다. 아이도 내가 평소와 다르다는 걸 알아차렸다.

"엄마, 왠지 무서워."

아이가 불만을 토로했다. 하긴 그렇지, 싶었다.

그런데도 아이에게 일본에서 머무는 시간은 최고의 추억이 되었다. 할아버지와 할머니를 만나(우리 엄마는 나와 아이를 끌어안고 울었다) 온갖 맛있는 음식을 먹고 믿을 수 없을 정도로 근사한 일본 장난감을 선물로 받았으며 교육용 태블릿의 재미를 알게 되었다.

어떤 가게를 들어가도 차분하고 세심한 접객을 받았고 장난감 설명서 하나를 봐도 누구나 이해하기 쉬워서 감동적이었다. 마트 진열은 눈이 휘둥그레질 정도로 아름다웠고 이미 썩은 것이나 곰팡이가 핀 과일은 절대로 보이지 않았다. 비닐봉지는 유료였지만 상품 포장을 워낙 꼼꼼히 해서 정성스럽게 느껴질 정도였다. 게다가 친절한 안내 문구가 쓰여 있어서 절취선대로 아주 깔끔하게 개봉할 수 있었다. 가게에서 상품을 사면 그게 아무리 작은 것이라도 쿠폰과 앱 등록 방법을 알려주는 종이와 신상품 팸플릿 등 이런저런 여러 가지 종이를 몇 장이나 받았다. 찻집에 들어가면 따뜻한 물수건과 물이 바로 준비되었고 메뉴판에는 꼼꼼하게 설명이 나와 있었으며 벽에는 더 스페셜한 메뉴가 적힌 종이가 붙어 있었다. 어디를 봐도 자극적인 광고가 넘쳐났고 그건 전철 안도 예외가 아니었다. 문 위에 설치된 화면에는 내내 동영상 광고가 흘러나왔고, 지쳐서 택시를 타면 뒷좌석 눈앞에도 역시 동영상 광고가 흘러나왔다. 체류 중에 나는 내내 '무언가'를 계속 제공받고 있었다.

도쿄가 유난스럽다는 건 알고 있다. 하지만 이렇게 무언가를 계속 제공받으면 머리가 혼란스럽다. 끊임없는 자극에 쉴 틈이 없다. 나는 서서히 그것들이 좁음에서 나온다고 생각하게 되었다.

좁은 부엌에서 눈물겹게 노력하는 나와 마찬가지로 가게도 기업도 이 좁은 장소에서 어떻게든 공간을 확보하기 위해 노력한다. 공간은 사회적으로 내가 있을 곳이기도 하다. 사회적으로 있을 곳이 없으면 돈을 벌 수 없고 좀 더 극단적으로 말하자면 살아가는 것조차 곤란해진다. 다른 가게와 같아서는 안 된다. 다른 기업과 같은 것을 해서는 안 된다. 적어도 공간이 비어 있으면 무언가로 이용해야 하고 고객에게 정신적인 여유가 있으면 그걸 놓치면 안 된다.

밴쿠버 카페에 가면 대개 같은 메뉴가 보인다. 커피, 홍차, (캐나다 사람들이 좋아하는) 말차, 머핀, 스콘, 크루아상 등. 다른 가게와 차이를 두기 위해 특별한 메뉴를 개발하거나 달마다 추천하는 메뉴를 만들어서 벽에 붙여놓는 행동을 그들은 거의 하지 않는다(물론 그러는 가게도 있다. 체인점에 많은

247

듯하다). 벽에는 여백이 있고 메뉴에도 특별한 설명이 없다.

물론 베이글이나 와플, 아이스크림 등에 특화된 가게가 있고 그런 장소는 굉장히 인기를 얻지만 대부분의 가게는 이렇다 할 특징 없이 심플하기만 하다. 그런데도 손님은 늘 있고 그렇지 않더라도 종업원의 생활은 어떻게든 돌아간다.

캐나다 사람이 애초에 식생활에 그렇게까지 집착하지 않는 것도 크다. 물론 다들 맛있는 걸 좋아한다. 하지만 캐나다 아이들의 간소한 도시락에서 알 수 있듯이, 일본의 지방 맛집 음식을 파는 고속도로 휴게소 같은 곳은 없다(비슷한 장소가 있어도 파는 건 밋밋한 샌드위치거나 핫도그다). 편의점에 달마다 신제품 디저트나 콜라보 메뉴가 등장하는 일도 없고 애초에 레스토랑에 가는 일도 일상적인 일이 아니다. 친구를 만날 때도 집에 불러 요리하는 게 보통이고 그 요리도 파스타나 오븐에 넣기만 하면 완성되는 간단한 것이 많다.

어느 캐나다인 친구는 일본에 살았을 때 '음식'에 관한 방송이 너무 많아서 놀랐다고 한다. 육즙이 가득한 햄버거를 볼이 미어지게 먹는 리포터, 지방 맛집에서 계속 먹기만 하는 방송, 토너먼트 방식으로 진행하는 대식가 대결, 버라이어티 쇼에 반드시 나오는 '음식' 코너. 맛있는 걸 먹기 위해 원정도 행렬도 마다하지 않는 일본인의 '음식'에 대한 집

착이 그에게 충격인 듯했다.

그리고 그 집착도 나에게는 역시 좁음에서 온다고 느껴졌다. 이 경우에는 시간적 좁음이다. 쉬지 않고 한계까지 일하고서 겨우 얻어낸 점심시간이나 휴일이다. 한 끼도 허비하고 싶지 않다. 자연스럽게 그렇게 생각하는 거 아닐까.

일본 인구는 1억 2,500만 명 정도다. 그중 도쿄에만 약 1,400만 명이 살고 있다. 한편, 국토 면적이 일본의 27배에 달하는 캐나다 인구는 3,700만 명 정도에 불과하다. 앞에서 언급했듯이 그들은 일하는 시간은 최소한으로 줄이고 개인적인 시간을 최대한 갖는 것을 당연한 권리라고 생각한다. 그들에게는 여유가 있다. 눈물겨운 노력을 하지 않아도 부엌 공간은 넓고, 한 끼나 두 끼를 허비해도 될 만큼 자기가 먹고 싶은 요리를 할 시간도 충분하다. '풍부함'의 개념이 일본과 다른 것은 어쩌면 당연한 일이다.

일본의 물리적 협소함은 캐나다 사람들이 가진 '여유로움'을 일본인이 가질 수 없는 이유이기도 하다. 자신의 공간을 확보하기 위해 매일 끊임없이 노력하는 기업이나 가게 덕분에 우리는 낮은 가격으로 훌륭한 서비스를 받을 수 있고 맛있는 식사를 할 수 있다. 하지만 그것을 제공하는 사람에게는 과도한 노력이 요구된다. 많은 사람들이 누군가에게 무언가를 제공하는 직업을 가지고 있고, 상당수의 사람이 자신의 물리적, 시간적 여유를 줄여가면서 타인에게 헌신적으로 노력해야 가능한 일이기 때문이다. 그리고 그런 사람들이 일에서 벗어났을 때 자신의 공간을 지키기 위해 어떤 행동을 하게 될까.

노약자 좌석에서 자는 척하는 회사원, 버스 안에서 유모차를 걷어차는 사람, 근처 어린이집이 시끄럽다고 투고하는 노인, 전부 일본에서 일어난 일이다. 과로사라는 말이 국제적으로 알려질 정도의 노동 시간, 아무리 일해도 30년 이상 경기가 회복되지 않는 나라에서 우리는 저마다의 공간과 있을 곳을 지키기 위해 필사적으로 살고 있다. 타인의 공간을 존중하지 않게 될 만큼 궁지에 몰려 있는 것이다.

몇 번이나 말했지만 밴쿠버 사람들은 자신의 공간을 지키는 것을 당연하게 생각하고 있고 그게 가능한 환경에서 살고 있다. 아무리 바빠도 정시에 퇴근하고 암 전문의가 8개월간 육아 휴직을 하고 마취 의사 아만다는 매년 2달 정도의 휴가를 쓴다. 실업 보험이나 나라로부터 받는 보조금이 후해서 일을 관두고 한동안 느긋하게 보내겠다는 사람도 있다. 이것도 앞에서 언급했지만 가게나 회사에 문제가 생겨도 그건 자신들의 책임이 아니기에 고개를 숙일 필요가 없다. 솔직히 기업 서비스는 일본과 비교했을 때 현격히 뒤떨어지지만(꼭 그렇다기보다 그저 여유로울 뿐이라고 생각한다) 직장에서 벗어난 그들은 도시에 타인이 있을 곳을 대신 지켜주는 것을 옳다고 여긴다. 노인에게 자리를 양보하는 건 당연하고 유모차에는 제일 넓은 장소를 내준다. 아이들이 큰 소리를 내는 건 어쩔 수 없다고 여긴다. 아이들은 그런 법이니까.

물론 일본의 좁음이 부정적으로만 작용하는 것은 아니다. 공간이 좁기에 서로 빼앗지 않고 양보하는 정신도 확실히 존재한다. 그리고 자신의 공간을 줄이면서 타인을 위하는 자세는 상부에서 강요하거나 '보이는 것'을 신경 쓰는 기질에서 나오는 것이 아니라 일본인이 가진 근본적인 다정함에서 오는 것이다. 그렇다, 다들 다정한 것이다. 수줍어하는 사람은 많지만 무언가를 부탁하면 내가 송구스러울 만큼 온 힘을 다해 도와주려고 한다.

밴쿠버에 몇 년 있었던 내가 느낀 것은 일본인에게는 '다정함'이 있고 캐나다인에게는 '사랑'이 있다는 것이다. 감각적으로 느꼈기에 그 차이를 설명하기란 좀처럼 쉬운 일이 아니다. 다만 캐나다인은 '사랑을 가지고 사람을 대한다'라는 확고한 신념으로 행동한다고 느꼈다. 신앙의 유무와 관계없이 사랑을 가지고 사람을 대하는 것, 그리고 사랑을 품은 인간으로 살아가는 것이 그들에게는 인간의 존엄성과 직결되는 문제이다.

일본인에게도 사랑은 있다. 하지만 일본인의 경우, 사랑은 후천적인 것 같다. 나쓰메 소세키가 일본에서 처음으로 'I love you'를 번역했다는 유언비어는 유명하다. 그 이전에는 존재하지 않았던 '사랑한다'는 말을 소세키가 '달이 아름답네요'라고 번역했다는 것이다. 유언비어치고는 너무나도 그럴싸한 이야기라서 헛소문인 걸 알아도 설득되고 만다. 아마도 소세키 같은 100년 전 사람들에게 사랑이라는 개념은 당혹스러웠을지도 모른다. 나는 일본인이 사랑보다 더 강력한 것을 가지고 있고, 그게 바로 다정함이라고 생각한다.

다정함은 의지를 가지고 존엄을 위해 획득하는 게 아니라 정신을 차리고 보면 어느새 체득해 있는 것이다. 눈앞에 곤란해하는 사람이 있으면 사랑으로 행동하기 전에 이미 어쩔 수 없이(또는 마지못해) 손을 뻗고 있는 것이다. 어쩌면 본인은 번거롭고 꺼려질지도 모른다. 자신이 더 곤란한 상황일 수도 있다. 자신이 있을 곳을 양보하는 건 실은 사활이 걸린 문제지만 그곳에서 난처해하는 사람을 도무지 내버려 두지 못하는 것이다.

사랑이 늘 좋은 마음, 아름다운 정신에서 온 데에 비해 다정함은 반드시 좋은 마음이나 아름다운 정신에서 왔다고 단정 지을 수 없다. 그래서 다정함은 상황을 더욱 악화시키거나 때로는 추악한 모습으로 보이기도 한다. 다정함을 이기지 못해 나쁜 일에 발을 들이거나 절대로 용서해서는 안될 사람을 용서하기도 한다. 절대로 이해할 수 없고 얼굴도 보고 싶지 않은 누군가의 서글픈 등을 봤을 때 마음이 사르르 풀리는 건 다정함 때문이지 않을까. 명백하게 악연이라도 끊어내지 못하고 다시 손을 내미는 건 다정함 때문이지 않을까. 정작 자기 손도 상처투성이, 피투성이, 진흙투성이인데 말이다. 일본인의 손은 다정함으로 촉촉이 젖어 있다. 그리고 그 습도는 때로 훌륭한 예술로 승화된다.

일본의 예술은 바로 좁음의 결과다. 애초에 좁은 공간에도 보존할 수 있는 족자나 병풍 그림, 란마*는 일본에서만 볼 수 있는 양식이다. 그리고 그 병풍만으로 사계절을 모두 표현하기도 한다.

반면, 캐나다를 대표하는 화가인 에밀리 카의 작품은 캔버스 면적을 뛰어넘은 광활함을 느끼게 한다. 물리적인 것을 뛰어넘은 장소에 도달하는 건 예술가가 해야 할 일 중 하나지만, 일본 그림의 아름다움은 넓이가 아니라 깊이에 있다고 생각한다. 예술가는 어떤 심연에 도달하는 것을 목적

• 미닫이 위와 천장 사이에 채광, 환기, 장식 등을 위해 설치하는 격자를 뜻한다.

으로 한다. 그리고 그 심연은 다 같이 서로 나눠 가질 수 있을 정도로 큰 것(예를 들면 저수지처럼)이 아니라 가늘고 어두운 우물 같은 것이다. 예술가들은 좁고 어두운 그 우물을 단지 홀로 한없이 깊이 파고들어야 한다.

시나 소설, 영화도 시각적인 넓이보다 치밀한 깊이를 찾아낼 수 있는 게 많다. 예를 들어 시바사키 도모카나 아사부키 마리코의 작품은 손이 닿는 범위 안에서 또 다른 세계를 찾아내고, 그것을 언어가 가진 중층적인 효과로 표현한다. 소소하고 희미한 표현 속에 눈이 휘둥그레질 만한 깊이가 있다. 해외에서도 좋은 평가를 받는 오즈 야스지로나 고레에다 히로카즈의 작품은 일부러 넓히려고 하지 않고 깊이에 무게를 두었기에 많은 사람이 공감한 게 아닐까.

결코 웅장하다고 할 수 없는 국토에서 일본인은 깊이가 있는 아름다움, 그리고 그 등 뒤에 있는 것을 찾아내는 데 상당히 뛰어나다. 애초에 나쓰메 소세키가 'I love you'를 '달이 아름답네요'라고 번역했다는 유언비어 자체가 참으로 일본적이지 않은가.

좁은 일본에서 생긴 온갖 것, 온갖 감각이 내 몸에도 깃들어 있다. 나 자신의 좁은 몸과 정신을 새삼 느낀 일본 체류였다. 내 손도 다정함으로 젖어 있지 않을까. 그리고 그 습도를 누군가를 구하기 위해 얼마나 사용할 수 있을까.

문득 골목에 들어서서 현관의 유리 격자에 널빤지를 박은 가난해 보이는 집에 말을 걸었다. "시즈오카 차는 필요하지 않으신가요?" "그러네요. 얼마죠? 비싼가요?" 료가 격자문을 열자 버선 심을 박는 부업을 하고 있던 23명의 여성이 이쪽을 향했다. "잠시만 기다려주세요. 지금 빈 캔을 찾아볼게요"라고 말하며 다음 방으로 몸집이 작은 여자가 사라졌다. 자신과 비슷한 여자들이 바지런히 버선 바닥을 바느질하고 있었다. 때때로 바늘이 빛났다.

- 하야시 후미코 「다운타운」

더디게 시차 적응을 하는 가운데 캐나다로 돌아와서 바로 방사선 치료를 받기 시작했다.

방사선사 이네스가 부작용을 다시 설명해 주었다. 주된 것은 화상과 피로였다. 종료 후 2주일 정도가 정점인 모양이었다. 그리고 정말 드물지만 방사선을 쬐다가 다른 암이 생길 가능성도 있다고 했다.

방사선 조사실은 두께 20센티미터 정도 될까 싶은 무거운 문 건너편에 있었다. 이네스에게 안내받아 방에 들어가자 '야스민'이라는 인턴과 '린'이라는 의사가 기다리고 있었다. 모두 차분하고 다정했으며 역시 내 가슴을 칭찬해 주었다(내가 먼저 자랑했지만).

상반신 알몸으로 받침대에 누웠다. 이네스, 린, 야스민이 무슨 일인지 저마다 숫자를 전달하고 있었다. 그런 와중에 이네스에게 "How are you doing?"이라는 질문을 받았다. '이 타이밍에?'라고 생각했지만 "I'm fine"이라고 답했다. 이네스는 순간 신기하다는 표정을 짓고 웃었다.

"그거 다행이네요!"

사실 그녀는 다른 의사와 방사선을 쬐는 위치를 정확하게 결정하기 위해 "그쪽은 어때?"라고 말한 거지 나한테 "괜찮아?"라고 물은 게 아니었다. "착각했어, 창피해라"라고 말하는 나에게 세 사람은 목소리를 모았다.

"무슨 소리예요. 가나코가 fine이면 다행인 거죠!"

그리고 "그럼 시작해 볼까요"라며 온화한 분위기를 유지한 채 세 사람은 문 건너편으로 사라졌다.

천장에는 푸른 하늘이 그려져 있었고 목가적인 음악이 흘렀다. 아프지도 가렵지도 무섭지도 않은 채 방사선 치료는 10분 정도 만에 끝났다. 문 건너편에서 이네스가 나타났을 때 "벌써 끝났어요?"라고 물어봤을 정도였다. 나는 후련한 기분으로 병원을 뒤로했다. 이렇게 간단하다면 15일간 다니는 것도 전혀 문제가 없겠다고 생각했다. 암센터 근처에 내가 좋아하는 '엘리시안'이라는 카페가 있다. 그곳에서 커피를 마시며 길을 걷는 사람을 바라보았다.

일주일 정도는 그런 상태였다. 10분 정도 받는 방사선 치료는 여전히 아프지도 가렵지도 않고 부작용도 없었다. 그리고 돌아가는 길에 엘리시안에 들러 커피를 한 잔 마셨다.

어느 아침, 병원에 갈 준비를 하는데 주짓수 학생들이 모여 있는 그룹 모바일 메신저에 메시지가 왔다. 학생 한 명이 교통사고로 죽었다는 것이었다. 나는 그와 스파링을 한 적도 없고 그의 존재 자체도 몰랐지만 충격이었다. 모바일 메신저에는 조의의 말이 넘쳐났다. 그는 얼마나 다정한 사람이었을까, 얼마나 강한 사람이었을까.

그날부터 서서히 몸 상태가 나빠졌다. 몸이 나른하고 머리가 아팠다. 그래도 항암 치료 중일 때 정도는 아니었다. 훨씬 낫다, 그래 낫다,그렇게 나 자신을 타이르는 동안 몸 상태는 점점 나빠졌다.

안 좋은 몸 상태를 알고 있기라도 하듯이 서늘한 하늘에서 비가 계속 내렸다. 5월에 이렇게까지 비가 내리는 일은 드물어서 내내 난방을 틀어야만 했다.

5월 14일. 팔레스타인 저널리스트, 쉬린 아부 아클레가 사망했다. 요르단강 서안 지구에서 무장한 팔레스타인을 이스라엘군이 습격하던 장면을 취재하던 중 머리에 총격을 받았다. 그녀는 알자지라 저널리스트로 오랜 세월 이스라엘과 팔레스타인의 문제를 취재해 왔다.

이른 아침, 남편의 고함소리에 눈을 떴다.

놀라서 스텝이 꼬인 채로 계단을 올라갔더니 남편이 흰자가 뒤집힌 아이를 안고 있었다. 한눈에 열성 경련이라는 걸 알아차렸다.

아이는 18개월 때 열성 경련을 일으킨 적이 있다. 경련하는 시간을 재두는 게 중요하다고 들어서 벌벌 떨면서도 동영상을 찍었다. 그 영상은 지금도 남아 있다. 119에 전화해서 사정을 설명하니 5분 만에 구급차가 왔다. 의사에게 바로 진찰을 받아 아무 일도 없다는 걸 확인하고 앞으로 또 이런 일이 벌어지면 어떻게 해야 할지 물었다. 의사가 "바로 구급차를 부르세요. 사양하지 마시고요"라고 말했다. 그 말이 몸에 스며들 정도로 고마웠다.

오랜만에 일어난 열성 경련이고 이번이 두 번째다. 아이는 4세, 이제 곧 5세가 되지만 그 나이에도 앓는 병인지 불안했다. 남편에게 경련이 어느 정도 이어졌는지 물어봐도 모른다고 했다. 911에 전화했다. 전화를 하는 사이에 경련이 수그러들었다. 아이는 숨을 쉬고 있지만 축 늘어져 있었다.

밴쿠버 구급차도 바로 와주었다. 이른 아침이라 사이렌을 끄고 있었지만 램프는 깜박이고 있어서 뭔가 불길해 보였다. 아이는 구급대원의 모습을 보고 울었다. 큰 소리로 우는 모습에 마음이 놓였다.

대원 한 사람이 아이에게 주사기로 약을 먹였다. 뭔지 물어보니 역시 타이레놀이었다. 구급차에는 어른 한 사람만 탈 수 있어서 남편이 타기로 했다. 나는 차로 뒤쫓았다.

오랜만이지만 익숙한 응급실 광경이었다. 수많은 아이가 대기실에서 이름이 불리기를 기다리고 있었고 어른들은 모두 하나같이 지쳐 있었다. 기다리는 동안에 아이의 열은 내려갔고 보기에도 건강한 듯해서 분명 또다시 오래 기다리게 되겠다고 각오했다. 방사선 치료가 예정되어 있어 나만 먼저 집으로 돌아왔다. 남편은 결국 응급실 공포증에 걸렸다. 한편 돌아온 아이는 아이스크림을 먹게 되어 신이 났다.

5월 16일. 뉴욕주 버펄로의 슈퍼마켓에서 백인 지상주의자 남성이 총을 난사했다. 10명이 죽고 3명이 부상을 입었다.

몸 상태는 찔끔찔끔 여전히 나빴다. 특히 두통은 날이

갈수록 심해졌다. 내내 비가 계속 내리고 있어서 저기압에서 오는 두통일지도 모른다고 생각했지만 이대로 계속 이어진다면 그렇지 않을지도 모른다. 즐거움이던 커피를 마시지 않고 집으로 얼른 돌아오는 날이 계속됐다. 내 부작용은 전부 예측되는 거라서 방사선 치료가 끝나고 더 나빠질지, 아니면 나아질지 정확히 알 수 없다고 했다. 그러는 동안에 15일간의 방사선 치료는 끝났다.

이튿날 두드러기가 났다. 오돌토돌한 붉은 부종이 온몸을 뒤덮었고, 몸이 뜨겁고 너무 가려워서 정신이 나갈 듯했다. 얼음으로 몸을 식히고 어떻게든 긁지 않으려 노력했지만 결국 참지 못하고 긁고 말았다. 팔이나 다리가 순식간에 피투성이가 되었다. 그리고 당연히 가려움은 심해졌다.

신기한 건 방사선을 쬔 환부는 가렵지 않았다는 사실이다. 그곳만큼은 잔잔한 물결처럼 고요했고 그곳 말고 다른 부분은 가려움의 폭풍우에 휩싸여 있는 듯했다. 가려워서 울었던 건 어릴 적에 카이로에서 온몸을 벼룩에 물렸을 때 이후로 처음이었다.

5월 24일. 텍사스에서 또 총기 난사 사건 발생.

줄리안에게 침을 맞으러 갔다. 내 맥을 짚은 줄리안이

"몸이 방사선 쇼크에서 벗어나질 못했어. 내내 저항하고 있는 상태야"라고 말했다. 줄리안은 방사선 치료 부작용을 절대 얕보지 않았다. 늘 내 몸의 변화를 정성스럽게 관찰하고 몸이 내는 소리나 사인에 귀를 기울여준다. 때로는 나 자신도 알아차리지 못했던 나쁜 몸 상태를 찾아내 적절하게 조치를 해준다.

나는 그를 전적으로 신뢰하고 있다. 하지만 머리도 빠지지 않고 구역질도 나지 않으며 아프지도 가렵지도 않은 고작 10분 정도면 끝나는 방사선 치료를 어딘가 깔보고 있었다. 역시 내 안에서 클라이맥스는 암에서 해방된 그날, 카페에서 크레이프를 먹은 순간이었다.

하지만 이튿날 나는 다시 응급실로 가게 되었다.

얼굴 오른쪽 절반과 위턱이 견딜 수 없을 만큼 아팠다. 뒤통수가 두근두근 맥박치고 구역질이 났으며 숨을 쉬는 것도 뜻대로 되지 않았다. 타이레놀을 복용해도 듣지 않는 것을 보고 심상치 않다는 생각에 두려워졌다. 암센터 간호사에게 전화해서 사정을 설명하자 "분명 감염증인 것 같으니 응급실로 가세요"라고 했다. 그녀가 응급실의 대기 시간을 알 수 있는 사이트를 알려줘서 비교적 기다리는 시간이 적어 보이는(그런데도 2시간이라고 표시되어 있었다) UBC 응급실로 갔다. 남편은 외출했기 때문에 우버를 불렀다. 운전기사

261

가 싹싹해서 계속 말을 걸어주었지만 나는 거의 대답할 수 없었다. 입을 열면 머리를 두들겨 맞는 듯한 통증이 뇌를 가로질렀다.

캐나다에 오기 전, UBC에 근사한 인류학 박물관이 있다는 말을 친구에게 들었다. 그래서 2019년 밴쿠버에 왔을 때 제일 먼저 이곳을 방문했다. 원주민들의 가면이나 토템폴이 있는 전시가 아름다웠던 건 물론이고 UBC 캠퍼스 자체의 훌륭함에 감탄사가 나왔다. 캠퍼스는 하나의 도시인가 싶을 정도로 넓었고, 인류학 박물관이 있는 북쪽 가장자리로 가자 눈이 쌓인 아름다운 산들이 보였다. 수업이 없을 때 자전거나 스케이트보드로 교내를 이동하는 학생들이 있었고, 기숙사에서 나왔는지 순록 무늬의 멋스러운 잠옷을 입은 학생도 있었다. 일본에서는 어지간해서 볼 수 없지만 해외에 가면 자주 보는 게 모교 맨투맨 티를 입은 학생들이다. 나와 남편도 하마터면 UBC 굿즈를 살 뻔했다. 사기 직전에 겨우 참았지만 그 정도로 근사한 대학교였다. 이런 환경에서 공부할 수 있는 학생들이 정말 부러웠다.

응급실에는 내가 동경하던 학생들이 있었다. UBC라고 쓰인 옷을 입고 있어서 바로 알 수 있었다. 다들 응급 치료가 필요해 보이지는 않았다. 스마트폰으로 음악을 들으면서 콧노래를 부르던 남자아이는 옆에 앉아 있던 다른 학생에게 "내 순서가 오면 전화해 줄래?"라고 말하더니 전화번호를 건넸다.

나는 가장자리에 앉아 얕은 숨을 쉬고 있었다. 심호흡을 하면 두통이 심해졌다. 통증은 머리 오른쪽 절반을 완전히 뒤덮었고 위턱에 못이 박혀 있는 듯했다. 마침내 이름이 불려서 진찰실로 들어갔다. 여기서부터 의사를 만날 때까지가 또 시간이 오래 걸려 마음속으로 각오하고 있었다. 하지만 침대에 눕는 것만으로도 기뻤다. 통증에서 의식을 돌리기 위해 명상을 하려고 했지만 호흡이 여전히 얕아서 어지간해서 집중할 수 없었다.

혈액검사, 소변검사, 흉부 엑스레이와 뇌 CT도 찍었다. 간단한 시력검사를 하고 선 위를 똑바로 걸을 수 있는지 없는지도 테스트했다.

검사 결과가 나올 때마다 의사가 왔다. 의사는 '디에고'라고 이름을 댔다. 그는 나에게 "환자분, 정말 항암 치료를 받았나요?"라고 물었다.

"작년에 받았어요"라고 내가 말하자 "대단하네요. 항암 치료를 받았다는 걸 믿을 수 없을 정도로 수치가 훌륭해요!"라며 놀라워했다. 너무나 기뻤지만 그렇다고 해서 두통이 가시지는 않았다.

검사 결과는 모두 문제가 없었다. CT를 찍은 오른쪽 절반과 위턱 부근이 부어 있어서 간호사가 말한 대로 감염증에 걸린 게 아닐까 하는 결론이 나왔다. 항생제를 처방하겠다고 그가 말했다. 맨 처음 한 알만 여기서 처방받고 나머지는 약국에서 받아야 했다.

건네받은 약의 크기는 그도 쓴웃음을 지을 정도였다.

마지막으로 그는 내 몸 전체를 점검했다. 뇌에 이상이 없는지를 다시 보겠다고 했다.

"환자분, 지금부터 오른쪽이랑 왼쪽 중 한 다리를 건드릴 테니 어느 쪽인지 답하세요."

"네."

나는 드러누운 채 눈을 감았다. 양쪽 다리에 감각이 있었다.

"저기……, 둘 다요?"

내가 말하자 디에고가 "함정 문제였어요!! 잘 알아차리셨네요!"라고 했다. 웃음을 터뜨리자 머리가 또 아팠다.

5월 27일. 오랜만에 두통 없이 잠에서 깼다. 최고!!! 어쩜 이렇게 아름다운 세상이 다 있을까!! 기쁘다, 기쁘다, 기쁘다!!!!

6월에도 밴쿠버는 여전히 겨울처럼 추웠다. 두꺼운 코

트를 입고 외출하고 집 안에서는 여전히 난방을 틀었다.

아이가 다시 열성 경련을 일으켰다. 이번에는 경련이 시작되고서부터 끝날 때까지 보고 있었다. 양팔이 덜덜 떨리기 시작하더니 바로 눈알이 뒤집혔다. 숨을 가쁘게 들이쉬고 있을 뿐 내쉬는 것처럼 보이지 않았고 입가에 흰 거품이 번졌다.

경련은 약 2분간 이어졌다. 증상이 가라앉자, 아이는 쌔근쌔근 숨소리를 내며 잠들었다. 잠든 아이의 머리와 겨드랑이에 해열 시트를 붙이고 한동안 지켜봤다. 2주 이내에 경련이 오면 병원에 다시 오라고 의사에게 들어서였다. 지난번 경련에서 거의 한 달이 지난 후여서 응급실에는 가지 않았다. 그래도 짧은 기간에 두 번이나 경련이 오니 무서웠다. 타이레놀을 먹이자 열이 내려갔다.

이튿날 열이 다시 올라가 38.9도가 되었다. 당연히 어린이집은 쉬었지만 아이는 아프지 않아 보였다. 저녁 무렵에는 39.4도까지 체온이 올라 열성 경련이 다시 일어날 각오를 했지만 다행히도 아무 일도 일어나지 않았다. 그리고 역시 아이는 건강해 보였다.

이튿날 열이 겨우 내려갔다. 대신 목이 아프다고 했다. 간이 키트로 코로나가 음성인 것을 확인했다. 그래서 인두염이나 편도염이라고 의심했다. 패밀리 닥터가 있는 병원에 예약하려고 했지만 일주일 뒤까지 예약이 꽉 차 있었다. 생각나는 워크인 클리닉에 연락을 해도 전화조차 받지 않았다. 애초에 이제 신규 환자를 받지 않는 병원도 많았고, 신규가 아니라고 해도 예약하지 않은 환자를 받지 않는 곳도 있었다. 이 사실에 경악했다. 이렇게 되면 이제 워크인 클리닉은 '워크인' 기능을 다하지 않는 것이다.

이 무렵부터 버스 정류장이나 역에서 어떤 광고를 보게 되었다. 브리티시컬럼비아주 간호사 협회가 낸 공익광고였다.

'82%의 간호사가 정신적 건강이 망가지고 있다고 말합니다.'*

머리를 감싸고 주저앉은 간호사의 사진이나 울고 있는 간호사의 사진이 사태의 심각성을 이야기하고 있었다. 의료 관계자 수가 부족해도 다들 휴식을 꼬박꼬박 취하고 있다고 생각했다. 하지만 그건 일부 의사에 한한 것이었다.

패밀리 닥터가 없는 도모요가 의지하던 워크인 클리닉도 예약하지 않은 환자를 받지 않는다. 또한 지병이 있는 지인은 오랫동안 신세를 지던 패밀리 닥터가 병원을 관두게

---

* 82% of nurses say their mental health is suffering.

되어 다급히 다른 패밀리 닥터를 찾아야 했다. 물론 어디든 환자가 많아서 대기자 명단에조차 들어가지 못했다. 갈수록 응급실이 붐비게 되는 건 당연했다.

하지만 브리티시컬럼비아주는 그나마 나은 편이었다. 다른 주에서는 응급실이 닫혀 있어서(!) 911구급차가 오는 데 4시간이나 걸렸다고 한다. 농담 같은 이야기지만 이렇게 되면 패밀리 닥터가 있다는 것만으로도 기적 같은 일이다.

우리 패밀리 닥터인 아트는 우리 집에서 세 블록 정도 떨어진 병원에서 일한다. 패밀리 닥터라고 하면 '본인의 병원을 개업한 사람'이라고 상상하지만 그런 사람은 드물다. 대부분은 다른 몇몇 의사와 같이 병원에서 일한다. 병원에 따라 다르지만 패밀리 닥터 업무와는 별도로 워크인 환자를 진찰하는 사람도 있다. 워크인 클리닉으로 갔다가 몇 번인가 진찰을 해준 의사가 마음에 들어서 패밀리 닥터가 되어달라고 부탁하는 환자도 있는데 드물게 받아들여 준다. 물론 지금은 그것도 상당히 어렵다.

아트 선생님은 마리가 소개해 줬다. 암을 선고받은 후에 워크인 클리닉의 대응(엄청 화를 내던 접수처 여성 말이다)이 트라우마가 되어 나는 필사적으로 패밀리 닥터를 찾고 있었다.

어느 날 진찰을 받은 마리가 그녀의 패밀리 닥터인 아트에게 내 이야기를 했다. 나는 그 무렵 후반 항암 치료를 받고 있었다. 모든 일이 풀리지 않던 시기였다.

내 병세에 관한 것, 우리 가족이 병원에서 단 세 블록 앞에 살고 있다는 것, 어린 아이가 하나 있다는 것을 마리가 전하자 아트가 '받아주겠다'고 했다. 마리에게서 그 이야기를 들었을 때 너무 기뻐서 눈시울이 뜨거워졌다.

아트는 나와 나이가 비슷한 여성으로 산뜻하고 멋있다 (무엇보다 병원 접수처 여성이 친절해서 최고다).

패밀리 닥터의 장점은 그들이 환자의 병력을 전부 파악하고 있다는 것이다.

모든 진단서가 그들에게 오기 때문에 약 알레르기 같은 개인적인 사항에 관해서도 주의를 기울인다. 하지만 병원에 따라서 진단서 보관에 따른 비용을 받기도 한다. 진단서 복사본의 경우 대부분의 병원이 요금을 받고 있어 나는 그럴 때는 암센터로 갔다. 그곳에서는 무료로 받을 수 있어서였다.

패밀리 닥터라고 해서 반드시 그들의 진찰을 받아야만 하는 건 아니다. 실제로 바로 예약을 잡을 수는 없고 평균적으로 빨라도 사흘, 길면 일주일 정도가 걸린다. 급할 때는 열려 있는 워크인 클리닉이나 응급실에 의지하게 되는데 그때 필요한 진단서도 패밀리 닥터에게 받는다. 어쨌거나 모든 병력을 파악하고 있는 게 패밀리 닥터다.

하지만 지금 같은 상황에서 패밀리 닥터의 장점은 '아무리 시간이 걸려도 진찰은 받을 수 있다'는 게 된다. 워크인 클리닉이 앞으로 예약한 환자만 진료하려 한다면 진찰을 받는 것 자체가 행운이 된다(다른 주처럼 만에 하나 응급실이 닫혀 있으면 더더욱 그러하다).

다행히 우리 아이는 응급실이나 워크인 클리닉에 의지하지 않고 회복할 수 있었다. 인후통도 완전히 사라졌다.

항생제를 계속 복용하다 보니 나의 강렬했던 두통도 사라졌다. 대신 이번에는 앞니가 욱신욱신 아팠다. 마치 신경을 건드리는 느낌이었다. 얼마 전에 치과 검진을 받았기 때문에 원인이 충치가 아닌 건 확실했다. 통증은 다른 곳으로 옮겨 다녀 이번에는 왼쪽 어금니 부근이 욱신거렸다. 줄리안에게 신경을 진정시킬 수 있는 침을 놔달라고 하고 한약을 매일 먹었다. 그러자 서서히 나았다.

혈액순환에 도움이 되는 조깅을 하고 자기 전에 스트레칭을 하고 근육 트레이닝도 빼먹지 않았다. 두통 예방에 좋다고 아트 선생님이 가르쳐 주셔서 물을 많이 마시고 비타민B2 영양제를 복용했다.

이제 두드러기는 나지 않았지만 아무 일도 없었던 환부가 거무스름해졌다. 가렵기도 하고 말이다. 따끔따끔 아픈 듯 가려운 느낌이었다. 긁으면 안 되니까 가려우면 메구미한테 받은 크림을 발랐다. 거무스름한 빛은 점점 심해지다가 절정을 지나니 차츰 연해졌다. 계속 가려웠지만 피부가 새로 태어나기 위해서라는 걸 알게 됐다. 그래서 참을 수 있었다.

거무칙칙했던 손발톱도 새로 났다. 머리카락도 완전히 길어져서 마사의 미용실로 갔다. 그에게 외상값을 갚아야 했다(그는 돌아온 나를 안아서 맞이해 주었다). 머리카락은 기르겠다고 마음먹으면 기를 수 있었지만 마음에 들었던 까까머리를 다시 했다.

내 몸은 서서히 돌아왔다. 상처는 조금씩 아물었다. 그리고 가장 중요한 것은 더 이상 치료할 필요가 없다는 사실이었다. 일상이 돌아온 것이다.

7월 7일. 아베 신조 전 수상이 총을 맞았다.

저널리스트이자 작가인 술레이카 자우드는 22세에 백혈병을 진단받았다. 의사로부터 선고받은 그녀의 장기 생존율은 35%였다. 1,500일간에 이르는 항암 치료와 골수이식을 받아 생존한 그녀는 TED Talk 「죽을 뻔했던 경험이 나에게 가르쳐준 것」에서 다음과 같이 말했다.

"제가 괴로웠던 건 암이 치유된 후였습니다."

그녀는 1,500일간 단 하나의 목표, 살아남는 것을 향해 쉬지 않고 돌진했다. 하지만 그 목표를 달성한 날, 즉 마침내 퇴원한 그날에 자신이 앞으로 어떻게 살아가면 좋을지 전혀 모른다는 사실을 깨달았다. 이 이야기는 코니를 떠오르게 했다.

그녀도 같은 이야기를 했었다. '암이 낫는다'는 목적을 가지고 보낸 하루하루가 끝나자 자신이 무엇을 목표로 살아가야 좋을지 알 수 없어졌다고 했다. 코니는 그래서 아이스 스케이팅을 시작하고 글을 쓰기 시작했다(최근에는 방 하나를 에어비앤비에 빌려줘서 그 방을 꾸미거나 집에 방문한 사람들과 소통하며 좋은 자극을 받고 있다고 했다. 그리고 코니는 장편 소설 하나를 썼다. 삶에 관한 기억과 반짝임에 대해서 쓴 아름다운 이야기였다).

한창 치료 중이었던 당시의 나는 코니의 이야기를 온전히 이해하지 못했다. 그리고 치료가 끝난 지금도 인생의 목적을 잃었다고 생각하지 않는다. 왜냐하면 나에게는 '쓰는 일'이 있어서다. 실제로 이 에세이를 쓰기 시작한 건 치료 중일 때였다. 거의 현재진행형으로 일어나는 일을 일기와 함께 써서, 쓰는 일을 통해 앞으로 나아갔다. 하지만 그렇기에 쓰는 행위가 없었더라면 나는 어땠을까 싶다.

슬레이카는 말했다.

"병이 나았다고 해도 회복 과정은 끝이 아니라 오히려

시작이었습니다."

오랜 항암 치료는 그녀의 몸에 영구적이 내상을 남겼다. 하루에 낮잠을 4시간씩 자고 면역계가 작동하지 않아 정기적으로 응급실에 실려 갔다. 신체뿐만이 아니라 정신에도 사라지지 않는 상처를 입었다. 재발할지도 모른다는 공포심, 치유되지 않는 슬픔(그녀는 퇴원하기 3주 전에 암 치료 동지였던 멜리사를 죽음으로 잃었다). 며칠이나, 때로는 몇 주나 이어지는 PTSD 증상. 그게 그녀의 새로운 '일상'이었다.

그녀는 스스로에게 무언가를 일과로 내주기 시작했다.

"심한 죄책감에 시달렸지만 살아 있기만 해도 얼마나 행운이냐는 말을 스스로에게 계속 들려줘야 했습니다. 제 친구 멜리사처럼 수많은 사람들이 세상을 떠났으니까요."

그러나 여전히 그녀는 거의 매일 아침, '허전함과 상실감'을 느끼며 잠에서 깬다고 했다. '숨을 쉬는 것'도 벅차다고 말이다. 그녀의 TED Talk를 보면서 나는 로널드를 마지막으로 만났을 때 들은 이야기를 떠올렸다.

"가나코 씨, 이걸로 이제 치료는 모두 끝났어요. 앞으로는 3개월에 한 번 정기 검사를 받기만 하면 돼요. 그건 물론 기쁜 일이죠. 그래도 환자 중에는 그 사실을 불안하게 생각하는 사람도 있어요. 암을 고지받았던 건 환자한테 트라우마가 돼요. PTSD 같은 상태죠. 그리고 그 증상은 치료가 끝나고 나서 바로가 아니라 서서히 나타나요. 그래서 앞으로는 마음을 챙겨야 해요. 그리고 불안한 일이 있으면 바로 암센터로 연락하고요. 우리는 늘 이곳에 있으니까요."

그리고 "나는 육아휴직으로 쉬겠지만요!"라고 덧붙이는 것도 잊지 않았다. 나는 그와 마주 보고 웃었고 그는 진심으로 나의 회복을 축복했다. 그때는 아직 그의 말에 '그런가?'라고 생각했을 뿐이었다. 나의 내면에서 '클라이맥스'는 이어지고 있었고 나는 일종의 전능한 기분에 휩싸여 있었다.

나는 술레이카처럼 하루에 4시간 동안 낮잠을 잘 필요도 없고 응급실에 가는 일이 일상도 아니다. 내 치료 기간은 8개월 정도였고, 양쪽 유방과 림프 3개만 잃었다. 혈액검사 결과는 의사도 놀랄 만큼 양호했다. 겨드랑이가 결려서 오른쪽 어깨 가동 범위는 좁아졌지만 조깅이나 근육 트레이닝은 바로 할 수 있게 되었고 곧 자유형도 할 수 있게 되었으며(수영복 가슴 부분은 허전하지만) 철봉에 매달릴 수도 있게 되었다. 그리고 유방과 유두가 사라진 내 몸을 진심으로 사랑하게 되었다.

불안을 느끼기 시작한 건 행복한 일상이 정상화되었을 무렵이었다. 밴쿠버의 근사한 여름이 다가온 것이다.

나는 염원하던 캠핑을 4번이나 갔다. 바다와 호수에서 헤엄치고 눈이 녹은 강에 비명을 지르며 뛰어들었다. 자전거를 타고 외출했고 해변을 달렸으며 블루베리를 따고 수영장에서 다이빙을 했다. 그리고 매주 어딘가에서 열리는 즐거운 야외 이벤트를 보러 다녔다. 데이비드의 노바스코샤 본가에 머물며 명물인 랍스터를 먹고 다 같이 실컷 놀았다.

돌아가는 길에 들른 몬트리올에서는 근사한 레스토랑에서 즐거운 시간을 보냈고, 설레는 유서 깊은 서점에서 책을 사고 수영장과 유원지에서 놀았다.

치료가 괴로웠던 때 일기에 '암이 나으면 하고 싶은 일 리스트'를 썼다. 이를테면 부모님을 만나는 것, 일본에 있는 친구를 만나는 것, 할아버지 할머니의 무덤을 성묘하는 것, 온천에 가는 것, 캠핑에 가는 것, 바다에서 마음껏 헤엄치는 것, 켄드릭 라마의 공연을 보러 가는 것(믿을 수 없게도 전부 다 바로 이루어졌다!).

그중에서도 반드시 하고 싶었던 건 다시 휘슬러에 가는 것이었다. 로널드 의사 선생님을 만나 삼중음성유방암이라고 선고받은 다음 날에 갔던 휘슬러, 욕조에 뜨거운 물을 받으면서 울었던 그 장소로 돌아가 기억을 새로 칠하고 싶었다.

두 번째로 간 휘슬러에서는 소리를 죽이려고 일부러 뜨거운 물을 받을 필요가 없었다. 조금이라도 잠들기 위해 아이가 쌔근쌔근 내는 숨소리에 집중할 필요도 없었다. 나는 여러 가지에서 해방되어 드디어 평온한 시간을 되찾았다.

휘슬러에 있는 블랙콤 산에서 남편이 사진을 찍어줬다. 시꺼멓게 탄 내가 이쪽을 향해 웃고 있었다. 내가 봐도 수줍을 정도로 행복해 보였다. 그리고 동시에 어딘가 허전해 보이기도 했다.

나는 한마디로 말하기 힘든 복잡한 감정을 가지고 있었다. 이제 끝났다, 이제 아무것도 걱정할 필요가 없다. 그 행복은 표현하기 힘들 정도인데, 그와 동시에 몸에 찾아오는 허전함도 저항할 수 없을 만큼 강렬했다.

이 기분은 무엇일까.

나는 지금 이렇게 행복한데, 어째서 한편으론 이렇게 허전할까.

휘슬러에서 돌아오자 나는 슐레이카처럼 아침에 '허전함과 상실감' 속에서 깨어나게 되었다. 침대에 들 때는 아찔할 정도로 행복한 기분으로 잠드는데 아침에 일어나면 멍하니 불안에 휩싸여 있었다.

일어나서 제일 먼저 하는 일은 불안의 원인을 찾는 것이다. 지금 현재진행형으로 두려운 것이 있을까? 아이는 건강하다. 남편도 건강하다. 에키도 건강하다. 나는? 나도 건강하다. 아픈 곳은 아무 데도 없다. 치료할 것도 없다. 그렇다,

이제 치료할 일이 없다! 괜찮다, 괜찮다. 나는 괜찮다, 그렇게 타이르고 하루를 시작한다. 나를 다독이며 가만히 하루를 시작한다.

만나는 사람마다 다들 나를 축복해 준다. 진심으로 내 회복을 기뻐하고 때로는 눈물을 흘렸다.

"다행이야. 진짜 애썼어."

"이제부터 새로운 인생이 시작되겠네!"

그 말에, 그리고 말보다 강한 포옹에 더할 나위 없을 정도로 행복을 느끼면서 마음 어딘가에선 이렇게 말한다.

'잠깐만, 나는 아직 무서워.'

그건 고요하고 무딘 고독이었다.

암을 선고받은 직후나 치료 중에는 다들 내 공포심에 진심으로 공감하고 다가와 주었다. 그리고 그 공포심은 거짓이 아니라 진심이었다고도 말할 수 있었다. 이상한 말이지만 '두려워하는 것이 타당한 공포'였다.

하지만 암이 낫고 더할 나위 없이 행복한 일상을 되찾은 내 공포는 진정한 것이 아니라 어딘가 가짜처럼 여겨졌다. 그래서 한동안 누구에게도 말할 수 없었다. 그리고 미안하게도 공포심을 느끼는 일에 죄책감을 가지고 있었다. 슐레이카가 말한 것처럼 우리 암 생존자는 '살아 있다', '살아남았다'는 것에 진심으로 감사해야 한다. 암으로 죽은 다

276

른 수많은 사람과 자신도 같은 운명을 맞이했을지도 모르니까.

그리고 같은 암 생존자라도 유방암이라는 비교적 생존율이 높은 암에 걸려 8개월간 치료를 받고 끝난 나를 슐레이카처럼 백혈병으로 골수이식이 필요하고 4년이나 치료를 받아 극복해 낸 사람과 비교하는 순간이 있었다. 즉 '내가 느끼는 이 공포심은 부적절하다'고 생각하게 되었다. 장기 생존율 35%라는 숫자가 그녀의 일상에 얼마나 오싹한 그림자를 드리웠을지, 그에 비하면 나는……이라고 생각했다.

물론 반대 상황도 일어날 수 있다. 유전자 변이의 소유자로서 나는 앞으로 난소암을 앓을 확률이 높다. 유전자 변이가 없는 암 생존자가 느끼는 재발에 대한 공포심은 나에 비하면 어떨까. 항암 치료를 하지 않고 끝난 유방암 초기 환자의 공포심은 어떠하고 말이다.

결론은 이랬다. 자신의 공포를 누군가와 비교할 필요가 없다고. 전혀 없다고.

무서운 건 무서운 거다.

그리고 물론 아무리 생존율이 낮거나 아무리 재발률이 높아도 공포심을 느끼지 않고 살아갈 수 있는 사람도 있다. 하지만 안타깝게도 나는 그렇지 않았다.

정말 이걸로 끝일까?

앞으로 두려운 일이 아직 나를 기다리고 있지 않을까?

어딘가 그런 생각이 들었다. 그리고 그 생각은 최고조로 행복한 순간에 떠오르기 쉽다. 이 행운을 믿을 수 없다, 그래서 그걸 잃는 게 두렵다.

이 마음은 뭘까 생각했다. 하지만 아무것도 아니었다. 그건 매우 흔한 감정이었다. 우리는 100%의 마음으로 행복을 느끼면서 동시에 100%의 마음으로 그것을 잃는 것을 두려워하는 존재다. '너무 행복해서 무섭다'고 인류 중에 처음으로 말한 사람은 누구일까.

진실은 단순하다. 나는 일상을 완전히 되찾았다. 절대 놓치고 싶지 않다는 공포심에 휩싸일 정도로 훌륭한 일상을. 그리고 그 일상은 예전과 같을 수 없다. 나는 미지의 공포심을 내포하고 있는 '새로운 일상'을 보내게 되었다.

술레이카의 남편인 조나단 바티스트는 2021년 그래미 어워드에서 마이클 잭슨, 베이비페이스에 이어 사상 2위로 무려 11개 부문에 노미네이트되었다. 술레이카는 같은 해인 2021년 11월에 암 재발을 선고받았다. 그리고 그 암은 첫 번째보다 질이 나쁘다는 걸 알았다. 조나단이 노미네이트가 된 날 술레이카의 두 번째 항암 치료가 시작됐다. 그리고 그녀가 두 번째 골수이식을 받기 전날, 그녀는 조나단과 결혼했다.

조나단은 CBS 인터뷰에서 이렇게 답했다.

"어둠이 너를 붙잡으려고 해. 하지만 그저 빛이 있는 곳으로 향하는 거야. 빛에 집중해서 그 빛에 매달리는 거야."

그의 곡은 실제로 빛으로 넘쳐나고 있었다. 스스로 발광하는 그의 말은, 빛이 가진 강인함을 또렷이 구현하고 있었다.

빛에 집중하는 것은 어둠을 없었던 것으로 치부하려는 게 아니다. 어둠이 있기에 빛이 있다는 것은 말할 필요도 없이 흔한 말이지만, 부정할 도리가 없을 정도로 너무나 자명하다. 우리가 행복을 축복하는 동시에 그걸 잃는 것을 두려워하는 존재인 이상 빛과 어둠은 늘 함께한다.

사람은 언젠가 죽는다.

모두가 경험하게 될 그 죽음을 나는 더할 나위 없이 두려워하고 있다. 죽고 싶지 않다. 적어도 '이제 죽어도 될까?'라고 받아들일 수 있는 날은 나한테 오지 않을 것 같다. 분명 죽는 순간, 마지막의 마지막까지 정말이지 참으로 꼴사나울 정도로 계속 두려워하지 않을까.

암에 걸리고 좋았던 점은 '이게 뭐가 잘못됐다고 그래'라고 생각하게 된 것이다. 초라할 정도로 떨고 있는 자신에게 "알아, 엄청 무서운 거 안다고!"라고 말하며 손을 잡아주고 어깨를 토닥여 주고 싶었다.

암 치료 중에 '나'와의 괴리가 있었다고 썼다. 나는 니시가나코를 일정한 거리를 두고 보고 있는 누군가라는 감각이 있었다. 그리고 그 상황은 타티아라는 간호사 덕분에 해소되었다. 나는 나, 나일뿐이며 '나'와 일치된 내 모습에 갈채를 보내고 싶어졌다. 그리고 실제로 다른 사람들과 함께 큰 소리로 웃어가며 갈채를 보냈다.

하지만 역시 어딘가에 희미하게 남아 있는 감각이 있었다. 그건 공포심이나 괴로움에서 오는 게 아니고 괴리라고 할 정도의 강력함도 아니다. 그런데도 '또 하나의 자신'이라고 부를 수밖에 없는 존재가 나에게 있었고, 지금은 무엇보다, 누구보다도 나의 아군이 되어주고 있다.

"알아!"

"그래 맞아!"

"무섭지?"

그리고 물론 이 공포심과 대치했을 때 손을 잡아주고 어깨를 토닥여주었던 건 '나 자신'만이 아니었다. 나에게는 코니를 비롯한 유방암 생존자 선배들이 있었다.

후미에는 고등학교 동급생이었다. 6년 전에 삼중음성유방암을 진단받았다. 다행히 유전자 변이는 발견되지 않았지만 항암 치료와 방사선 치료, 그리고 유방 온존 수술*을 받았다.

대학병원에 있는 불임 치료 실험실에서 배아배양사로
일하는 후미에는 병을 선고받았을 때 2주 후 핀란드 학회에
출석할 예정이었다. 초진을 한 의사는 치료는 학회에서 돌
아온 후에 해도 괜찮다고 했지만 검사 결과, 암 증식률이 생
각보다 높아서 출장 전에 치료를 시작하는 편이 낫다는 결
론을 내렸다. 그때 후미에는 출장을 사흘 앞으로 앞두고 있
었다. 그녀는 의사에게 귀국하고 나서 치료를 시작할 수 없
냐고 물었다. 그러자 그가 말했다. "학회에 갔다가 3년 후
에 후회 안 할 자신이 있나요?" 그 말에 결정을 내렸다. 병
원에서 집으로 돌아올 때 그녀는 공원에 자전거를 세우고
서 울었다고 한다.

준은 대학 시절부터 친구다. 그녀는 9년 전에 유방암을
선고받았다. 당시 아이와 남편 제드와 함께 LA에 있었다.
아이가 막 돌을 맞이한 무렵이었다. 수유를 관두고 분유로
바꾸려다가 가슴에 이상한 느낌을 받았다. 처음에 진찰한
내과의는 "괜찮아요"라고 말했지만 도무지 그 위화감을 씻
어낼 수 없어 부탁이니 검사를 해달라며 물고 늘어졌다고

• 암을 부분적으로 적출해서 유방을 최대한 보존하는 수술이다.

281

한다. 지금도 그때 검사를 하지 않고 돌아갔더라면 어떻게 됐을까 싶다고 말한다.

그녀는 전화로 암을 통보받았다. '이 사람이 무슨 소릴 하는 거지?'라고 생각했다고 한다. 병원에 가서 치료 계획을 듣고 있을 때 감정이 북받쳤다. 아이와 남편과 앞으로도 같이 있을 수 있을까. 동시에 앞으로도 같이 있기 위해 치료를 반드시 완수해 내겠다고 굳게 결심했다.

시어머니인 히데코는 8년 전에 유방암을 선고받았다. 항암 치료를 받고 유방 온존 수술을 한 후 방사선 치료를 받았다. 암을 선고받았을 때 머릿속이 새하얘져서 아무 생각도 할 수 없었다고 한다. 그래서 질문도 하지 않고 의사가 하는 말에 "네"라고 계속 대답하고서 돌아왔다.

시어머니가 암에 걸렸다는 사실을 고백했던 날은 지금도 잊을 수 없다. 가족끼리 온천에 갔다가 돌아오는 신칸센 안에서였다. 이제 곧 하차하려는 때에 시어머니는 우리에게 "나 암에 걸렸어"라고 말했다. 건너편에 앉아 있던 시어머니의 무릎을 무심코 쥐었던 것, 그녀가 "걱정하지 마"라며 웃었던 것을 선명하게 기억한다.

시어머니는 당시에 63세였다. 자식들(우리 남편과 서방님)은 이미 자립했으니 만에 하나 일이 잘못되더라도 괜찮다고 생각했지만, 유일하게 남편만 남는다는 생각에 그때부터 본인의 일은 되도록 스스로 하게 했다고 한다.

옆집에 사는 트레이시는 집주인 숀의 배우자다. 39세에 오른쪽 겨드랑이 아래를 긁다가 멍울이 몇 개 있다는 걸 알아차렸다. 당시에 샌디에이고에서 살던 그녀는 회계사이자 CFO(최고 재무 책임자)로 일하고 있었다. 완벽하게 건강했기 때문에 자신에게 그런 일이 생길 줄은 생각지도 못했다. 유방암 선고를 받은 충격은 헤아릴 수 없었다. 시카고에서 통합 치료를 하는, 미국에서도 굴지의 의사에게 상담을 받았고 비타민과 영양제를 적극적으로 섭취했다.

후미에는 내가 항암 치료 중일 때 정기적으로 연락을 준 친구다. 가능한 한 마음을 비우라고 독려하면서 백혈구 수치를 높이는 주사를 직접 놔야 한다고 말했을 때는 같이 걱정해 주었다. 후미에는 그녀의 뜰에 피어 있는 동백꽃이나 수선화를 찍은 사진을 보내며 나에게 계절이 틀림없이 순환한다는 사실을 알려 주었다.

준은 내가 암에 걸렸다는 말을 듣고 미국에서 대량의 선물을 보냈다. 생강 맛 사탕(항암제 때문에 기분이 좋지 않을 때 이걸 먹으면 입안이 산뜻해졌다), 수술 후에 안전벨트를 하면 아플 때가 있어서 그 보호대, 몸을 안쪽에서부터 데우는 양말. 나뿐만이 아니라 우리 아이와 함께 침대에서 가지고 놀 수 있는 장난감, 간병인이 될 남편을 위한 맛있는 커피까지 들어 있었다.

유방암을 선고받은 나에게 시어머니가 건넨 첫마디는 "괜찮아!"였다. 그건 이제 막 암 환자가 된 내가 가장 듣고 싶은 말이었다. 그 후에도 시어머니는 나에게 "괜찮아"라고 계속 말해 주었다.

"도움이 필요할 때는 내가 언제든 그쪽으로 갈게!"

그리고 머리카락이 빠지는 나를 위해 폭신하고 부드러운 소재의 모자를 바느질해서 보내 주었다.

트레이시와 숀 부부는 청소업체를 불러줬다. 항암 치료가 시작되기 전에 집을 최대한 청결하게 하고 싶다는 남편의 말에 한 달에 한 번 오는 하우스 클리닝 업체를 고용한 것이었다. 세균에 치명적으로 약해진 나에게 집이 깨끗한 것은 중요한 일이고 전문적인 수준의 청소를 우리가 하지 않아도 되는 것이(그것도 무료로) 무엇보다 고마웠다.

트레이시는 자신이 얻은 비타민제나 영양제 지식을 알려줬다. 항암 치료 중에 생기는 구역질을 예방하기 위해 어부용 멀미 방지 보호대를 쓰라고 알려준 것도 그녀였다.

다들 암을 선고받은 날의 긴 밤을 보낸 사람들이다.

그녀들은 정신적으로도 물리적으로도 아낌없이 나를 지원해줬다. 그리고 병이 나은 후의 일상을 어떻게 보내는지 아는 동료로서 내 롤모델이 되어 주었다.

후미에와는 잠깐 일본을 방문했을 때 오사카에서 만났다. 샌드위치를 먹고 케이크를 볼이 미어지게 먹는 후미에는 윤기가 흐르고 건강해서 고등학생 무렵과 전혀 달라지지 않은 것처럼 보였다. 그녀는 반년에 한 번이 된 정기검진이 이제 두렵지 않다고 말했다. 검사 당일에는 금식해야 하니 점심을 뭘 먹지 그런 생각을 한다고 말하며 웃었다. 하지만 6년 전의 하루하루가 지금도 생생하게 떠올라서 괴로워지기도 한다고 했다.

배아배양사 일을 하는 그녀는 불임인 사람들뿐만 아니라 암 환자의 임신 가능성을 보존하기 위한 치료도 하고 있다. 자신이 암 생존자가 되고 나서는 그 일이 더욱 중요한 의미를 가지게 되었다. 그녀의 손에 온갖 사람들의 미래가 걸려 있다.

치료가 끝난 나를 방문하려고 준은 포틀랜드에서 찾아왔다. 또 대량의 선물을 가지고 왔다. 우리는 가족끼리 해변으로 나갔다. 해변에 설치된 통나무에 앉아 남편과 제드가 웃고 있는 모습과 아이들이 노는 것을 바라보았다.

그녀는 암 생존자가 되고 나서 시간에는 자신이 모를 뿐 정해진 기한이 있을지도 모른다고 생각하게 되었다. 그래서 아주 좋아하는 사람들과 보내는 시간을 더욱 소중히 여기게 되었다. 반면, 두려운 건 스트레스를 받는 것이었다.

그래서 사소한 일은 신경 쓰지 않고 느긋하게 사는 것을 목표로 삼았다고 한다(처음엔 일일이 신경 쓰던 식사도 점점 달관하게 되었다).

그녀는 이른바 관광지 같은 장소에는 흥미를 느끼지 못하고 우리 집 근처 공원에서 내내 한가롭게 시간을 보내는 걸 즐겼다. 그녀와 함께 있으면서 진심으로 안정을 취할 수 있었고, 그녀와 이야기를 나누면서 배가 아플 정도로 웃었다.

시어머니인 히데코는 암이 나은 후 원래 다니던 체육관에 거의 매일 나가게 되었다. 코로나 시국에는 마스크를 쓰고 집 아파트 계단을 10층까지 오르내렸고 스트레칭을 빼먹지 않았다. 결과적으로 그녀는 다리를 찢고서 상체를 바닥에 딱 붙일 수 있게 되어 약국에 설치된 혈관 나이 측정기로 20대의 수치를 얻었다.

인생관이 바뀌었다고 할 정도로 거창하지는 않지만 몇몇 소중한 친구와 가족이 있으면 된다, 그저 간소하게 살아가고 싶다고 생각하게 되었다(시어머니가 사는 집은 오래되었지만, 늘 홀딱 반할 정도로 청결하고 말끔하게 정리되어 있다). 정기적인 검사는 이제 두렵지 않다. 무슨 일이 생기면 그때 또 생각하면 된다. 걱정하기 시작하면 끝이 없으니까. 원래도 멋진 시어머니지만 요 몇 년 사이에 더 근사해졌다.

암 생존자가 되어 트레이시의 인생관은 크게 달라졌다. 인생은 단 한 번뿐이고 일절 보상받을 수 없다. 그래서 봄에 싹트는 나뭇잎 한 장 한 장에 기적을 느끼게 되었다. 친구나 가족을 예전보다 더 소중히 여기기로 결심하고 자녀를 가질 결심을 굳혔다. 그리고 딜런과 로건이라는 근사한 쌍둥이를 임신했다.

그녀는 매일 바쁘게 지내고 있다. 쌍둥이들과 놀아주고 차로 출근해 일을 척척 해내고 남편인 숀의 관리인 업무도 돕고 있다. 나는 근처를 산책하는 그녀를 자주 본다(스키장에서도 수영장에서도 우연히 만났다). 그녀는 만나면 늘 멈춰 서서 내 몸 상태를 물어본다. 내가 여러 사람들에게 도움을 받고 있고, 특히 당신 같은 유방암 생존자의 의견을 감사히 듣고 있다고 이야기하자 그녀가 말했다.

"암 여성 공동체라고 해야 하나?!"

그 일원으로서 나도 누군가를 위하고 싶다고 생각했다.

마리에게 안나리사라는 친구를 소개받았다. 그녀는 5월에 양쪽 가슴에 유방암을 선고받았고 10월에 전적출 수술을 받는다고 했다. 나는 바로 안나리사와 코니와 그룹 채팅방을 만들었다.

초기이고 암 진행 속도가 느려서 항암 치료는 아직 필요하지 않다고 들었지만 확실하지 않다고 했다. 그녀는 지금 혼자 살고 있다. 얼마 정도 지나야 일에 복귀할 수 있는지, 애초에 혼자서 일상적인 일을 할 수 있는지 불안해하고 있었다. 수술 날짜가 좀처럼 잡히지 않는 것도 스트레스라고 했다.

나와 코니는 우리가 아는 전부를 그녀에게 전했다. 수술 후 마리가 주최해서 밀 트레인을 시작한다고 해 참가할 생각이다. 그리고 지금부터 셋이 커피를 마시러 가기로 했다. 그녀의 마음이 차분해질지 어떨지도 알 수 없고 그녀의 공포심이 사라지지 않을 거라는 것도 안다. 하지만 곁에 있을 수는 있다. 그것만큼은 할 수 있다.

암을 선고받고 나서 여러 사람과 포옹을 했다. 몸이 바스러질 정도로 강한 포옹도 있었고, 부드러운 담요로 감싸는 듯한 포옹도 있었으며, 내 몸을 망가지기 쉬운 물건처럼 대하는 다정한 포옹도 있었다.

캐나다에 와서 나는 '포옹을 좋아하는 사람'이라는 게 밝혀졌다. 일본에 있을 때는 몸이 닿는 걸 싫어하는 사람도 있고 성추행이 되면 어쩌나 싶어서 늘 꺼려 왔다. 그것보다 애초에 포옹을 하자는 생각이 없었다. 그런 습관이 없어서였다.

하지만 캐나다에 와서 여러 사람과 포옹을 하다 보니 아, 나는 포옹이 필요했구나 하는 생각에 도달했다. 아주 좋아하는 사람을 만났을 때 그냥 웃고 인사만 하기에는, 그리고 개찰구 앞에서 "또 만나자"라며 손을 흔들고 헤어지는 것만으로는 어딘가 부족한 느낌이 들었다. 나는 아주 좋아하는 사람을 끌어안거나 그들에게 안기고 싶었다(그래서 캐나다에서도 코로나 때문에 포옹할 기회가 줄어 굉장히 서운했다).

암에 걸린 후 그걸 핑계로 수많은 사람과 포옹했다. 종종 내가 일본인이라는 사실과 코로나를 의식해서 "포옹해도 돼?"라고 묻는 사람도 있었다. 물론 대환영이었다. 누군가를 끌어안는 일은, 그리고 누군가가 나를 끌어안는 일은 단순한 행위 이상의 무언가가 되었다. 서로의 체온을 교환해서 우리가 '살아 있다'고 느끼는 그 시간이 나에게 얼마나 힘을 줬는지 모른다.

안나리사를 만나 그녀에게 포옹해도 되는지 물어보려고 한다. 그리고 만약 허락해 준다면 힘껏 안아주려고 한다. 다들 나에게 그렇게 해준 것처럼.

이렇게 몸을 움직이면
왠지 모르지만 자유롭다고 느껴(자유를!)
그 무렵을 떠올리게 하는 노래가 들려
완전히 자유로워졌어, 해방됐어(자유다!)
자유롭게 살아가는 거야(원하는 대로)

손에 넣는 거야(손에 넣어야 할 것을)

그건 내 자유니까(자유!)

- 조나단 바티스트 「FREEDOM」

조금 남은 목숨 하나, 이렇게 된 거 다 써버리자

슬픔이 덮치려 하면 끌어안고 갈 데까지 가보자

- 시이나 링고 & 미야모토 히로지 「짐승 가는 좁은 길」

6. 숨을 쉬고 있다

쓰기 시작했을 때 이 글이 이렇게 길어질 줄 몰랐다.

암 선고를 받고 나서 일기를 쓰기 시작해 거의 동시 진행형으로 이 글을 계속 써 왔다. 일기는 그날에 벌어진 일이나 했던 생각을 자필로 쓴 거라 읽기도 곤란할 만큼 글자가 엉망인 것도 있었고 다시 읽는 게 괴로워지는 기록도 있었다. '버겁다'라는 말만 적힌 날이 며칠인가 이어지기도 했다.

이 글은 일기를 쓰듯이 적었다. 내 마음을 조금 더 객관적으로 보면서(그렇다, '또 다른 자신'으로서였다) 노트북 자판 위에 글자를 눌렀다. 졸면서 쓸 수는 없으니 몸 상태가 좋은 날을 골라야 했다. 즉, 노트북을 마주했던 순간만큼은 몸과 마음이 비교적 안정적인 상태였다.

책이 될 예정은 없었고 누구를 향해 쓰고 있는지도 몰랐다. 하지만 언제부터인가 '당신'을 향해 쓰고 있다는 사실을 알게 됐다. 어디에 있는지 모르는 당신, 무엇에 기뻐하고 무엇에 슬퍼하고 무엇을 두려워하는지 모르는, 만난적 없는 당신이 그때 확실히 내 곁에 있었다.

당신은 때로 행복하고 때로 불행하다. 당신은 때로 건강하고 때로 건강을 해친다. 당신은 때로 살아가는 것을 괴로워하고, 때로 무탈한 일상에 더없는 기쁨을 느낀다.

당신이 이 글을 읽어주길 바란다.

글을 쓰거나 발표하는 일은 큰 바다에 작은 돌을 던지는 것과 같다고 존경하는 작가가 말했다. 그 파문은 소소하다. 하지만 자신이 가지고 있는 모든 것을 던지는 일이기도 하다.

나의 글이 당신의 마음에서 어떤 소리를 낼지, 당신의 영혼에 어떤 파문을 일으킬지는 알 수 없다. 그게 아무리 사소하고 작아도 나는 나의 모든 것을 던지고 싶다. 그리고 나의 그 모든 것은 이렇게 글을 쓰고 있는 순간에도 손가락 사이로 끊임없이 미끄러져 빠져나간다. 아무리 힘껏 쥐고 있어도 흘러내리는 게 있고, 가끔은 나의 의지로 일부러 손가락을 펼칠 때도 있다.

의료 분야와 관련돼 있고 나 혼자만의 일이 아니라 여러 가지를 배려하다 보니 '쓸 수 없는 것'도 있었고 의도적으로 '쓰지 않았던 것'도 있다. 몸이 아무리 애를 써도 쓰기를 거부할 정도로 추악한 순간이 있었고, 역시 몸이 어떻게 해서

든 쓰기를 허용하지 않는 아름다운 순간도 있었다. 내가 특히 중요하게 생각한 건 아름다운 순간이었다.

최근에 인터넷에서 다양한 '미담'을 본다. 비행기에서 함께하게 된 고령의 여성에게 그녀의 꿈이던 일등석을 양보한 젊은 사람의 이야기, 호스피스 병동에서 얼마 남지 않은 시간을 보내던 여성에게 깜짝 선물로 그녀의 애마를 데리고 간 이야기, 죽은 아버지가 남겨둔 가슴 먹먹한 편지에 관한 이야기. SNS의 발달 덕분일까. 전 세계에 흩어져 있던 아름다운 순간을 클릭 한 번으로 만날 수 있게 되었다. 나는 그 진화에 진심으로 감사한다. 그리고 동시에 이렇게도 생각한다.

이런 이야기를 우리에게 나누어주지 않아도 되는데.

그건 당신만의 아름다운 순간이지 않은가.

나는 쩨쩨한 사람일지도 모른다. 이 아름다운 순간을 반드시 써야 한다고, 모두에게 알려야 한다고 생각하는 마음 한구석에는 사실 '알리고 싶지 않다'라는 마음도 존재한다. 정말로 아름다운 순간은 나만의 것으로 남겨두고 싶다. 누구에게도 알리고 싶지 않다. 이렇게 이 글을 읽어주기를 바라는 '당신'에게도 마찬가지다.

나는, 나에게 일어난 아름다운 순간을 나만의 것으로 두고 죽고 싶다. 언젠가 나의 관을 들여다볼 당신이, 언젠가 내 부고를 어딘가에서 듣게 될 당신이, 그리고 내 죽음에 전혀 관여하지 않고 어딘가에서 살아갈 당신이 모를, 나만의 아름다움을 품고 죽고 싶다.

그래서 내 '모든 것'은 결국 내가 결정한 것이다.

가슴을 잃은 내 몸이 지금 완전한 나의 모습인 것처럼 이 책의 문장들이 비록 이지러진 모양이라고 해도 그건 미완의 상태가 아니다. 그들은 이지러진 모습 그대로를 하고 내 생각과 의지를 담아, 당신에게 읽히기를 기다리고 있다. 그곳에 있는 당신, 지금 틀림없이 숨을 쉬고 있고 살아 있는 당신에게. 그건 그것만으로도 눈이 휘둥그레질 일이라고 나는 생각한다.

사람들이 인생이라고 부르는 수정체를 건드리면 그건 매우 차갑고 연약하며 아주 얇은 공기로 둘러싸여 있다는 걸 알 수 있다. 결국 내가 이 가마솥에서 통째로 아무 흠집 없이 건져낼 수 있는 문장은 고작 망 하나에 주렁주렁 매달린 작은 물고기 대여섯 마리일 것이다. 남은 몇 백만 마리는 날뛰면서 소리를 내고 가마솥에서 마치 끓어오르는 은처럼 거품을 내면서 내 손가락 사이에서 미끄러진다.

- 버지니아 울프 『파도』

내 남은 인생, 그게 얼마나 길거나 짧더라도 가능한 한
사랑하는 사람들을 달콤하게 사랑하고 가능한 한 아직
해야하는 일을 정리하면서 살고 싶다.

귀, 눈, 코, 온갖 곳에서 발화할 때까지 나는 내 불길을
글로 쓸 생각이다.

내 호흡이 모든 화염에 휩싸일 때까지.

나는 유성처럼 사라져간다.

- 오드리 로드 「A Burst of Light: Living with Cancer」
from 『The Selected Works of Audre Lorde』

내가 변하고 싶다고 생각하는지 아닌지는 문제가 되지
않는다. 왜냐하면 나는 틀림없이 변할 테니까.

내 새로운 목소리가 쓰는 일로 눈앞에 나타났다. 나는
죽음을 가까이에서 느낄 수 있다. 지극히 섬세하고 예
리하게, 나의 죽음을 강렬하게 인식하면서.

나는 새로운 긴장감 속에 있다.

그리고 거기에 덧없음이 있다.

나는 지금 모든 것을 써야 한다. 나에게 시간이 얼마만
큼 있는지 누가 알겠는가?

- 치마만다 응고지 아디치에 『상실에 대하여』

우리의 아이들은 우리의 행동에서 태어난다. 우리들의 우연이 아이들의 운명이 된다. 그렇다, 행동은 나중에 남는다. 즉 여기서 무엇을 하는지에 달렸다. 마지막일 때. 벽이 무너져 내리고 하늘이 어두워지고 대지가 진동할 때. 그럴 때 하는 행동이 우리의 인간성을 명백하게 드러낸다. 그리고 그건 너한테 시선을 쏟는 것이 알라인지 예수인지 붓다인지, 또 다른 누구인지와는 상관없다. 추운 날에는 자신이 뱉은 숨이 보인다. 더운 날에는 보이지 않는다. 하지만 어느 쪽이든 숨을 쉬고 있다.

- 제이디 스미스 『하얀 이빨』

마치며

이 글에 등장하는 치료법이나 약, 사건에 관해서는 어디까지나 나의 개인적인 선택이며 그에 따른 개인적인 경험을 바탕으로 하고 있음을 강조하고 싶다. 암 치료법은 사람마다 다르고 효과도 결과도 다르다. 만약 지금 당신이 암에 걸렸다면 당신에게 가장 좋은 선택을 하길 바란다. 내 몸의 주인이 나인 것처럼 당신 몸의 주인은 당신이다. 당신이 조금이라도 평온하게 보낼 수 있기를 진심으로 바란다.

의료 관계자분들께 다시 한번 감사드린다. 당신의 이름은 전부 가명으로 처리했고 아마 당신이 이 글을 읽을 일은 없겠지만, 당신의 자발적인 헌신과 긍정적인 태도, 전문가로서의 긍지가 내 목숨을 구해준 것을(여러분의 본명과 함께) 절대로 잊지 못할 것이다. 정말 감사드린다.

친구들에게도 감사의 말을 전한다. 친구들은 의료 관계자와는 다른 방법으로 내 목숨을 확실하게 구제했다. 지금까지 45년의 인생을 살면서 내 나름대로 잘 일궈낸 성과라고 자부하는 게 몇 가지 있는데 그들이 내 친구라는 게 그중 하나다. 정말 자랑스러운 일이라고 단언할 수 있다. 진심으로 고맙다.

부모님을 비롯한 가족들에게도 감사하고 싶다. 지금까지 실컷 걱정을 끼쳤지만 (바라건대) 이번 일이 우리가 앞으로 겪게 될 일을 통틀어 가장 큰 일이었기를 바란다. 가족들의 기도와 내가 가족의 일원이라는 사실이 얼마나 나를 구원해 줬는지 모른다. 정말 고맙다.

남편에게도 감사하고 싶다. 해외에서 암에 걸린 아내와 사는 일이 얼마나 힘들었을까. 항상 유머 감각을 잃지 않는 당신이 만들어준 평온한 일상이 있었기에 나는 늘 나 자신으로 있을 수 있었다. 정말 고맙다.

아이에게도 고마운 마음뿐이다. 넌 나의 빛이야. 너와 있는 순간순간이 기적이라는 사실을 잊지 않을게. 나는 앞으로 얼마 동안 너와 함께 시간을 보낼 수 있을까. 눈이 부셔도 고개를 돌리지 않을 거야. 너의 모든 순간을 내 망막에 새기고 싶어. 태어나줘서 정말 고마워.

가와데쇼보신샤 출판사의 사카가미 요코 씨가 나에게 수많은 책을 보내줬다(나는 그걸 '요코 컬렉션'이라고 부른다). 나는 그 책들에 진정으로 구원받았다. 그녀와 함께 이 책을 출판할 수 있는 것을(그리고 언제나 멋진 작품을 보여주는 스즈키 세이치 디자인실과 함께 일할 수 있는 것을) 진심으로 축복이라고 여긴다. 감사하다.

다음 페이지에 있는 작품들은 여러 가지 방법으로 나를 구해준 예술의 일부분이다. 그들의 존재에 반사되어 내 인생은 눈부시게 빛나기도, 때로는 적절하게 그늘이 지기도 해서 내가 힘들 때마다 숨 쉬는 일에 특별한 의미를 부여해줬다. 정말 고맙다.

참고 문헌

브릿 베넷 『사라진 반쪽』

카먼 마리아 마차도 『그녀의 몸과 타인들의 파티』

카네코 아야노 「찬란」

이윤 리 『Where Reasons End』

조지 손더스 「12월 10일」

소날리 데라냐갈라 『천 개의 파도』

시그리드 누네즈 『친구』

리베카 솔닛 『세상에 없는 나의 기억들』

매기 오패럴 『햄닛』

제니 장 『Sour Heart』

덴가 류&B.I.G.JOE 「My Pace」

토니 모리슨 『술라』

앨리 스미스 『겨울』

야스미즈 도시카즈 「존재를 위한 노래」

오션 브엉 『지상에서 우리는 잠시 매혹적이다』

한강 『노랑무늬영원』

린디 웨스트 『Shrill: Notes from a Loud Woman』

오드리 로드 「A Burst of Light: Living with Cancer」 from 『The Selected Works of Audre Lorde』

엘리프 샤팍 『The Island of Missing Trees』

트라이브 콜드 퀘스트의 「Bonita Applebum」

류드밀라 울리츠카야의 『커다란 초록 천막』

아자르 나피시 『테헤란에서 롤리타를 읽다』

Zoomgals 「살아 있는 것만으로도 상태 이상」

하야시 후미코 『다운타운』

술레이카 자우드 「죽을 뻔했던 경험이 나에게 가르쳐준 것」 TED Talk

조나단 바티스트 「FREEDOM」

시이나 링고 & 미야모토 히로지 「짐승 가는 좁은 길」

버지니아 울프 『파도』

치마만다 응고지 아디치에 『상실에 대하여』

제이디 스미스 『하얀 이빨』

거미를 찾다

초판 1쇄 발행 2024년 7월 30일
초판 2쇄 발행 2024년 8월 8일

지은이 니시 가나코
옮긴이 김현화
펴낸이 유성권

편집장 윤경선
책임편집 조아윤 편집 김효선
홍보 윤소담 디자인 박채원
마케팅 김선우 강성 최성환 박혜민 심예찬 김현지
제작 장재균 물류 김성훈 강동훈

펴낸곳 ㈜이퍼블릭
출판등록 1970년 7월 28일, 제1-170호
주소 서울시 양천구 목동서로 211 범문빌딩(07995)
대표전화 02-2653-5131 팩스 02-2653-2455
메일 tiramisu@epublic.co.kr
인스타그램 instagram.com/tiramisu_thebook
포스트 post.naver.com/tiramisu_thebook

* 이 책은 저작권법으로 보호받는 저작물이므로 무단 전재와 복제를 금지하며,
  이 책 내용의 전부 또는 일부를 이용하려면 반드시 저작권자와 ㈜이퍼블릭의
  서면 동의를 받아야 합니다.
* 잘못된 책은 구입처에서 교환해드립니다.
* 책값과 ISBN은 뒤표지에 있습니다.

티라미수 THE BOOK 은 ㈜이퍼블릭의 인문·에세이 브랜드입니다.

editor's letter

내가 어떤 말을 할 수 있을지 고민했다. 나는 그녀보다 젊고 아직까진 건강하다. 그래서 그녀가 지나온 모든 순간과 감정을 이해한다는 말은 감히 할 수 없을 것 같다. 그러나 책을 읽는 내내 내가 사랑하는 많은 사람의 얼굴이 떠올랐다. 그리고 동시대를 사는 한 사람으로서 그녀에게 일종의 동지애를 느꼈다.

그저 모두가 건강히, 평온한 일상을 보내길.